LES FALAISES DE FLAMANVILLE

DU MÊME AUTEUR

Mister K
Petites et grandes affaires de Daniel Kretinsky
Seuil, 2020

JÉRÔME LEFILLIÂTRE

LES FALAISES DE FLAMANVILLE

ÉDITIONS DU SEUIL
*57, rue Gaston-Tessier, Paris XIXe*

ISBN 978-2-02-150152-0

www.seuil.com

À mes parents,
En souvenir des pages 137.

Inspiré de faits réels, ce récit est une fiction.
Les sentiments prêtés aux personnages n'existent que par l'auteur.

1

Sur ce cap s'avançant à la limite du monde, Victor Kaminski était l'objet des rumeurs les plus folles, la plupart infâmes, certaines censément glorieuses. À l'ombre des murs épais de leurs maisons, autour des feux de cheminée, les habitants de Flamanville ornaient de mille légendes la vie mal connue de cet homme mystérieux, au verbe avare, à la volonté d'échange empêchée. Il attirait les racontars et les on-dit, comme d'autres parvenaient à inspirer les compliments, les admirations. Les rires moqueurs étaient pour lui, les stupéfactions surjouées, les indignations. Victor Kaminski concentrait les fantasmes d'une bourgade qui savait trop peu regarder hors d'elle, loin de son petit monde, ailleurs. Il était une cible facile.

Il est vrai qu'il ne leur ressemblait pas. Victor était beau et sale. Son visage autrefois fin avait été durci, strié par l'air sauvage qui attaquait chaque jour sa peau, une armée jamais épuisée de vent, de pluie et de soleil. Il y avait gagné en charme, mais d'un genre intimidant. Ses longs cheveux blonds s'étendaient en paquets collés par la crasse nettoyée avec trop d'empressement. Tout le monde s'accordait à reconnaître qu'ils auraient pu être superbes, s'il leur avait apporté un minimum de soin. Grand et massif, l'homme, qui n'avait pas trente ans, était d'une musculature imposante, évidente sous les gros vêtements de laine et de toile qui l'habillaient, et même lorsqu'il se couvrait d'une vieille parka ou d'un caban troué. On disait de lui qu'il pouvait décrocher le granit des falaises à poings nus, en sachant bien que la chose était impossible. L'important était de se faire peur. Sa figuration en colosse hostile n'avait d'autre but. Les gens acceptaient d'autant plus facilement d'y croire que Victor suscitait vraiment l'inquiétude de certains habitants. Cela tenait peut-être à son regard dense, des yeux gris où l'on décelait intelligence et lucidité, mais qui étaient parfois saisis de brusques raideurs, des immobilités, comme s'ils étaient traversés par des sautes de conscience, des révélations muettes ou des accès de terreur. Les gens de Flamanville faisaient tout pour éviter ces désarmantes soudainetés, baissant la tête lorsqu'ils croisaient Victor dans le village.

Au café des Launay, qu'il fréquentait parfois, il était toujours assis seul dans un coin, faisant dévaler des flots de bière dans sa gorge. Lui parler n'était pas commode. Il s'exprimait bien quand il s'élançait dans une conversation, mais avait la manie agaçante de ne pas finir ses phrases. Il était déjà passé aux suivantes dans sa tête, où se déversaient des pensées impatientes.

Victor Kaminski était peu apte au monde qui l'environnait : ce monde le tenait donc pour fou.

On disait de ce voisin étrange, étranger dans son village, qu'il ne savait plus parler avec les hommes parce qu'il avait passé trop de temps avec ses chèvres, là-haut sur les falaises, dans l'enclos où il gardait les quelques têtes formant son troupeau. Certains, âmes salaces et méchantes, assuraient même qu'il soulageait ses désirs avec ses bêtes. C'était pour se moquer. Mais la rumeur avait passé chaque porte de maison. D'autres réfutaient avec vigueur : Victor était un homme à femmes, qui collectionnait les conquêtes, avide de maîtresses d'un soir et de prostituées de passage, jamais rassasié, éternel insatisfait. Faites attention à vos épouses, conseillaient d'un air entendu des petits malins qui dissertaient sur les attributs prodigieux du berger. Toutes les frustrations, toutes les haines, toutes les jalousies du village coagulaient sur le nom de Victor Kaminski.

On l'imaginait lubrique à cause de son mode de vie. Il passait ses nuits dans un blockhaus rond et étroit rudimentairement aménagé près de son enclos. Dans ce vestige de la Seconde Guerre, il avait jeté une couche dans un coin pour dormir, installé une bouteille de gaz pour faire bouillir une marmite et préparer du café, posé une table branlante dans le reste de l'espace pour manger. Il n'y avait pas d'eau courante dans l'abri, pas de chauffage. Victor se servait de bidons et de couvertures. Il avait essayé de colmater les fentes d'ouverture du blockhaus avec des morceaux de plastique récupérés à droite et à gauche, dont les surfaces étaient la plupart du temps rayées. La lumière pénétrait à peine l'endroit. Ce dénuement, qui faisait la joie mauvaise de bien des chaumières de Flamanville, qui consternait aussi, était la source d'autres ragots. Forcément, pour survivre aussi pauvrement, Victor Kaminski devait voler. On murmurait qu'il s'introduisait la nuit dans certaines fermes pour dérober de la nourriture, et on mettait en garde.

Quand des promeneurs passaient près de chez lui, ils le trouvaient souvent assis dehors, raide comme une statue, les pieds dans le vide, face à la mer qu'il regardait intensément. On le prenait pour l'image qu'il renvoyait : un marginal. On se demandait à quoi il occupait son temps, sa vie, ses journées et ses nuits, tandis que les années passaient. L'ignorance, insupportable pour beaucoup d'habitants, nourrissait les commérages.

Quand il n'était pas au blockhaus ou avec ses bêtes, au sommet de ce promontoire de granit, l'homme des falaises se trouvait à leur pied, naviguant le long de ces immenses parois dans une barque misérable qu'il avait l'habitude d'accrocher dans le port de Diélette. Avec ses lignes, il pêchait des plies, des congres et des maquereaux, et avait deux casiers au large. Il pouvait partir de longues heures en mer, seul, et disparaître de la surface de l'eau. D'autres pêcheurs s'inquiétaient parfois de ne pas le voir revenir, se demandant s'il n'avait pas sombré, dans les flots ou la folie, dans les deux peut-être.

En réalité, et certains le savaient, Victor s'échappait plus loin encore, dans les anfractuosités des grands murs pierreux de Flamanville. Il faisait glisser son embarcation jusqu'à quelque rivage, slalomant entre les récifs, gros amas pointus noirs et trempés, et accostait là, à des endroits impossibles, qu'on ne pouvait rejoindre à pied même à marée basse. L'homme des falaises se transformait en homme des cavernes, cherchant des grottes à explorer, où s'introduire et se cacher, cerné par le fracas assourdissant des vagues, rumeur terrifiante de la mer.

Là, quelque part, il y avait un conduit étroit qu'on appelait à Flamanville le trou Baligan. Une entrée dans la roche, que le village tenait pour un lieu mythique, mais dont personne ne connaissait l'emplacement exact. Des anciens assuraient savoir où il se trouvait, mais refusaient d'y emmener ceux qui le demandaient. Ils prétextaient que c'était sans intérêt ; tout le monde était persuadé qu'ils mentaient, qu'ils ne connaissaient pas le chemin.

Le trou Baligan désignait, dans l'imaginaire local, une faille au bas des falaises et au niveau de la mer, dont l'entrée était signalée de chaque côté par des rangées de blocs verticaux, à pic, qui formaient comme un vestibule. On disait qu'il donnait accès à des galeries extraordinaires, sur des centaines de mètres, qui montaient jusque sous l'église du village et reliaient de larges cavités de vingt mètres de haut, comme des cathédrales de granit. Le spectacle était réputé fabuleux. La légende racontait qu'un dragon à sept têtes, immense et furieux, avait habité cette cité enfouie il y a mille cinq cents ans, qu'il terrorisait à l'époque les habitants de la région, sortant de ses grottes pour semer la mort autour de lui, avec ses griffes, ses mâchoires et ses crachats de feu. Pour le tranquilliser, tous les mois, la population devait sacrifier à la bête assassine un enfant innocent, qu'elle jetait du haut des falaises. Ce rituel morbide dura jusqu'à ce que le fils d'un prince d'Irlande, Germain, plus tard béatifié, apparût un jour à l'horizon, fendant la mer sur une rouelle de bois. Le saint, envoyé en mission d'évangélisation, s'attaqua au monstre, réussit lors d'une course-poursuite à coincer ses sept têtes dans une trappe formée naturellement à l'intérieur de la rocaille et en triompha avec sa lance. L'histoire avait tant marqué la mentalité du village que ses habitants continuaient de regarder le bas des falaises avec méfiance, certains se demandant si, au milieu des bruits prodigieux que provoquaient les courants et les marées, on ne distinguait pas aussi des cris et des hurlements. Vivait-il là encore quelque bestiole immonde ? Ou était-ce l'étrange berger qui s'adonnait à d'inavouables folies ?

Au bout d'une plage minuscule de galets, si difficilement accessible qu'il fallait fournir des efforts surhumains contre les vagues pour y parvenir, Victor Kaminski avait l'habitude d'accoster. Il y revenait très souvent, s'engouffrant dans une grotte haute, éloignée des regards et des curiosités.

2

André Rouxel est un homme d'habitudes, qui n'aime rien moins que de déroger à sa routine réglée au cordeau. Elle le rassure. Le matin, après s'être lavé, coiffé et habillé, toujours selon le même ordre et avec les mêmes gestes, il sort de chez lui, se dirige jusqu'à la boîte aux lettres et récupère l'édition du jour de *L'Éclair du Cotentin*, tout le monde ici dit *L'Éclair*, que le porteur a déposée à l'aube. Il regagne ensuite sa cuisine et parcourt le quotidien en buvant son café. Se tenir au courant des nouvelles du coin est le premier impératif d'un maire qui se respecte, un devoir.

Mais ce samedi-là, pour une fois, André Rouxel ne fait pas demi-tour après avoir saisi le journal, il ne jette pas plus d'un coup d'œil à la une, à peine le temps d'apercevoir les gros titres, ne regarde pas la partie basse de la première page, du côté caché du pli. Il devrait. Mais enfin, un maire est toujours en retard d'une obligation, et Rouxel est pressé ce matin, je passe mon temps à courir, se dit-il en franchissant son portail, et tout ça pourquoi, on se demande bien, pour me faire engueuler en permanence, parce qu'il manque ceci ou cela, parce qu'on a toujours besoin de quelque chose. Le plus éminent, administrativement parlant du moins, des mille deux cents habitants de Flamanville ronchonne en montant dans sa voiture, une Dyane dont il prend grand soin et dont la carrosserie couleur crème est une tache étincelante de lumière lorsque le soleil veut bien se montrer – la chose se fait plus rare, fin novembre, dans la région.

Rouxel a donné rendez-vous à la première heure, plus tôt qu'à l'accoutumée, à son secrétaire de mairie, Lebreuilly, un homme petit, rond et taiseux qui se pique de mathématiques et aide l'élu à tenir la comptabilité de la commune. À moins d'un mois du conseil municipal de la fin décembre, où le sujet doit figurer en tête de l'ordre du jour, il devient urgent de se pencher sur le budget de l'année à venir. L'exercice 1975 ne s'annonce pas plus radieux que les précédents, avec les habitants qui continuent à déserter Flamanville pour aller trouver meilleure fortune dans les villes industrieuses de la Manche, Cherbourg, Saint-Lô, Coutances : des lieux autrement florissants que le petit village du Cotentin ne manquent pas. Au volant de sa Citroën, André Rouxel voit aussitôt les soucis surgir et encombrer ses pensées, en une équation simple : des habitants en moins, c'est des impôts qui ne rentrent pas, des travaux qu'on décale, il va pourtant bien falloir qu'on remette en état la route contournant le château, et le réseau électrique qui fatigue, si j'augmente les taxes ils vont tous me tomber dessus, déjà qu'ils sont pris à la gorge par le prix de l'essence.

De son domicile à la mairie, classiquement bâtie au centre du village et non loin de l'église, il n'y a qu'un kilomètre à parcourir. André Rouxel, qui vient d'avoir soixante ans mais est en pleine forme malgré sa méchante manie de fumer, pourrait accomplir le trajet à pied chaque jour ou en vélo. Même si l'essence coûte de plus en plus, des mois que ça dure, il préfère la voiture pour deux raisons : d'abord la prestance que l'impeccable auto lui assure et ensuite la possibilité que lui donne ce court déplacement pour faire un tour de la commune, une veille quotidienne. Il aime se montrer aux habitants sous le jour qu'il préfère, celui de la disponibilité, dans un sincère souci de proximité. Il s'agit aussi, pour ce gars du coin, de nature prudente et inquiète, mais au caractère volcanique en dedans malgré l'impassibilité qu'il s'efforce d'afficher, de vérifier qu'aucune catastrophe n'a dévasté le village pendant la nuit. Ce qui revient, au vu de son aversion à l'aventure, à espérer qu'aucun incident n'a ébranlé la tranquillité de la commune. Le maire dit souvent à ses administrés préférer que rien n'arrive plutôt que l'inconnu, une philosophie du bon sens très répandue dans les environs. André Rouxel voit cette maxime comme une garantie de paix sociale et quel est le travail premier d'un maire sinon de préserver la quiétude des siens ?

Il débute toujours sa tournée matinale par une inspection de la façade maritime de son village. Il prend la direction du centre de Flamanville, mais bien avant de l'atteindre, il tourne à droite pour s'engager dans un chemin traversant les champs de plusieurs agriculteurs. On élève là surtout des vaches, mais aussi des moutons et des chèvres, plus rarement des chevaux et des ânes ; les maraîchages sont rares, les céréales, inexistantes. Par cette voie mal carrossée, le maire rejoint la route de la côte, et la première habitation qu'il croise, dans un paysage de grands arbres projetant de l'ombre et de l'humidité sur le sol, est sur sa droite le château décrépi, noir de saleté, des Toulorge. Son occupante, prénommée Élisabeth, que tout le monde appelle madame Toulorge avec un air de respect compatissant, comme une sorte de componction triste, y vit seule et désargentée, perdue dans les immensités du domaine.

Doit-il s'arrêter, pour dire bonjour et prendre des nouvelles, peut-être un café, un de plus ? Il adore trouver madame Toulorge dehors, autour de son château, rafistolant elle-même un volet délabré ou jardinant dans son gigantesque parc, l'interrompre pour la questionner sur les travaux et bricolages sans fin qu'elle a à mener, chercher avec elle des solutions à ses problèmes, l'aider et la rassurer.

L'ancien de la SFIO avait convaincu la discrète châtelaine, qui ne s'était jamais mêlée des affaires publiques, de figurer sur sa liste, présentée comme apolitique, aux élections municipales de 1971. Cela n'avait pas été si difficile. Il lui avait expliqué que sa famille incarnait une partie de l'histoire de Flamanville. En invoquant la tradition, il avait touché une corde intime de l'héritière, conservatrice inquiète de la marche du monde. Il avait commencé à discuter avec elle pendant les conseils municipaux puis de plus en plus en dehors de ce cadre officiel, des choses de Flamanville et de la région, et, peu à peu, de sujets plus personnels, famille, passions, destin et rêves. André et Élisabeth s'étaient découvert une similarité dans l'injustice du deuil vécu, deux tristes pudeurs, deux solitudes perdues dans un village mourant. Ils s'étaient rapprochés dans cette reconnaissance mutuelle, cette amitié, cette empathie, sans se l'avouer, interdits par la réserve qui avait recouvert leurs existences. Ni l'un ni l'autre ne voulait se demander ce qui s'était créé entre eux. Il n'y avait jamais eu une déclaration, de quoi que ce soit, ni de geste, à l'exception de ces rencontres prétendument improvisées, toujours à l'initiative d'André. Élisabeth les accueillait avec une cordialité souriante, s'arrangeant chaque matin pour sortir à l'heure où le maire passait en voiture. Il ne s'y rendait pas tous les jours, la crainte du qu'en-dira-t-on, et il redoutait davantage encore de se confronter à ce qu'il ressentait.

Ralentissant devant le château, Rouxel se reprend subitement : il s'est déjà arrêté la veille, a longuement discuté avec madame Toulorge de l'état de sa toiture, ça va finir par parler dans mon dos, s'agace-t-il d'avance, toujours à jacasser, les gens n'ont rien d'autre à foutre, je te jure. Il appuie sur l'accélérateur, poursuit sa route.

Des maisons sans faste se dressent ici et là, jamais serrées les unes contre les autres, entre les prés délimités par les haies et les branchages. Flamanville est une somme de hameaux dispersés, ne facilitant pas les affinités de voisinage. Le maire n'observe rien d'inhabituel ce matin, et tant mieux, il savoure l'immuabilité du paysage, qui apaise ses excitations et ses révoltes. Les dernières fumées réchauffant les intérieurs depuis la veille au soir s'échappent des cheminées, des soupirs grisâtres et tournoyants dans un ciel laiteux. On se croirait dans un tableau paysan de Jean-François Millet – le grand peintre est né à Gruchy, à quelques kilomètres d'ici.

Le village de Flamanville s'étale sur une pointe à l'ouest du Cotentin, dominant la mer depuis des falaises hautes de plus de quatre-vingts mètres par endroits, elles-mêmes dévalées par un granit noir que l'on a longtemps exploité pour sa robustesse légendaire. À d'autres époques, il a fourni la matière première de la vaste rade artificielle de Cherbourg, a été exporté partout en France et en Europe, à des fins militaires, pour les besoins de l'industrie et à des usages de logement. On dit même que les pavés de la place de la Concorde à Paris ont été fabriqués avec : c'est dire si c'est du costaud. Une bonne partie des maisons de La Hague, comme on appelle le petit pays constituant cette extrémité de la presqu'île et que touche Flamanville sans en faire vraiment partie, ont été construites avec cette pierre de teinte sombre, qui donne aux villages des alentours une solidité minérale, un aspect d'éternité et de résistance au temps, une épaisseur impénétrable. Ces graves bâtisses, que leurs tuiles rouges colorent et rendent moins inhospitalières, ont le mérite de protéger les habitants du vent qui souffle presque sans cesse par grandes rafales sur ce promontoire, qui tabasse les hommes, les bêtes et les herbes, et qui constitue, beaucoup plus que le crachin local, le désagrément constant de ce bout du monde.

André Rouxel ralentit le train de sa voiture, observe sur la mer les pêcheurs partis relever des casiers ou lancer des filets. Au sommet des falaises, la route permet de descendre, par une voie serpentant en contrebas, vers le petit port de Diélette, une autre partie du village. Le maire se prive de ce détour, ce matin encore. Il déteste passer le long des installations en ruine de l'ancienne mine sous-marine qui se tiennent là, de moins en moins fières de l'activité autrefois produite. Il ne subsiste plus, autour de la vieille tour d'extraction blanche fissurée mais toujours accrochée à la roche, que quelques bâtiments désossés, des conduits d'alimentation en eau et en électricité rouillés, des rails de wagonnets de transport décharnés. Au large, affleurant la mer, on peut apercevoir trois bases de pylônes tombés, au sommet desquels des câbles étaient auparavant tendus jusqu'à un vaste quai de chargement disparu. C'était là, à six cents mètres du rivage, que les navires abordaient pour charger le fer qui était extrait dans les profondeurs de Flamanville puis déplacé par des chariots suspendus, minuscules téléphériques.

Pendant un siècle, depuis les premiers puits creusés aux alentours de 1860, les hommes s'étaient engouffrés par les falaises dans des galeries longues de plusieurs kilomètres, les emmenant sous la mer de la Manche. Le minerai y était d'une densité exceptionnelle. Cette richesse enfouie avait donné à Flamanville une histoire industrielle, au milieu d'un pays de landes et de bruyères, d'élevage et de pêche. Elle avait attiré dans les années 1930 des travailleurs étrangers venus d'Espagne, d'Italie, du Portugal et de Pologne. Une conscience ouvrière, perméable aux aspirations communistes et socialistes, était née comme une bulle autonome au sein d'une région d'agriculture catholique et conservatrice, réputée jusqu'à la caricature pour sa modération spontanée. L'éclosion de la mine avait ajouté une autre identité au village, une autre communauté.

Mais les conditions d'exploitation étaient infernales : l'eau salée s'infiltrait partout avec une force herculéenne, et d'autant plus qu'on creusait des galeries nouvelles. Ailleurs, des mineurs craignaient les coups de grisou ; ceux de Flamanville, écrasés par la chaleur et le bruit dans leurs cirés, redoutaient les caprices furieux de la mer, capables de provoquer inondations et éboulements – certains en faisaient des cauchemars. Il fallait pomper les cavités en permanence, grâce à une station électrisée tombant trop souvent en panne, et se lier au rythme des marées, éviter les grands coefficients. À l'intérieur de ces trous humides, des abris de tôle et de toile avaient été montés pour ménager des endroits secs. À cause de toutes ces difficultés, la mine était condamnée à une activité intermittente, qui allait aussi au gré des aléas financiers touchant ses propriétaires. Elle était passée de main en main tout au long de son existence, des noms plus ou moins réputés, l'ingénieur Bérard, l'industriel Thyssen, l'aviateur Coli. La mine avait connu son apogée dans les années 1950, lorsqu'une société locale l'avait reprise : trois cents employés trimaient alors, pour tirer jusqu'à cent cinquante mille tonnes de fer par an. La belle époque avait duré une décennie. Jusqu'à la catastrophe – c'était le mot qu'employait André Rouxel lorsqu'il faisait défiler l'histoire du village. En octobre 1962, le propriétaire avait décidé de fermer boutique, découragé par les contraintes géographiques et les coûts incompressibles. Les acheteurs de fer préféraient désormais s'approvisionner en Mauritanie.

Ancien scaphandrier à la mine, et gendarme maritime dans une première vie, André Rouxel n'a jamais réussi à accepter la fermeture du site. Ce douloureux souvenir est irrémédiablement lié à un autre événement plus terrible encore pour lui, dont il ne s'est pas remis : son épouse Paulette est morte à quelques semaines d'écart, cancer foudroyant. Cette maudite année 1962 a bouleversé André, longtemps un ouvrier heureux de son destin, qui croyait en Dieu et dans le progrès perpétuel, plein d'une confiance naïve et stupide dans le mouvement de l'Histoire. Il a commencé après le drame à douter et détester, par des sursauts intermittents de haine qui agissent au fond de son âme comme de puissants ressentiments. Dans ces moments-là, il a envie de hurler que le monde n'est rien d'autre qu'une promesse de déceptions, que rien ne sera plus jamais aussi doux qu'avant, qu'il faut s'y résigner, c'est comme ça. Malgré les tumultes en lui et les litres de désespoir qui l'emplissent, Rouxel tâche de donner l'apparence d'un homme faisant face. C'est son rôle de maire.

Il évite Diélette, de peur de descendre dans ces souvenirs, et continue de rouler tout droit vers la cité Sainte-Barbe. Au nord de la commune, ce coron ouvrier groupe une centaine de maisons étroites alignées les unes à côté des autres, comme jumelées, selon un plan sommaire de petites rues perpendiculaires. Le quartier a été érigé au temps de la splendeur industrielle, pour loger les travailleurs, et reste un village dans le village, avec sa vie propre, ses socialités, ses commerces, son café. La fin de la mine a fait du mal à Sainte-Barbe, zone à demi vide désormais, presque fantôme.

Devant le bar de la cité, qui appartient aux Launay, connus comme des gens rustres, avides et forts en gueule, Rouxel remarque une agitation inhabituelle à cette heure-ci, et s'inquiète, mais qu'est-ce que c'est que ce foutoir ? Un groupe d'hommes bien peignés, sortis drôlement tôt des maisonnettes de Sainte-Barbe, est en train de parler haut avec la tenancière – la mère Launay est la vraie patronne de l'établissement, son époux, ahuri et insignifiant, étant toujours avachi au fond du troquet, ivre de bon matin. Le maire hésite à s'arrêter, trouvant cette animation bien étrange, est-ce qu'il se serait passé un drame ? Allons bon, il ralentit, rattrapé par le souci de l'imprévu, mais se reprend, la raison l'emporte, s'il y avait un problème, se dit-il, on m'aurait mis au courant, et de penser à son secrétaire, Lebreuilly doit déjà être dans mon bureau, au garde-à-vous avec son livre de comptes sous le bras. Lorsque l'un des types au café aperçoit la Dyane d'André Rouxel, si pimpante qu'on pourrait la croire sortie de l'usine alors qu'elle a quatre années au compteur, le client entreprend un geste pour le héler. Mais le maire de Flamanville fait comme s'il s'agissait d'un simple salut, lui rend la pareille, bras timide, sourire imperceptible, et trace de plus belle vers la mairie.

À peine Rouxel se gare-t-il qu'il voit Lebreuilly sortir en hâte, un journal à la main, vous avez lu *L'Éclair* monsieur le maire, le fonctionnaire s'époumone, s'avançant au pas de course, vous étiez au courant ? Ils veulent installer une usine nucléaire à Flamanville, vous imaginez ce que ça veut dire monsieur le maire ? Une autre usine, mais ici à Flamanville, pas là-haut à Beaumont avec l'autre, ici, dans le village ! Ils ne vous avaient rien dit ? Tenez, regardez, et Lebreuilly tend le journal vers son patron à travers la vitre ouverte, il y a même une carte, ils hésitent encore sur l'endroit précis, ils évoquent Flamanville, mais aussi Gatteville ou Manvieux, ils veulent faire pousser ça comme des champignons.

Rouxel, abruti par l'agitation de Lebreuilly, repousse l'exemplaire de *L'Éclair* et, d'un geste sultanesque, se saisit du sien propre, posé sur le siège passager. Il déplie le journal, enfile ses lunettes et voit, sous le pli, le titre raté au réveil : « Une centrale nucléaire d'électricité envisagée dans le Cotentin ». À l'intérieur, il trouve le grand article qui fait tourbillonner Lebreuilly, avec un autre titre : « Le pari énergétique régional ». Le village de Flamanville est représenté sur une carte de la Basse-Normandie par un rond blanc cerclé de noir, « site projeté » – selon la légende – pour la création d'une « centrale nucléaire ».

Rouxel se tourne vers Lebreuilly, les lèvres basses, prêtes à s'excuser.

– Mais qu'est-ce que c'est que cette histoire ? On ne m'a rien dit.

L'article est signé par un journaliste bien connu du maire, Georges Pitran. Spécialiste des questions nucléaires à *L'Éclair du Cotentin*, il rend compte des diverses activités du site de La Hague, situé à vingt-cinq kilomètres au nord de Flamanville, où le Commissariat à l'énergie atomique produit du plutonium pour l'armée, retraite les combustibles irradiés dans les centrales nucléaires françaises, et stocke les déchets issus de ces processus. Les nouvelles à donner ne manquent pas et Pitran a un style bien à lui pour le faire : il étale, avec des mots scientifiques compliqués et des formules ampoulées, sa connaissance de l'atome, mettant un soin particulier à célébrer les dernières trouvailles du secteur, inventions ou découvertes, qui deviennent vite des *progrès* dans l'enthousiasme de sa plume réjouie. Rouxel a rencontré le gratte-papier plusieurs fois, les élus du coin étant toujours conviés, et cajolés, aux conférences de presse organisées par la direction de l'usine de La Hague.

Mais pourquoi Pitran ne l'a-t-il pas appelé avant d'écrire l'article ? Ce n'est pas compliqué de décrocher son téléphone, André grogne en lui-même en pénétrant dans son bureau de maire, de quoi j'ai l'air à apprendre ça dans le journal, un guignol, voilà, les gens du village vont me tomber dessus avec leurs questions et je ne saurai pas quoi répondre, et ce connard de Grand-Vernon va encore se foutre de moi, garanti, il va me chercher des poux au prochain conseil municipal avec cette histoire, alors monsieur le maire personne ne vous a rien dit ? Ah le con ! Il va encore faire son beau de Paris, son homme de cinéma qui connaît du monde. Derrière sa nuque, André Rouxel entend un raclement de gorge, que Lebreuilly tente de maquiller en toux légère. Le secrétaire attend que le maire dise enfin quelque chose. Rouxel, perdu dans ses réflexions, n'a toujours pas lu l'article.

Il s'y met.

> Si le débat sur l'électricité d'origine nucléaire est un pari national, celui qui sera proposé au conseil de Basse-Normandie en matière de choix éventuel d'un nouveau site est un pari régional. Notre presqu'île est tout particulièrement concernée. Ne l'a-t-on pas déjà qualifiée de Nord-Cotentin atomique ? Nous avons accepté, il y a près de quinze ans, une importante usine nucléaire dans La Hague. Les risques étaient connus. Ils ont été assumés. Nous avons également

> accepté, il y a cinq ans, une installation de stockage de déchets radioactifs solides et de faible activité sur le centre. Doit-on autoriser l'EDF à aller de l'avant à Gatteville ou Flamanville pour réaliser une centrale de puissance de plusieurs centaines de mégawatts électriques ? C'est le sens de la question qui sera posée dans les prochains mois à la population du Nord-Cotentin.

– C'est le programme de Messmer et Giscard ! s'exclame Lebreuilly lorsqu'il voit Rouxel relever la tête pour réfléchir une seconde. Ils ont ciblé Flamanville. Mais comment, monsieur le maire ? Comment sont-ils tombés sur nous ?

Plutôt que de répondre et de confesser son ignorance, Rouxel fronce le visage tout entier, pas seulement les yeux et les sourcils, et reprend sa lecture.

> Il ne faut pas se leurrer : devant l'industrie nucléaire, le profane est démuni. Il est obligé de s'en remettre aux scientifiques. La mystérieuse alchimie de l'atome ne se maîtrise pas facilement.
> Toute activité humaine produit des déchets. L'industrie nucléaire n'échappe pas à cette loi. Vous oubliez leur existence jusqu'au jour où une grève vous laisse un tas d'ordures devant votre porte !
> Une centrale, ce n'est pas une bombe atomique. C'est une usine qui ne peut pas exploser. Contrairement à la centrale thermique, la centrale nucléaire ne rejette pas de fumées ou de produits chimiques nocifs pour

l'homme. Mais elle rejette de la radioactivité, qui ne se voit pas et ne se sent pas.

Cette radioactivité est contenue par une prodigieuse plomberie, pour reprendre le mot des atomiciens. Ce qu'il faut éviter, c'est l'accident de plomberie.

– Il n'y a rien sur Flamanville, nom de Dieu.

André Rouxel jette le journal sur le bureau, excédé. Et en une seconde, il retrouve son air coutumier, visage impavide et attitude méfiante, celui qu'il affecte, celui qui garantit aux autres l'impression qu'il maîtrise le cours des choses.

– Vous imaginez ce que ça veut dire, monsieur le maire ? questionne Lebreuilly avec une satisfaction timide. Les retombées, les emplois, la patente...

– Cela n'a aucun sens de parler de ça, Lionel. On ne sait rien de ce projet. Même pas un projet d'ailleurs, mais une simple hypothèse. Où est mon répertoire ? Il faut que j'appelle Pitran.

Le téléphone sonne longuement dans le vide. Mais un homme finit par décrocher, à la voix bizarrement fluette et rigoureuse, si particulière, que reconnaît tout de suite l'édile de Flamanville, c'est Georges Pitran, content de lui, on l'entend à sa voix réjouie, je comprends que vous avez lu mon article monsieur le maire, quelle nouvelle n'est-ce pas, vous devez être heureux, c'est la fin des ennuis pour Flamanville, et le temps d'attraper un carnet et un stylo à côté de lui, il se décide enfin à demander à Rouxel une réaction officielle pour la publier dans son journal, comment accueillez-vous cette idée ?

– Je n'ai rien à dire, monsieur Pitran, sur cette histoire dont je ne sais rien. Mais comment avez-vous su ? On ne le comprend pas dans votre article.

– Il faut lire la grande presse parisienne, monsieur le maire ! Vous ne lisez pas *Le Monde* ? Savez-vous que je suis leur correspondant dans le Cotentin ? Depuis trois ans. J'y ai un vieil ami qui travaille pour le service des affaires internationales, un homme que j'ai connu adolescent. Nous nous sommes rencontrés à Alger.

– Oui, et alors ?

– En ma qualité de correspondant, je reçois *Le Monde* tous les jours à mon domicile. Et je le lis tous les jours, j'y mets un point d'honneur. Hier, ils ont publié un article sur le programme de construction des centrales nucléaires de Giscard. Ils veulent en mettre partout dans le pays. Entre nous, c'est à mon sens une bonne chose : il en va de la grandeur de la France. Hier donc, j'ouvre *Le Monde*, comme à mon habitude, et que vois-je ? Flamanville, Gatteville. Vous n'étiez pas au courant alors ?

– Mais qui prendra la décision finale ? C'était précisé ?

– Je n'en sais rien, et *Le Monde* ne le disait pas. Sans doute que le gouvernement laissera les conseils régionaux et généraux étudier la question et qu'il tranchera ensuite. Une centrale nucléaire à Flamanville... Ah ça, on n'aurait pas parié. Alors comment accueillez-vous ce projet, monsieur le maire ?

– J'attends d'avoir plus d'informations pour m'exprimer, répond sèchement Rouxel. Envoyez-moi une copie de cet article dont vous me parlez, je vous prie. Au revoir.

Lebreuilly affiche une moue contrariée devant le manque d'enthousiasme de son patron. Le maire ne le voit pas, recroquevillé dans ses pensées, le village ne va parler que de ça tout le week-end, songe André, ils vont me demander des comptes et moi j'ai rien à leur répondre, quelle connerie. Je n'ai plus qu'à éviter les commerces et les cafés, ça va être coton, je comprends pourquoi il y avait autant de monde chez la mère Launay, et demain à l'église ça va faire toute une histoire. Le maire de Flamanville ne manque jamais la messe du père Thomas, même si la disparition de Paulette a distendu son lien avec le Très Haut. Face aux paroissiens, il ne faudra pas se rater, avoir l'air sûr de soi, rassurer les gens, leur donner des éléments précis, calendrier, processus, plan atomique. C'est le directeur de La Hague que je dois appeler, lui au moins pourra me renseigner, se dit André, qui s'indigne en silence, ils nous refont le coup de La Hague, quand ils ont décidé de coller une usine ici sans avertir personne, du jour au lendemain, mais pourquoi Flamanville et pas Granville, ou pas Barneville plutôt ? Parce qu'on n'a pas les touristes, nous ? Parce qu'ils s'en foutent ? Pendant trois longues minutes, Rouxel ne bouge pas d'un muscle ni d'une paupière.

On frappe lourdement à la porte de la mairie, et Lebreuilly questionne des yeux : doit-il aller ouvrir ?

Les deux hommes ont tant l'habitude de travailler ensemble qu'ils se comprennent sans se parler. Le maire approuve d'un signe de la main.

Deux gars de la cité ouvrière, des anciens mineurs que connaît bien Rouxel, se tiennent devant l'entrée, casquette à la main devant eux, tête flétrie vers l'avant, semblant faire pénitence. Ils avancent timidement jusqu'à l'embrasure de la porte du bureau où siège le premier magistrat de Flamanville.

– Eh bien, c'est pour quoi ? demande le maire.

Le moins épais des deux hommes se décide.

– C'est pour la Sainte-Barbe, André. Quand est-ce qu'on peut venir chercher les tonnelles ?

La fête de la Sainte-Barbe est célébrée à Flamanville au début de chaque mois de décembre. Sous le patronage de la Dame des mineurs, la tradition se perpétue même si le bruit des pioches grattant les falaises a cessé. C'est une journée d'égaiements au cœur du village, un déjeuner sans fin à la salle des fêtes, une communion pour Flamanville qui se termine à la nuit tombée.

– Lundi, mardi, mercredi, quand vous voulez, indique Rouxel, sans comprendre l'urgence de cette inquiétude soudaine. Ça n'a pas d'importance, je suis là tous les jours, vous savez bien.

Les deux hommes hochent la tête en silence, vaguement embarrassés. Ni l'un ni l'autre n'a l'idée de fixer une date et un horaire précis. Le plus costaud se tourne vers son collègue, attendant qu'il ajoute quelque chose. Rouxel le remarque.

– Bah alors, autre chose ?

– Oui, marmonne celui qui n'est pas muet. On a lu *L'Éclair* ce matin. Tu sais, l'usine atomique. C'est à toi qu'on doit demander pour les embauches ?

3

Jacques et Clémence Legendre savent ce qu'ils ont à faire. Ils ont vu les autres, les camarades, les copains, agir en de telles circonstances ; ils ont observé, étudié, appris, et parfois participé. L'équation est simple : agression d'en haut, mise en péril d'un territoire, réaction militante, engagement citoyen, et puis la lutte. Le schéma est connu, des expériences existent, le Larzac est passé par là. Ils ont à reproduire un modèle, rien de plus, l'appliquer à leur situation, ce n'est pas sorcier mais c'est plus facile à penser dans les réunions théoriques qu'à mettre en place de façon concrète. Il s'agit de leur première fois, c'est excitant, vertigineux aussi.

En face, il y a l'État, l'industrie, le gouvernement, l'économie, la technocratie, bref les pouvoirs, le pouvoir. Comme disent les affiches : société nucléaire, société policière. Contester l'une revient à contester l'autre. Il faut faire tomber des puissances qui dominent les gens, les villages, les communautés locales. Flamanville en est une, minuscule, infinitésimale, insignifiante, aucune chance sur le papier. Mais si on le laisse aller à ce qui est écrit, le monde est de toute évidence perdu, puisqu'il n'est pas capable de se conduire de façon raisonnable ; alors on peut s'en foutre et c'est l'assurance de la catastrophe, ou on peut essayer de résister.

Jacques a l'habitude de déplorer cette *société technicienne et centralisatrice*, qui prétend maîtriser une énergie trop sophistiquée, presque surnaturelle. Et Clémence approuve les grands mots de son mari, un air d'admiration amusée dans la voix. Elle lui laisse les concepts et s'occupe de l'intendance, de l'organisation pratique sans laquelle la théorie ne produit rien. Il incarne le combat et elle le mène en sous-main. Ils se complètent.

Jacques et Clémence se sont trouvés au début des années 1960, après l'École normale et le Capes, dans un collège du centre de la Manche, où ils avaient été mutés tous les deux, eux qui venaient du Calvados, lui de Courseulles, elle de Bayeux. Ni l'un ni l'autre n'était sûr de savoir ce que l'on voulait désigner par l'expression *coup de foudre* : était-ce ce qu'ils avaient vécu ? Leur union leur avait semblé évidente, ils avaient tant en commun. Un an plus tard, ils étaient mariés.

Agression, mise en péril, réaction, engagement, lutte. Dans cette succession d'étapes, ils sont à la phase trois : réaction. Ils ont appris la nouvelle comme tout le monde, comme le maire et comme tous les habitants, un beau matin en ouvrant le journal. On leur promettait la construction d'une usine de production d'électricité d'origine nucléaire et ils devaient être ravis, puisque c'était la garantie d'un avenir placé sous le signe de la félicité et du renouveau. Qui pourrait être assez fou pour refuser une telle aubaine ? Eh bien, justement, Jacques et Clémence, les Legendre comme les nomment les élèves à qui ces enseignants apprennent l'anglais pour lui et l'histoire-géographie pour elle, sont suffisamment fous – eux disent idéalistes, utopistes, rêveurs – ou se croient suffisamment forts pour se permettre de contester l'ambiance d'acceptation, joyeuse ou résignée selon les individus. Eux posent une simple question, mais c'est presque déjà un sacrilège : En quoi est-ce une bonne idée ? Jacques et Clémence pensent qu'elle est mauvaise et ne veulent pas rester les bras croisés dans la petite maison du village qu'ils louent à un gradé installé dans la commune voisine.

Le dimanche précédent s'est tenue la Sainte-Barbe, la fête des mineurs mettant à l'honneur la communauté ouvrière de Flamanville. À l'occasion, les travailleurs qui vivent dans la cité au nord du village délaissent leur coron pour se répandre dans le petit centre. La salle des fêtes étant trop étroite pour contenir la foule, on l'encercle de longues tonnelles abritant des tables extérieures pour les moins frileux, de gloriettes recouvertes de bâches en plastique pour accueillir des ventes et des distributions, café, crêpes, gâteaux, cidre, et de petits kiosques transformés en stands de jeux, comme à la kermesse. La Sainte-Barbe débute à l'église, avec un sermon du curé. Le fameux abbé Thomas est proche des anciens mineurs, parmi lesquels nombre de Polonais, d'Espagnols et d'Italiens, des catholiques qui ne transigent pas avec l'existence de Dieu, même si la plupart espèrent chaque année que le prêche de l'abbé Thomas ne sera pas trop long. Ensuite, la fête peut enfin commencer, à l'heure du déjeuner, une ripaille qui s'éternise jusqu'au soir, des viandes rôties et des pommes de terre taillées en frites, des vins inépuisables et des descentes de calva qu'on se lance en défis rigolards. L'usage est que les autres habitants du village, ceux qui ne font pas partie de la grande famille des mineurs, rejoignent la bombance au milieu de l'après-midi, pour montrer leur solidarité. Comme l'ont fait cette année Jacques et Clémence, toujours impressionnés de pénétrer cette réunion intimidante. Dans cette ivresse de joie confuse, les Legendre se sentent encore des étrangers. À raison : il y a toujours un ouvrier échauffé par la bière, souvent un parent d'élève, pour venir les voir et leur expliquer, avec cette fausse fraternité exacerbée par l'alcool, la symbolique de cette fête pour le village, comme s'ils étaient des touristes de passage. Cela désespère Clémence qui se demande si un jour, et quand, ils seront vus pour ce qu'ils sont devenus, des Flamanvillais à part entière.

Cette édition a été furieuse, un grand cru. Pas une goutte d'eau tombée du ciel et un temps doux jusqu'en début de soirée : beaucoup ont mis son succès sur le compte de la météo, mais c'est aussi l'annonce de l'usine nucléaire qui a ragaillardi l'humeur. Enfin, on pouvait croire en l'avenir. Jacques et Clémence s'en sont rendu compte eux-mêmes, alors qu'ils sirotaient un verre de cidre sous une des tentes à l'extérieur et qu'ils écoutaient des participants de la Sainte-Barbe entonner des chants de mineurs, quand l'un d'entre eux a profité d'un silence entre deux airs pour proposer de trinquer, au programme nucléaire de la France, valse d'approbations, et un autre a ajouté en rigolant, à la santé de Giscard ! Autour, les gens ont repris, dans un amusement plein d'ironie, car la majorité des présents se revendiquait socialiste ou communiste, le monde ouvrier. Les Legendre se sont regardés, effarés, et n'ont pas levé leurs verres.

Au retour de la Sainte-Barbe, Jacques et Clémence se sont fait une promesse : on ne va pas laisser Paris saccager notre joli coin du Cotentin. Ils l'habitent depuis la rentrée de septembre 1970, depuis qu'ils ont obtenu leur affectation au collège des Pieux – la commune voisine de Flamanville. Ils avaient ciblé l'établissement car il s'inspirait des méthodes de Célestin Freinet, leur idole : collaboration, expérimentation, correspondance, liberté d'expression, responsabilisation. Le mot fondamental est celui d'*autonomie*. Jacques, le plus versé des deux dans les livres de Freinet, le souffle dès qu'il peut dans une conversation, comme une sorte de talisman personnel. La quête de l'autonomie est au centre d'une autre source d'inspiration du professeur d'anglais : Cornelius Castoriadis. La formation de Jacques n'est pas le maoïsme, le trotskisme ou quelque autre division du marxisme-léninisme, des divisions qu'il a toujours trouvées trop militaires, trop rigides : non, c'est *Socialisme ou Barbarie*. L'aliénation est dans l'incapacité des individus, des communautés et des sociétés à s'extirper des codes imposés par d'autres qu'eux-mêmes, et son abolition suppose la redéfinition des règles par les groupes concernés et, en fin de compte, le passage de l'*hétéronomie* à l'*autonomie*.

La centrale est un exemple pur d'hétéronomisation des Flamanvillais. Mais les Legendre ont décidé de résister. Réaction : comment déclencher le mouvement qui peut créer un engagement collectif et déboucher sur une lutte, puis une victoire ? L'un des principaux enseignements de Freinet est clair, on ne motive pas les enfants, on ne cherche pas à les *motiver*, cela ne marche pas, on doit au contraire les *mobiliser*, rien à voir. Le premier objectif passe par des mots, des encouragements, des émotions et aussi des sanctions, mais ce n'est pas un vestiaire de foot dont on parle, donc quel intérêt ? Le second, *mobilisation*, passe par de l'information et de la transmission, qui produit, comme la réaction en chaîne de ces grandes centrales nucléaires qu'ils veulent voir disparaître, de l'implication personnelle et du sentiment collectif, et tout cela procure en dernier ressort de l'enthousiasme, voire un sentiment de joie. Clémence et Jacques ont observé ce mécanisme du bien-être militant, qui vous pousse à agir et à lutter, sur le Larzac, où ils sont passés comme beaucoup de gens de gauche de leur génération. Ils ont envié la puissance heureuse que dégage l'unité des paysans du plateau, liés par le serment de ne pas vendre leurs terres. Tant qu'ils conservent ce principe, ils n'ont rien à craindre. C'est ce qu'il faut réussir à créer à Flamanville, face au monstre froid que l'on veut y ériger.

Les Legendre mettent peu d'ego dans leur désir de lutte, Jacques certainement plus que Clémence néanmoins, Jacques qui n'est pas dépourvu d'ambitions politiques, tout au fond de son crâne, si loin qu'il n'ose pas en parler à sa femme. Le désir qui les anime est surtout une recherche de sens, et de la plénitude qui va avec. Ils s'accordent sur un constat qui domine tous les orgueils : dans ce monde, le meilleur moyen de se sauver – en tout cas de ne pas se perdre – est de se lier à une cause, de s'inscrire dans un mouvement humain, de ne pas rester indifférent à cette planète qui ne demande qu'à tourner sans qu'on lui demande rien. De là, dans ces luttes collectives, naissent les amitiés profondes, les aventures, et il serait franchement insensé, et même idiot, d'attendre davantage de la vie.

Quand il s'agit de paperasse, c'est évidemment Clémence qui s'en occupe, sans même que Jacques lui demande. Elle a fait la démarche de déclarer auprès de la préfecture l'association qu'ils ont décidé de monter avec des copains enseignants, et qu'ils ont appelée *Comité de base contre la pollution atomique dans La Hague*, selon la terminologie militante du moment. Jacques, de son côté, prend en charge l'écriture du texte qu'il souhaite envoyer à *L'Éclair du Cotentin* pour officialiser la naissance de l'association auprès du grand public, un brouillon sur lequel il s'affaire depuis des heures, corrigé par sa femme, retouché par elle, simplifié. Clémence a le souci de la bonne compréhension par le lecteur, clarté, efficacité, puissance, quand Jacques se montre toujours trop démonstratif, inutilement pompeux, une grandiloquence par laquelle il cherche à faire impression mais qui peut le transformer en cuistre. Sans l'indulgente vigilance de son épouse, qui surveille et relit, il passerait pour un ennuyeux vaticinateur.

Forme définitive adoptée, le communiqué de presse vaut acte de naissance du Comité de base, davantage que son inscription officielle dans les registres de la préfecture.

> C'est avec stupéfaction que certains habitants de Flamanville prenaient connaissance, samedi 7 décembre, de l'article paru dans un journal de la région faisant état de « l'accueil très favorable de l'ensemble de la population ». Jusqu'à ce jour, aucune discussion réelle n'a eu lieu dans la commune sur les avantages et les inconvénients de l'implantation d'une centrale nucléaire, aucune information n'ayant été faite sur ce sujet. Quelles seront les incidences sur le tourisme local, sur la pêche, sur l'agriculture, sur la santé de gens ? Quels emplois seront réellement créés et pour combien de temps ? Combien seront effectivement occupés par des gens du pays ? C'est en toute

connaissance de cause que les gens de la commune doivent se déterminer et non en fonction d'un quelconque « miroir aux alouettes » après avoir pris également connaissance des oppositions de Manvieux ou de Gatteville qui, pourtant, comme eux souffrent du sous-emploi. Ce sont ces différents aspects du problème que se propose d'étudier le Comité de base contre la pollution atomique dans La Hague qui vient d'être créé dans la commune et le canton.

Jacques lit deux fois le texte à haute voix, le déclamant presque, il le passe au gueuloir. C'est court et c'est clair, constate-t-il autant pour lui que pour Clémence assise à côté de lui, je crois qu'il pose bien les enjeux du débat et la mission de l'association, informer les habitants, questionner les sachants, refuser les certitudes établies. À nous désormais, poursuit-il avec l'ardeur d'un militant déjà prêt à se fondre dans la lutte, de faire vivre ce Comité, réunions, manifestations, conférences, bals, tracts, panneaux, Jacques dresse la liste de toutes les actions à conduire, position valorisante de général en chef. Clémence l'écoute sans mot dire. Elle pourrait intervenir en le coupant, oui oui on sait bien tout ça, puisque c'est l'évidence même, mais elle ne le fait pas, elle le laisse se rêver en grand organisateur, alors que c'est moi qui vais devoir gérer ces détails qui n'en sont pas, réfléchit-elle sans agacement, nul ressentiment en elle, à moi de trier les idées de Jacques, à moi de les ranger dans l'ordre, à moi de leur donner des applications, et pendant que son mari continue dans leur maison de tirer des plans sur des comètes, Clémence se demande à quelle date et dans quelle salle aura lieu la première réunion dudit Comité.

Jacques relit une dernière fois le texte du communiqué et demande à Clémence ce qu'elle en pense. Elle répond oui, c'est parfait, salue son homme d'un baiser sur la joue et cachette la lettre dans une enveloppe. Les Legendre sont prêts à se lancer, à défendre leur zone, à créer leur Larzac à la pointe du bout du monde, dont ils veulent préserver le charme sauvage, ou plutôt sauver ce qu'il en reste car l'usine de Beaumont l'a déjà bien entamé, de façon grossière, presque grotesque. Les cheminées de La Hague : on les voit de partout sur la côte, impossible de les rater dès lors que l'on arpente le coin par la mer et ses abords littoraux.

On croise souvent Clémence et ses cheveux roux, qu'elle a décidé de porter court, ses pommettes rondes et hautes et ses yeux noirs, sur les chemins qui sillonnent la région, sur le principal d'entre eux notamment, le sentier des douaniers qui fait le tour du département en longeant la mer. Elle part avec une bouteille d'eau et un roman dans son sac, pas grand-chose de plus, un K-Way évidemment. Elle aime les auteurs classiques, ceux qui vous dépeignent des mondes entiers sur cinq cents pages, qui font revivre les époques dans toute leur richesse, elle n'est pas enseignante d'histoire-géographie pour rien. Balzac, Stendhal, Flaubert, mais surtout Zola, son préféré

– pas un hasard. Elle peut y passer des heures lors de ses journées libres, n'importe où dehors, pourvu que ce soit entouré de nature, face à la mer parfois ou derrière une dune, une *mielle* comme on dit ici, le dos appuyé contre le poteau en bois de clôture d'un champ, là où elle sera sûre de ne pas être dérangée. Elle ne sait pas s'il existe un paysage plus beau que les dunes de Biville, cette immensité de bosses sablonneuses verdies par la végétation marine, qui s'échappent du sol et forment des cratères presque lunaires, vaste champ de promenade préservé de toute trace humaine depuis que l'ancien lieu de manœuvres militaires a été rendu à la vie sauvage, une collection de petits vallons inondés par endroits pendant l'hiver, tout cela au bord de l'eau, un peu au-dessus de Flamanville, juste après Siouville. C'est là qu'elle se rend le plus souvent possible pour s'isoler et respirer la tranquillité absolue, métaphysique. Tout autour de soi, il n'y a rien d'autre que du sable réparti en monticules, au pied d'une longue colline où trône un calvaire : Clémence, qui ne croit pas en Dieu, aime se dire que ce christ géant veille sur la munificence du lieu.

Quelques années plus tôt, avant l'arrivée du couple, l'État avait envisagé d'installer au milieu des dunes de Biville, zone remarquable pour sa flore et sa faune, un centre de stockage de déchets radioactifs, un grand dépôt à ciel ouvert de douze hectares. La preuve absolue, pour Clémence, que les gens d'en haut, de là où ils décident, n'ont aucune conscience des répercussions de ce qu'ils édictent, tout occupés à leur souci d'efficacité nationale et de production globale – une autre raison de se battre. Heureusement, les élus locaux s'étaient levés contre cette folie, et le centre avait atterri à côté de l'usine de retraitement de La Hague, derrière les grands murs et barbelés abritant un monde en soi, muet et opaque, et dont les habitants ne savent quasiment rien. C'est le règne du prétendu progrès, de la croissance et de la consommation qui avance sans réfléchir, comme une fin en soi, sans se demander s'il ne détruit pas plus qu'il ne crée.

Cousteau a raison, que Clémence a écouté il y a quelque temps à la radio, interviewé par Chancel. Elle admire le commandant, sa vie d'explorateur-aventurier, son éloquence, sa pertinence, et l'inflexion de son discours, sa *conversion écologique* comme il dit. Elle se souvient de ses mots dans le poste, ses mots exacts, comme un cri de colère : « La production on s'en fout, la quantité on s'en fout, ce qui compte c'est la qualité, la qualité de vie, le bonheur de vivre, le rire, les chansons, la joie, regardez les gueules que vous tirez à Paris, vous regardez vos chaussures, et vous êtes tous dans vos bagnoles, pare-chocs contre pare-chocs, c'est ridicule, les gens n'ont plus le temps, il faut qu'ils remplissent des fiches, la joie est en train de foutre le camp. » Clémence repense souvent à cette phrase, « la joie est en train de foutre le camp », lorsqu'elle se promène, et elle résonne de nouveau dans sa tête tandis qu'elle observe Jacques retouchant les derniers mots de la lettre qu'il s'apprête à envoyer à *L'Éclair*. Chez Chancel, le commandant Cousteau a dit autre chose qui a désespéré Clémence et lui a donné en même temps de l'énergie, l'envie de se battre : « Je crois à la fin du monde, mais je me désolidarise de ceux qui l'annoncent, cela ne m'intéresse pas, je veux penser qu'on va s'en sortir, il faut instruire, éduquer le public, et moi, je souhaite apprendre aux gens à aimer le monde. »

Aux longues marches, Jacques préfère la nage, et aux livres, la peinture, chacun ses goûts. Il ne se prend pas pour Cézanne, mais il expose, et c'est bien plus qu'un loisir du dimanche. L'enseignant s'est mis à la palette à l'âge de vingt ans, conseillé par un obscur peintre fauve, dont il avait fait la connaissance par sa famille, un disciple de Vlaminck. Jacques s'est lancé, au début par jeu et par curiosité, et a vite continué, par passion. Il a le coup d'œil et de pinceau ; il sait repérer les lieux, les sujets, qu'il transfigure par des couleurs vives, pleines de contrastes, et des traits élancés, allongés. Il a du talent, l'envie de le développer, la force de travail. Jacques ne restera pas dans l'Histoire et le sait – quoique, il ne faut jurer de rien. Mais il a son petit succès. Plusieurs galeries lui ont demandé des œuvres, à Deauville et aux Andelys, à Paris chez Duncan et Artemont, ce n'est pas rien. Ses toiles sont exposées en ce moment dans une Maison des jeunes et de la culture, des nus, des natures mortes et des paysages surtout, des images de la région, Diélette et Flamanville, mais aussi Saint-Vaast-la-Hougue, Port

Racine et les marais de Carentan, et il s'y trouve également une cardabelle du Larzac, souvenir d'un séjour en terre de lutte.

Il y a quelques jours, *L'Éclair* lui a consacré un article sympathique, saluant « une exposition très intéressante ». Ce n'était pas gagné, si l'on en croit le commentaire de fin.

> Peintre engagé, cet autodidacte a des principes puisqu'il affirme que *toute forme d'art est une révolte*. Même si l'on n'admet pas ces principes, il ne faut pas ignorer le talent de Jacques Legendre.

La photo illustrant l'article est celle d'un tableau de l'enseignant, *Chile Solidaridad*, qui représente des paysans sud-américains traversant un village pauvre, avec ses baraquements déglingués. Tout est rouge, ocre et orange, feu, flammes et soleil, misère et fatigue. Jacques est évidemment du côté du peuple, d'Allende et de Neruda, l'un de ses poètes favoris, sans surprise. Engagé, réaliste ou surréaliste, expressionniste, il a entendu tous les adjectifs dans la bouche de ceux qui viennent voir ses expositions. Lui se contente d'un *figuratif* qui lui convient mieux : il veut représenter le monde qui l'entoure, comme une ambition politique. Il n'est pas mauvais en dessin, mais il est surtout bon pour la chromie, réussissant des associations téméraires, comme allier le vert et le rose pour reproduire la marée basse à Barfleur, avec les algues dans le port et le couchant dans le ciel.

On associe toujours le Cotentin à l'eau que le ciel verserait en crachin, une grave erreur. Il pleut, souvent, beaucoup, une pluie à vous mettre le cafard lorsqu'elle s'éternise des jours et des jours, comme le ciel gris et bas qui recouvre alors les têtes. Mais ceux qui ne voient que cette eau qui tombe passent à côté du vrai miracle local, quand ce bout du monde s'illumine, pendant quelques heures, d'un soleil faisant ressortir toutes ses lueurs scintillantes. Quand il s'est installé dans la presqu'île avec Clémence, Jacques est tombé fou amoureux des couleurs. Le phénomène est encore plus sensible dans La Hague, un pays de dunes, de landes, de bocages et de pierres qui se distingue par sa danse de teintes et de pigments : il y a ces innombrables nuances de vert, jamais tout à fait les mêmes, selon les herbes qu'on observe, les arbres, les buissons, les talus ; il y a aussi le blanc du sable, la mer bleue ou grise, le jaune fané de la végétation poussant sur les mielles, le jaune vif des ajoncs et le mauve des bruyères sur les collines et les landes, le brun des arbustes secs ; c'est aussi un pays de vaches aux robes tachetées ou unies.

Avec Clémence, Jacques a décidé de se fixer à cet endroit pour ces visions merveilleuses, ainsi que pour la nage. Il descend à Diélette pour se baigner. Le port a des airs de grande piscine, idéale pour faire des longueurs, l'eau froide pour se donner un coup de fouet, se raffermir, se tonifier. Jacques est un irréductible, capable de se mouiller très tard dans l'année, jusqu'en octobre, quand la température tombe bien en dessous des quinze degrés. Il n'y a plus personne d'autre que lui à ce moment-là : les pêcheurs l'observent depuis leurs bateaux en se disant quel illuminé, il n'y a qu'un *horsain* pour se foutre à la mer à cette époque de l'année. Le peintre-enseignant-militant, qui n'a plus les cheveux longs et épais depuis des années, crâne déjà dégarni, mais a toujours un air d'intellectuel avec ses chemises fleuries et son manteau à col pointu en automne, ses grandes lunettes carrées à double barre et son strabisme qui lui donne une vague ressemblance avec Sartre, s'en amuse en nageant. Il a pris l'habitude de ces regards méfiants.

Il se sent comme chez lui à Flamanville, il ne se voit plus ailleurs. Et quand il crawle dans le bassin salé de Diélette, il enrage de se trouver dominé par les grandes cheminées de l'usine de traitement des déchets de La Hague, tellement hautes, tellement énormes qu'il les voit d'ici, lorsqu'il relève la tête hors de l'eau. Elles gâchent les couleurs, les paysages qu'il adore. Elles les menacent : un accident, un attentat, un incendie, une erreur, il suffit d'une fois pour que cette beauté disparaisse. Ceux qui disent que c'est impossible mentent. Ils ont beau prendre toutes les précautions, calculer les risques, être les plus sérieux du monde. La vérité est qu'il suffit d'un rien, un grain de sable dans la machine, pour que tout pète, tout explose, tout soit réduit à néant, et ça, non, je ne laisserai pas faire, une usine a déjà été imposée aux gens, pas question d'en laisser pousser une deuxième.

Jacques Legendre met sa casquette sur la tête, embrasse à son tour Clémence, prend l'enveloppe contenant le communiqué de presse et dit d'un ton résolu, je vais la poster.

4

Hébrard roule les yeux et les lèvres, c'est extraordinaire, absolument extraordinaire, et multiplie les compliments, fabuleux, prodigieux, il en fait des tonnes. De l'autre côté de la table, Odile Grand-Vernon prend son mal en patience, elle en a désormais l'habitude. La conversation, pendant les dîners auxquels son couple s'adonne, finit inévitablement par tomber ces derniers mois sur le sujet. Cela commence par une succession d'éloges et d'adjectifs, comme avec Hébrard en ce moment, c'est complètement fou, quel exploit, s'enflamme l'invité du soir, et cela se poursuit toujours avec une avalanche de questions, mais combien de temps allez-vous tenir *Sylviane* à l'affiche ?

Claude Grand-Vernon ne rosit plus de fierté ou d'embarras, il a dépassé ce stade.

– Je n'en ai pas la moindre idée. L'emballement ne régresse pas, au contraire. Nous avons conquis Paris et les grandes villes pendant l'été, puis les villes moyennes de province à la rentrée. Et maintenant, c'est au tour des petits cinémas de campagne de programmer le film. Les verrous sautent les uns après les autres. Nous allons bientôt mailler entièrement le pays. Alors même que les chiffres dans la capitale ne diminuent pas.

Fantastique, sensationnel, incroyable ! Ponctuant les propos de son hôte par des exclamations, Hébrard n'a plus assez d'adjectifs pour qualifier le *phénomène de société*. L'expression s'est banalisée au sujet du film érotique dont Claude Grand-Vernon est à l'origine, niaiseuse adaptation d'un roman d'apprentissage sexuel mettant en scène une jeune femme égarée dans une Asie lubrique, onirique, mystérieuse, aux mains d'un vieux bonhomme qui la dévergonde. Par la double force du bouche-à-oreille et du scandale, *Sylviane* s'est répandue dans les salles de cinéma de France, une traînée de poudre faisant exploser la concupiscence de la nation. L'affluence augmente chaque semaine, de nouveaux exploitants réclament des copies, la presse ne cesse d'écrire sur l'immense succès. Non pas que la production, censurée sous Pompidou et libérée sous Giscard, soit un chef-d'œuvre. C'est plutôt le fait d'une curiosité collective, au puissant effet d'entraînement. Un pays tout entier veut parachever la révolution entamée en 1968. Le mépris exprimé à la sortie du film, que certains considéraient comme une laide et avilissante manipulation des instincts de la masse, s'est dissipé. Il faut l'avoir vu.

Claude Grand-Vernon triomphe : son nom et son visage s'affichent partout, son flair est célébré. Tous ceux qui le croisent, à l'exception de quelques pudibonds, quelques vertueux ou hypocrites, lui posent les mêmes questions. Ils veulent en savoir plus sur la jeune inconnue rendue célèbre par le premier rôle, aux cheveux courts et roux, au physique androgyne. Ils quémandent des anecdotes de tournage, espérant glaner des secrets inavouables sur ce grand fauteuil en osier, sur la scène d'ébats lesbiens ou sur celle de la cigarette, la plus osée. Ils finissent toujours par lancer Grand-Vernon sur les recettes fantastiques du film et sur ses bénéfices à lui.

Quand Hébrard aborde lui-même la question, le producteur de films jette un coup d'œil par la fenêtre du salon, vers le joli voilier de six mètres qu'il vient de s'offrir et qui mouille en bas, dans le port de Diélette, accroché à une bouée, résistant aux vaguelettes. Il élude, une boutade en réponse, et Hébrard reprend sur un autre registre.

– Voyez, Claude, je ne peux m'empêcher de mettre sur le même plan la passion inattendue pour *Sylviane* et l'humeur du pays qui a porté notre président au pouvoir. La France veut du renouveau. Elle est désireuse de briser les vieux carcans, de se libérer des traditions pesantes, d'entrer dans le monde contemporain. La modernité, Claude, la modernité ! Monsieur Giscard d'Estaing l'a compris mieux que tout le monde : c'est son génie. Oui, son génie, j'ose le mot. Je crois que le président Giscard a du génie. Notre chance est de pouvoir l'accompagner. Une ère nouvelle s'ouvre, qui s'annonce longue. Et nous sommes jeunes, vous et moi. À nous de l'accompagner. Le déclic politique a eu lieu, mais il reste à changer l'économie, la société, la morale et même la culture, comme vous êtes en train de le faire à votre façon. À nous de changer la France, mon ami. C'est la mission de notre génération.

François Hébrard est l'une des plus fécondes relations politiques de Claude Grand-Vernon. Les deux hommes ont fait connaissance chez les jeunes Républicains indépendants, le parti du président. Hébrard, pas encore quarante ans, occupe un poste important : directeur de cabinet de Michel d'Ornano à la mairie de Deauville. Depuis que son patron a été nommé au ministère de l'Industrie, après l'accession de Giscard à l'Élysée, ce loyal homme de l'ombre, en lequel le nouveau membre du gouvernement a pleine et entière confiance, régente la municipalité balnéaire du Calvados. Un petit Mazarin, le genre d'homme qui jouit mieux et davantage du pouvoir quand il l'exerce en secret. À la différence de son hôte, qui rêve de célébrité et de lumière, Hébrard préfère les coulisses et excelle pour savoir ce qui s'y trame. C'est pour cette raison que Claude l'a invité à dîner.

Le producteur de *Sylviane* a tout de suite compris où la *centrale* – le village a appris en quelques jours à utiliser ce mot plutôt que celui d'*usine* – atterrirait. En homme informé, il connaît les exigences impérieuses de l'industrie nucléaire, et ses vicissitudes. Il lui faut de grandes quantités d'eau pour alimenter les circuits de refroidissement des réacteurs ; il faut à cette ogresse énergétique, immense pourvoyeuse de déchets, des infrastructures de transport à sa proximité pour se fournir et se décharger. À Flamanville, cette double contrainte laisse peu de place au doute : la centrale sera construite non loin du port de Diélette, sur la façade maritime, à quelques centaines de mètres de chez Grand-Vernon. La monstrueuse verrue poussera au pied des falaises, desservie par la cahoteuse route longeant la mer – où exactement, quand, comment ? Il l'ignore encore mais est résolu à l'apprendre.

Un jour, un dimanche de repos loin du brouhaha parisien, Claude Grand-Vernon avait entendu frapper au carreau. Il lisait un journal dans son fauteuil, plus sûrement un magazine, *L'Express* sans doute. C'était peu après avoir acquis la maisonnette pour trois fois rien. De l'autre côté de la fenêtre se trouvait un jeune pêcheur de Diélette, le visage déjà creusé par un mélange ridé de sel, de soleil, de vent et de labeur. Avec sa main droite, il tenait au niveau du visage un gros homard noir et charnu, qu'il montrait au producteur dans l'espoir de le lui vendre. Le prix était si bas, quelques francs, qu'il aurait été insensé de refuser. Grand-Vernon avait acheté le crustacé, amusé. C'était en voyant le modeste travailleur de la mer lui proposer avec tant de candeur un mets pour lequel on se pâmait à quatre cents kilomètres de là, dans cette capitale où il s'évertuait à satisfaire de profondes ambitions de succès, qui passaient pour lui par la richesse et la politique, que le Parisien s'était pris d'affection pour son nouveau port d'attache, lieu perdu dont il ne venait pas, lui qui était né et avait grandi en Provence. À la suite de cet épisode pittoresque, resté gravé dans sa mémoire, Claude Grand-Vernon avait pris l'habitude d'user d'une formule, toujours la même, pour répondre aux questions qu'on lui posait sur cet endroit méconnu : « J'ai découvert qu'il pouvait faire beau dans le Cotentin. » Il prononçait ces mots avec un sourire entendu que ses interlocuteurs n'étaient jamais sûrs de savoir interpréter. Ils n'étaient chargés d'aucune ironie.

Claude Grand-Vernon avait connu La Hague grâce à son épouse, rencontrée alors qu'elle travaillait comme juriste dans une société de télévision. Odile brûlait du même désir de reconnaissance que lui, mais elle enviait à Claude son panache et son énergie. Surtout, elle avait considéré, au milieu de ces années 1960 pendant lesquelles une femme n'avait pas le droit d'ouvrir un compte en banque à son nom et encore moins celui d'interrompre une grossesse, que le plus court chemin pour accéder à ses rêves de triomphe était de les accomplir aux côtés d'un homme qu'elle avait choisi et qu'elle épaulerait. Il ne s'agissait pas, pour ce caractère déterminé et cet esprit vif, d'être l'observatrice passive d'une ascension espérée, mais d'en être l'accompagnatrice éclairée. Elle était désormais directrice financière de la société de production que Claude avait créée.

Odile s'était juré très jeune de ne pas se satisfaire d'une place au bord de l'existence, comme s'en était contentée sa mère, restée au foyer toute sa vie pour s'occuper des rejetons, résignation prise en horreur par sa fille, insupportable médiocrité. La famille d'Odile Grand-Vernon était originaire de Cherbourg, où son père tenait une pharmacie marchant si bien que le notable avait pu se payer une maison sur la côte ouest du Cotentin, dans la belle et paisible commune de Siouville. Rien à voir avec celle de Flamanville et ses hautes falaises, qu'elle jouxte : Siouville s'étend le long d'une anse de sable jaune, sur laquelle la mer s'avance en vagues creuses et arrondies, comme des tubes industriels. La balnéaire Siouville a des airs de vacances auxquels la granitique Flamanville ne peut prétendre.

Dès les premières années de leur mariage, les Grand-Vernon s'étaient habitués à se rendre dans le Cotentin pour leurs congés et leurs week-ends. Mais ils s'étaient vite trouvés à l'étroit, avec leurs deux jeunes enfants, dans la résidence secondaire familiale, où il fallait cohabiter avec les parents d'Odile qui se déplaçaient à chaque fois de Cherbourg pour *les voir*. Claude, déjà entiché de la région, avait vite eu assez de cette proximité imposée. Aussi avait-il pris la décision de s'acheter un petit quelque chose dans les environs, question de tranquillité, et aussi de statut, c'était l'idée qu'il se faisait de l'homme qu'il voulait être. Il n'avait pas cherché longtemps : la maisonnette de Diélette, laissée vacante par un pêcheur décédé sans épouse et sans descendant, avait été la première qu'il avait envisagée, et achetée sans réfléchir au sortir de sa première visite. Elle coûtait peu, tant elle était modeste, voire rudimentaire. Dotée d'un seul étage distribuant trois chambres minuscules, d'une pièce unique à tout faire au rez-de-chaussée et d'une cour sans jardin à l'arrière, elle tirait tout son charme, plutôt que quelque beauté, de l'authenticité de ses murs de granit aux joints épais et irréguliers, et de sa vue dégagée sur la mer.

Une autre raison avait poussé Claude Grand-Vernon à aller si vite. L'année 1970 touchait à sa fin. Le producteur devait justifier d'un domicile à Flamanville pour se présenter quelques mois plus tard à l'élection municipale, comme il en nourrissait l'intention. Il s'imaginait faire du Cotentin, où le personnel politique local ne se distinguait ni par ses ambitions ni par sa hauteur de vue, l'ancrage territorial nécessaire à son lancement sur la scène nationale. La direction d'une commune rurale était la première étape qui devait le conduire à la députation. Ensuite, à l'Assemblée, il espérait se bâtir une renommée telle qu'il pourrait entrer un jour au gouvernement : l'Agriculture lui plairait bien pour débuter, ou la Pêche, qui correspondrait à son bastion électif, et après cela, tout était ouvert, il aurait son passeport d'entrée, on pouvait songer à l'Énergie, pourquoi pas, même si, par son métier, la Culture ou la Communication étaient des possibilités évidentes. Mais il fallait grimper les échelons les uns après les autres et d'abord faire gagner une circonscription au parti : Claude était convaincu que Giscard était là pour deux septennats et il avait le désir de s'impliquer dans l'aventure, aux premières loges.

Malheureusement pour ses rêves d'ascension, il avait échoué à devenir maire de Flamanville trois ans plus tôt. D'un rien : il en râlait encore aujourd'hui, maudits soient les scrutins de liste. Au premier tour de l'élection, le Parisien, à qui l'on ne donnait aucune chance en raison de cette origine a priori désavantageuse, avait été le candidat recueillant le plus de suffrages sur son nom dans le village, 80 %, un plébiscite. André Rouxel avait été élu de justesse, avec 52 % ; il était difficile de ne pas y voir un désaveu, que l'édile sortant mettait sur le compte du lent et inexorable ensommeillement de Flamanville. En vieux briscard de la politique, Rouxel avait toutefois réussi à conserver son poste de maire : grâce à son implantation dans le village, il avait fait élire plus de candidats sur sa liste, qui l'avaient désigné pour diriger le conseil municipal. Le flamboyant Claude Grand-Vernon avait eu du mal à digérer sa défaite. Il considérait avoir été battu par moins brillant que lui et il avait certainement raison.

L'homme du monde s'était lancé dans l'aventure élective en appliquant des codes novateurs qui s'imposaient à peine en France. Partout dans le village, on avait dit qu'il faisait *une campagne à l'américaine*. La profession de foi de Claude Grand-Vernon s'ouvrait avec une photo serrée sur le haut de son corps, placé légèrement de biais, la tête penchée sur le côté, au bas de laquelle on voyait seulement son nœud de cravate, le col de sa chemise rayée et le haut de sa veste. L'aspirant avait le regard dense, franc et doux, et le sourire presque timide, qui ne laissait pas voir ses dents. Sur la photo, il faisait dix ans de plus que son âge, mais ne montrait aucun signe de vieillesse, sa peau jeune était sans ride, son cou était tendu, ferme. Les électeurs étaient priés de se laisser aller dans les bras experts de cet homme venu d'ailleurs, dont on susurrait d'un ton impressionné qu'il avait *du réseau* et des amis haut placés.

> Claude Grand-Vernon.
> 30 ans, marié, deux enfants.
> Études secondaires. Faculté de droit.
> Gérant de société.
> Président du Syndicat des producteurs des films publicitaires pour la télévision.
> Trésorier du Yacht-Club de Diélette.
> Candidat aux élections municipales de Flamanville.

C'était ainsi qu'il se présentait sur sa profession de foi. Son programme se résumait à trois objectifs majeurs, « renouveau économique, renouveau touristique, préserver la qualité de vie », et à une promesse, « tout cela est possible ».

> C'est une affaire d'hommes, de moyens et de volonté. Les hommes, les énergies existent à Flamanville. Les enfants sont nombreux : ils doivent rester. Les moyens, je les connais : c'est d'abord un problème de communication et c'est mon métier. Pour ce qui est de la volonté, c'est le 14 mars que vous choisirez un nouveau conseil municipal.

Claude Grand-Vernon s'était appuyé sur un film de promotion de lui-même, qu'il projetait dans les fermes et les maisons du village. Il y était interrogé sur sa vie par un célèbre journaliste de l'ORTF, sur sa carrière professionnelle, son attachement au Cotentin, ses projets pour Flamanville. Le village était soufflé d'être dragué par un candidat aux allures de vedette, du jamais-vu. En comparaison, André Rouxel avait l'air terriblement banal, terriblement normand. Sa seule stratégie était de discuter avec les habitants sur le marché et de se rendre à la messe, persuadé que son meilleur atout était d'être ici connu comme le loup blanc. De sa quasi-défaite, le maire, orgueilleux contrarié, avait ressenti une profonde humiliation. Depuis cette campagne éprouvante pour son ego, il détestait le producteur, qu'il n'arrivait pas à se représenter autrement qu'en rival. Il se vengeait de façon mesquine, convoquant des réunions du conseil municipal en plein milieu de semaine, lorsque Claude Grand-Vernon était à Paris, pour l'obliger à un aller-retour irritant à Flamanville ou le contraindre à être absent. Au mieux, il arrivait à illustrer le manque d'assiduité qu'il aimait tant déplorer chez son adversaire ; au pire, il parvenait à l'agacer. Rouxel se satisfaisait de la seconde option.

Au café, François Hébrard, intarissable, continue de disserter sur la politique nationale, et Claude se montre tout ouïe, d'une politesse exquise et docile. Odile reste silencieuse, rasée par les grands discours du directeur de cabinet.

– C'est une chance de pouvoir participer au grand mouvement de progrès qui s'accomplit sous nos yeux, se félicite Hébrard. Un jaillissement exceptionnel de créativité et d'inventivité, qui remodèle en profondeur notre pays. Enfin la France a l'occasion de s'accrocher à son temps, après des années de stagnation. À force, nous nous dirigions vers un décrochage lent et certain. Mais à quelque chose malheur est bon. Je regrette de le dire, mais la mort de Pompidou nous permet d'avancer. Enfin... Nous avançons à très grande vitesse. Des réformes, des réformes, des réformes. Voyez tout ce que le président Giscard a fait en l'espace de quelques mois. C'est fabuleux ! Extraordinaire ! N'est-ce pas ? La loi Veil sur l'avortement, l'éclatement de l'ORTF, le Conseil européen, la majorité à dix-huit ans...

– Et le programme nucléaire ! interrompt Odile, cachant mal son agacement. Des centrales nucléaires partout en France, et peut-être même à Flamanville. Je ne suis pas certaine d'y voir un progrès, quand je me trouve ici, dans ma région natale, et que j'imagine l'avenir avec une usine à côté de chez moi.

– Chérie, la France a besoin de ce programme, tempère son époux. C'est une nécessité. Les tarifs du pétrole flambent, l'essence est hors de prix. Nous sommes totalement dépendants des pays étrangers.

– Claude, tu es un homme très raisonnable, rétorque Odile. J'entends tes petits arguments parfaitement rationnels, mais je ne crois pas que l'on puisse considérer le monde par ce seul biais. Et la beauté des lieux, et la préservation des paysages ?

Hébrard s'est adossé à sa chaise, un sourire figé sur le visage, affectant la sérénité.

– Je crains, chère Odile, que Claude n'ait raison. L'énergie nucléaire est une chance pour la France, et une force pour notre industrie. Nous devons nous réjouir de maîtriser cette technologie. Le président Giscard fait le bon choix en mettant en œuvre le plan Messmer.

– Mais vous imaginez une centrale à Flamanville, une usine au milieu du village ? Une autre usine, devrais-je dire, car la région a déjà été servie avec le centre de La Hague, et c'est assez à mon goût. Je suis tout à fait opposée à ce projet et je ne crains pas de le dire, même si cela disconvient au propos très rationnel de mon mari.

– Chérie, le choix des sites n'a pas été validé, rassure Claude. Nous n'en sommes qu'à la phase d'étude. Le gouvernement fait des hypothèses, c'est tout. Il n'y aura peut-être jamais de centrale ici.

Hébrard toussote, un bruit artificiel, comme une interjection discrète, étouffée et pleine de sens. Le régent de Deauville penche la tête vers son café, s'applique à le boire lentement, savoure moins ses arômes que l'interruption de la conversation, jouant sa partition d'homme de l'ombre. Claude Grand-Vernon le fixe d'abord et attend, mais rien ne se passe. Il n'a pas le choix, il doit creuser, questionner, prier. Se soumettre. Reconnaître son infériorité. Cela ne lui plaît guère.

– Vous avez des informations, François ?

– Je ne peux garantir de savoir ce que le président Giscard a en tête, répond Hébrard, faussement modeste. Je n'ai que des bruits, des rumeurs, de simples échos.

Et le directeur de cabinet, pourtant sans se faire prier, de se lancer dans une démonstration bavarde, une autre, pour dire que le problème vient de la Bretagne : la région voisine a cruellement besoin d'énergie en raison de la densité de la population, de l'intensité de son activité agricole et industrielle, mais elle déteste se faire imposer des solutions qu'elle n'a pas souhaitées. Sauf à vouloir engendrer l'une de ses capricieuses jacqueries, ces coutumières éruptions identitaires qui sont aussi des désirs d'attention. Dans un monde parfait, où la décision politique serait prise sans se soucier des émotions populaires, on planterait sans réfléchir une usine électronucléaire sur une côte bretonne, parce qu'il le faut pour le bien de la région, dossier classé et au suivant. Mais cette manière de penser s'affranchit de la réalité avec laquelle Paris doit composer. Les Bretons ont réagi sans tarder à la publication de la fameuse carte de France répertoriant les sites d'implantation possibles pour les centrales du programme nucléaire. La région en comptait cinq, dans la baie de Morlaix, aux alentours de Brest et près de Quiberon. Le ballon d'essai a provoqué un grand émoi, en particulier à Plogoff, sur la pointe du Raz : en quelques jours, le village de deux mille âmes s'est déversé en manifestations d'hostilité, une opposition radicale, rassemblant la totalité de la population, riches et pauvres, jeunes et vieux, élus et administrés, pêcheurs et paysans, écologistes et catholiques. Le gouvernement prend le sujet au sérieux, craignant une contagion. Alors que l'agenda des réformes à tenir est rempli, il ne peut s'offrir le luxe d'une fronde locale – un nouveau Larzac – contre son plan le plus ambitieux : la transformation du secteur énergétique. Dès lors, l'affaire se résume à une question : Comment desservir la Bretagne en électricité sans la fâcher ?

– La réponse est évidente, note Hébrard. Depuis la Normandie, avec des lignes très haute tension. L'idéal serait de placer une centrale dans le sud de la Manche, là où les deux régions se rencontrent, non loin de Rennes et Saint-Malo, mais on ne va quand même pas bâtir une centrale dans la baie du Mont-Saint-Michel ! Restent trois possibilités : Manvieux au nord de Bayeux, Gatteville dans le Val de Saire et Flamanville. Et il faut bien admettre, outre ses caractéristiques propres, que Flamanville est la commune la plus proche de la Bretagne.

– Elle est aussi la plus éloignée de Deauville, dont le ministre chargé du programme nucléaire est le maire, relève Odile, d'une insolente froideur.

– Chérie, ça n'a rien à voir, proteste Claude Grand-Vernon. C'est une décision qui répond à de multiples facteurs, la qualité du sol, le foncier disponible, les courants au large du cap, les infrastructures.

– Odile, je peux vous assurer que monsieur le ministre n'a pas d'idée arrêtée sur le sujet, réplique Hébrard, sans paraître offensé. Il fera son choix en âme et conscience, comme toujours avec lui. Oui, je le reconnais, l'option consistant à bâtir une centrale par ici n'est pas la plus farfelue, mais rien n'est acté à ce stade, je vous le jure. Vous avez déjà à l'esprit les éventuels désagréments que cela pourrait causer et je dis bien *pourrait*. Je comprends : vous réagissez en voisine, avec un point de vue esthétique, rien de plus normal. Mais vous devriez aussi songer aux avantages qui, eux, seraient certains : l'emploi, l'impôt, l'attractivité. Je pense que monsieur d'Ornano serait heureux de pouvoir annoncer de si bonnes nouvelles aux habitants de Deauville. Enfin, peut-être pas pour une centrale à Deauville même, mais dans les environs.

5

Du fond de la nef, où il se tient à l'écart des autres participants, Georges Pitran entend le moindre mot prononcé par l'abbé Thomas, comme s'il était à côté de lui. Le curé parle fort et distinctement et l'église Saint-Germain est une bâtisse de longueur modeste. Tout y est modeste d'ailleurs, les dimensions de l'édifice, l'apparat des murs, recouverts d'une peinture blanche qui s'effrite par endroits, les courtes statues en bois de Jésus Marie Joseph, les bancs en équerre qui font mal au cul et au dos. On se croirait plutôt dans une chapelle, ou un très gros oratoire, songe le journaliste, pas étonnant, l'endroit a été construit trois cents ans plus tôt par le seigneur local, un baron quelconque ou un comte, Pitran ne sait plus, le même homme avait fait à l'époque dresser le château, et il s'était offert son petit lieu de prière à lui, au milieu du village, sans penser que la commune se développerait autant.

Pendant que l'abbé Thomas reprend ses chants, Pitran médite sur le destin de Flamanville, une succession d'accidents inattendus, et sur sa place dans l'histoire humaine, un coup de chance répété, dont les habitants n'ont même pas conscience. Le granit, le fer, maintenant le nucléaire et quoi demain ? On leur offre, à chaque ère humaine, des sources d'énergie, des sources de vie : il y a la mer aussi, la plus fertile des réserves. Encore une fois, la grâce leur tombe dessus, grâce industrielle et non divine, entendons-nous bien. Les gens devraient courir de bonheur dans la rue, hurler de joie et remercier leurs bienfaiteurs, très réels : l'État, l'armée, le gouvernement, enfin le génie français, mais non, se lamente Pitran, ils sont comme des couillons à la messe, à prier et chérir le Ciel, à écouter leur abbé qui ne connaît rien au monde, et ils seraient même foutus de se plaindre de cette centrale si on se mettait à les faire bavarder.

C'est tout le Cotentin ça, s'agace le journaliste, qui déteste cet endroit et cherche de moins en moins à le cacher, un territoire étriqué, recroquevillé, froid et sans imagination, à la ligne de pulsion vitale aussi plate que l'encéphalogramme d'un mort. Pitran méprise le manque de curiosité des habitants, incapables du désir de voir ce qui se passe ailleurs. La preuve en cet instant même, dans cette église rabougrie : après la lecture de l'Évangile, le prêtre a démarré l'homélie, le changement fait peur, dit-il, il doit faire peur, il est normal qu'il fasse peur. Pitran se demande si le père Thomas fait référence à l'autorisation de l'avortement en France qui vient d'être votée à l'Assemblée nationale ou à l'annonce d'une usine d'électricité flambant neuve à Flamanville, le commentaire fonctionnant dans les deux cas. Le journaliste, lui, approuve les deux progrès, des avancées vers la science, l'indépendance, l'émancipation, il ne comprend pas que l'on puisse s'y opposer.

Le prêtre fait allusion à la centrale, d'une formule fière, sourire entendu et yeux plissés par la satisfaction, l'atome fait partie de la Création, s'amuse-t-il, et qui voudrait s'opposer à la Création ? Un curé nucléaire, rigole Pitran sous cape, mais cela fait remonter l'abbé Thomas dans son estime. Il écoute la suite du sermon avec plus d'attention. Le curé discourt sur l'importance du dialogue et de la bienveillance dans les périodes de bouleversement, c'est la force d'une communauté d'y résister sans se laisser emporter, et ainsi de suite. De là où il se trouve, Pitran voit aussi le maire, dans les premiers rangs, qui ne bouge pas d'un cil, sculpture de marbre, sacré Rouxel, une grenouille de bénitier, songe Pitran, plutôt inattendu pour un ancien de la SFIO.

Le journaliste de *L'Éclair du Cotentin* est venu à Flamanville prendre la température de la population, humer l'atmosphère, comme il l'a expliqué au patron du journal, Lombardini. Il veut observer les gens, rien de plus, et quoi de mieux pour ce faire que d'assister à la messe ? Son inspection informelle doit passer ensuite par le café des Launay, près de la cité Sainte-Barbe. Pitran veut entendre ce que les ouvriers ont à dire de cette histoire : si ceux-là ne sont pas ravis, c'est à n'y plus rien comprendre, se dit le journaliste, mais butés comme sont ici les gens tout est possible.

Georges Pitran se targue de ne pas être comme eux. Il a vu du pays, franchi des frontières, vécu des expériences. Ses études l'ont mené à Londres et à Paris. Il aime les lettres et les arts, pratique le violoncelle et le tennis, collectionne les pièces de monnaie, les timbres modernes, les photos anciennes des grandes villes du monde, tel un explorateur de chambre. Il chérit aussi les habits militaires. L'honnête homme, célibataire et sans enfant, est au milieu de sa vie, quarante ans depuis quelques mois. Il n'a pas toujours exercé dans la presse. Il ne s'imaginait pas rédiger des articles, des œuvres trop courtes pour lui, il voulait écrire des livres, être reconnu comme un intellectuel – cela viendra plus tard.

Il a embrassé le journalisme par hasard, parce qu'il avait appris que *L'Éclair* recherchait un connaisseur de la chose militaire après le départ à la retraite de son spécialiste. Georges Pitran, cheveux très noirs et très courts, moustache XIXe siècle, petite taille et silhouette sèche, s'estimait tout désigné pour prendre la relève, lui l'officier de marine qui venait de quitter l'arsenal de Cherbourg. Il avait participé là-bas à la grande aventure des sous-marins, en tant que détecteur, spécialiste des radars. Quinze ans donnés à l'armée française : il était bon pour demander son solde de tout compte et toucher sa pension, sans regrets ni nostalgie. Le plein service de la nation avait fait résonner la corde patriotique qui vibrait en lui depuis l'enfance et lui avait permis de voyager un peu, au hasard des affectations sur une base ou une autre. La presse lui avait semblé ensuite un bon moyen de ne pas s'encroûter dans un travail de bureau sans envergure, de satisfaire ses curiosités, son envie d'agir et même d'influer, en dépit de ses aspirations d'écrivain. Il était qualifié pour le poste vacant, avait convaincu sans peine le patron du journal, Lombardini étant un fana mili lié d'intérêt à l'industrie locale. Pitran lui avait expliqué par a plus b qu'il était le mieux placé, grâce à ses relations au sein de l'armée.

À la sortie de la messe, Pitran observe André Rouxel, qu'il aperçoit au loin serrant des mains à grandes poignées, empli d'une assurance qu'on ne lui connaissait pas. Le maire semble en forme, il distribue des petits et bons mots, enserré par un groupe d'habitants, un notable parmi ses administrés, autorité manifeste, sagesse recherchée. Il dégage un air de puissance, on le voit à sa façon de se tenir, tranquille et droit, le regard franc, plongé dans les yeux des habitants, et quand on l'interpelle à quelques mètres, il répond volontiers, ne cherche pas à éluder les discussions.

La ronde autour de Rouxel possède un effet magnétique. À mesure que Pitran s'avance, il entend la voix du maire de Flamanville qui domine la conversation. Des expressions émergent du brouhaha, des mots d'acquiescement et d'affirmation, bien sûr, absolument, puisque je vous le dis, la parole d'André Rouxel devient de plus en plus nette, je ne suis pas surpris du tout, assure-t-il, il s'est passé quelque chose un jour qui m'avait mis la puce à l'oreille, Pitran est tout près désormais, derrière le dos du maire qui poursuit son récit, oh cela devait être il y a un an ou deux peut-être, j'avais repéré des types qui faisaient des mesures au-dessus des falaises, j'ai cru à des géomètres d'abord, mais ils m'ont indiqué qu'ils travaillaient pour l'EDF et qu'ils n'étaient pas autorisés à en dire plus, et je me suis tout de suite dit qu'ils avaient des projets pour la commune, j'ai pensé au nucléaire, alors aujourd'hui je ne suis pas plus étonné, je dirais même que d'une certaine façon, je m'y attendais. Pitran sourit, celui-là est gonflé, se dit-il, il faut oser, les gens sont prêts à gober n'importe quoi, et le journaliste se retourne vers le parking de l'église où il a garé sa Renault 5.

Il roule vers le café des Launay, situé au carrefour du Guerfa, au nord du village. Il n'a pas encore pénétré dans l'établissement, reconnaissable à son auvent rouge vif et ses fenêtres croisées teintées en jaune, tout ce qu'il faut pour ne pas laisser entrer la lumière, qu'il entend la mère Launay, la tenancière à grande gueule, sur le trottoir. Elle rabroue un bonhomme avachi qui boitille en sortant – on se demande si c'est l'effet de la gnôle ou d'être bossu qui le fait pencher, sans doute a-t-il proféré des insanités ou des conneries.

À midi, il est déjà trop tard pour commander un petit jus. Pitran s'assoit sur un tabouret haut, l'assise de cuir lacérée, et demande un verre de blanc, que la mère Launay lui sert avec une coupelle de cacahuètes dégoulinant de sel. Elle lui a donné du bonjour monsieur lorsqu'il est entré. Cela a suffi à faire lever quelques têtes dans le bar, tiens un gars qu'est pas d'ici. Le journaliste, poli avec la patronne, fait mine de déguster la piquette de la Loire mais inspecte la salle autour de lui, des coups d'œil rapides par en bas. Comme d'habitude, le père

Launay, barbe grise en pétard et gros pull urticant sur le dos, est étalé sur une banquette, il tourne à l'anisette avec deux copains et, vu le nombre de carafes d'eau sur la table, ils n'en sont pas à la première. Des groupes d'hommes, exclusivement des hommes, sont dispersés dans le café, répartis par grappes autour des tables rectangulaires qui accueillent l'assistance, une nappe en toile cirée à motifs variés sur chacune d'entre elles. On dit ici que c'est à la bonne franquette pour ne pas avoir à constater que c'est moche et déprimant.

Les clients sont semoncés à tour de rôle par la mère Launay. Dès qu'ils ouvrent la bouche, elle leur rentre dans le lard, rouspétant contre leur bêtise, vous n'y connaissez rien !, vous ne comprenez rien !, ses phrases préférées. Parce que tu sais ce qu'ils font à l'usine, toi, Jacky Coquebel, demande-t-elle avec toute l'ironie surjouée dont elle est capable, parce que tu t'y connais en nucléaire, toi peut-être, qui travailles dans les champs comme journalier, non tu n'y connais rien mon gars, alors tu ferais mieux de la fermer avant de dire n'importe quoi. La mère Launay peut être méchante, toujours à rabaisser les gens, à les faire taire. Tu devrais te tenir au courant des nouvelles, ouvrir le journal de temps en temps, mais encore faudrait-il que tu saches bien lire ! Elle humilie le type qui a des bras aussi larges que des rondins et s'écrase pourtant face à l'aubergiste. Elle poursuit, sans s'occuper de la réaction des uns et des autres, si tu avais ouvert le journal, tu saurais que l'usine n'a jamais aussi bien marché que cette année, c'est écrit dans *L'Éclair*, et Georges Pitran comprend alors, le visage toujours baissé vers son petit blanc infect, mine de rien, que la mère Launay parle de son dernier article, celui qu'il a publié dans l'édition du week-end.

C'est un gros morceau technique et compliqué, rempli du vocabulaire des spécialistes, comme l'ancien officier les aime, qui espère impressionner les lecteurs avec un étalage de savoir. Après des années passées à tourner au ralenti, la faute aux déboires de la filière nucléaire française, qui avait fait le mauvais choix technologique en pariant sur le graphite-gaz, une catastrophe industrielle, le centre de retraitement de La Hague a changé de cadence, avec le choix pompidolien de passer à l'eau pressurisée – les Américains ont montré au monde que cela fonctionnait, pourquoi faire autrement ? De l'uranium irradié arrive désormais par camions entiers au bout de la presqu'île, six cents tonnes auront été traitées au 31 décembre, sur douze mois, un record, qui a permis de fabriquer 1,2 tonne de plutonium, un autre record. « C'est autant que la quantité produite entre 1969 et 1973 ! » s'est félicité Pitran dans son article, avec un point d'exclamation pour marquer son enthousiasme. La mère Launay est capable de ressortir les chiffres, elle a bien lu le journal. Elle n'a aucune idée de ce que cela représente concrètement mais elle en veut pour preuve que cette usine n'est pas inutile. Avec l'ouverture de nouvelles centrales, comme celle qu'on envisage de bâtir à Flamanville, la montée en charge de l'usine de La Hague doit se poursuivre, le chiffre de huit cents tonnes d'uranium traité est un objectif raisonnable, atteignable à court terme. C'est le directeur du centre qui l'affirme, il a donné une conférence de presse trois jours plus tôt, à laquelle Pitran s'est rendu.

– Ça se développe, ça se développe, gueule la mère Launay en essuyant des assiettes, la mine réjouie. C'est bon pour la région, tout ça !

C'est bon pour les affaires. Du travail en plus dans les usines, ce sont des clients nouveaux au café des Launay. La patronne remplit les verres et se félicite, mugissante, il paraît même que les étrangers nous envient l'usine, c'est ce que le journal dit, si ce n'est pas une bonne nouvelle je ne sais pas ce que c'est, elle continue à brailler son triomphe. Elle fait tant de bruit qu'elle n'entend pas, au fond du bar, dans un coin sombre où la lumière arrive à peine, le type esseulé qui boit doucement sa bière. Il ne porte pas la casquette comme les autres ouvriers, lui a l'allure d'un original avec ses cheveux longs et ses vêtements déglingués. Pitran a remarqué sa silhouette en entrant, sans parvenir à discerner son visage. Le type s'agace dans son coin, murmurant des phrases en boucle, ils veulent surtout jeter leurs ordures chez nous, ils veulent faire de nous leur poubelle nucléaire. Et l'original aux cheveux longs, l'air d'un fou, ne répète rien d'autre que cette expression, poubelle nucléaire, poubelle nucléaire, tant de fois qu'il attire l'attention de quelques clients.

Des regards déroutés se croisent dans le bar, et un pêcheur prend la parole pour signaler une autre partie de l'article, que la mère Launay a pris soin de ne pas mentionner. Le Commissariat à l'énergie atomique, qui possède l'usine de La Hague, veut utiliser ses capacités à pleine puissance. Elle a signé un accord avec le Japon pour qu'ils envoient leur uranium pourri, à nous de le traiter, mille cinq cents tonnes d'ici à 1980, formidable nouvelle hein, constate le type, des bateaux vont faire débarquer leur merde nucléaire chez nous.

L'information jette un froid, puis des chuchotements montent, se transformant en bavardages. Un client résume la position générale, il hurle plus fort, oui au nucléaire tant que c'est pour l'État français, mais si on commence à devoir s'occuper des déchets envoyés par les Japs ou les autres, ce n'est plus la même histoire ! Un autre rappelle une anecdote, une marque de beurre de La Hague a dû camoufler sa provenance après l'apparition de la grande usine, ses plaquettes ne se vendaient plus, les clients avaient peur de s'empoisonner, à manger du gras contaminé par des saletés radioactives. Un début de sentiment contestataire s'élève dans le café, tout est parti des murmures de Victor, et cet écho n'est pas du goût de la patronne.

– Tu n'y connais rien, Kaminski, tu ne comprends rien, se met-elle à crier, tu ferais mieux d'aller voir tes chèvres et te planquer dans ton blockhaus pendant que ta femme s'occupe de la maison ! Les Japs ils veulent nous confier leur uranium parce qu'ils ne savent pas faire, et nous on sait faire, voilà tout, tu devrais être fier d'avoir ça juste à côté de chez toi, s'il y a du monde qui débarque chez nous pour bosser à la centrale tu vendras plus de ton fromage, tu devrais être content !

Sous les yeux de Pitran, qui ne dit rien mais écoute tout, la mère Launay prend *L'Éclair*, qui traîne sur le comptoir, et ouvre la page de l'article en question. Elle lit et cite des chiffres qu'elle n'avait plus en tête, elle agite des millions de francs, par dizaines par centaines, le budget de l'usine, son activité financière, rien n'est clair, ni dans la bouche de la tenancière ni sous la plume de Pitran, mais ce n'est pas le but, il s'agit de faire sensation. La mère Launay a repris en main le débat, elle répète ses arguments, plutôt limités, elle les vocifère et les beugle. Plusieurs clients font oui de la tête en l'écoutant, du travail c'est toujours bon à prendre, et puis si l'État dit que c'est sûr il faut lui faire confiance, les mêmes personnages nuancent parfois, quand même les Japonais c'est autre chose, mais on les entend à peine, ils n'ont pas envie de s'emplafonner la mère Launay.

Georges Pitran observe les tentatives de discussion et les maigres contestations. Ce n'est pas tout noir ou tout blanc – un début d'émoi, pas de refus collectif, moue de contentement du journaliste. Il s'enfile en vitesse son verre de blanc et sort du café avec la même politesse qu'à l'entrée, au revoir madame. La mère Launay lui fait un signe amical de la main, revenez quand vous voulez, et s'en retourne vers ses clients, qu'elle houspille de plus belle, vous ne comprenez rien, hurle-t-elle, vous ne saisissez pas, vous ne voyez pas que c'est notre chance !

6

Une des ampoules montre au plafond des signes de fatigue. La lumière qu'elle produit s'épuise de façon irrégulière, irritante, avec un grésillement faible qui fait penser à une mouche en fin de vie. Élisabeth Toulorge ne peut empêcher son attention de se fixer sur ce défaut et s'agace, déjà que la châtelaine est venue pleine d'angoisse à cause du sujet du jour, le village n'a-t-il vraiment plus un sou, se demande-t-elle avec une bouffée de nostalgie, plus même de quoi changer une ampoule qui flanche ? Et comment voulez-vous vous concentrer sur ce que raconte le maire en préambule, son propos liminaire comme dit André ? Le bruit parasite et le trouble lumineux qui va avec perturbent l'atmosphère religieuse ayant enseveli la salle tandis que Rouxel parle, solennel. L'instant est grave.

Le maire de Flamanville a tenu à convoquer ses collègues du conseil municipal juste avant les fêtes. Il est grand temps de prendre une décision collective, explique-t-il, ou au moins, si l'on n'arrive pas à trancher, faudrait-il adopter une position de principe, dire ce que l'on pense de cette centrale tombée du ciel, un cadeau empoisonné, les habitants attendent qu'on s'exprime, de quoi on a l'air sinon ? Rouxel souhaite qu'une délibération soit adoptée avant que l'on enterre l'année 1974 et que l'on passe à la suivante. Il y a urgence, Noël est dans cinq jours, dehors il fait noir à seize heures trente et la neige ne tombe même pas pour soulager les âmes. L'ambiance lugubre est à donner envie de se calfeutrer chez soi dès que la nuit s'abat, comme Élisabeth Toulorge le fait le plus souvent dans son château esquinté.

La salle du conseil municipal occupe le rez-de-chaussée de la mairie de Flamanville, un espace étroit à gauche en entrant dans le bâtiment. Il y a seulement la place pour la longue table en bois autour de laquelle les treize élus du village sont réunis. Élisabeth fait glisser ses yeux d'un coin à l'autre de la pièce, saisie par un mélange d'effarement et de tristesse. Elle observe le papier peint pâli par les années qui passent et vident l'énergie des êtres, des choses et des concepts, qui privent de force toutes les matières, celles des tapisseries autant que celles des hommes et des femmes, celles des villages autant que celles des titres de gloire, de distinction. Elle est bien placée pour le savoir.

Élisabeth observe André et s'étonne, elle le trouve transformé, magnanime, plein de grands mots qu'il détache avec un air pénétré, presque imbu, d'une dureté inédite. Il est toujours fagoté de la même façon, costume de couleur sombre, cravate plus foncée encore et chemise blanche ou bleue sur laquelle il aime enfiler un pull. Il n'est pas beau, le mot ne convient pas, mais dans ce pays où l'assurance distingue les êtres, Rouxel passe pour un individu soigné et réfléchi, pondéré. On aime dans le village son aptitude à embrasser les soucis publics sans en faire trop, sans se mettre en avant.

Une forfanterie discrète vient cependant d'apparaître dans ses attitudes et ses traits, qu'Élisabeth ne lui connaissait pas avant cette histoire, lorsque André se montrait si modeste et accablé à l'occasion de ses visites matinales au château. Ce changement lui serait resté imperceptible si elle n'avait pas eu l'habitude de ces courtes conversations faussement inopinées, dont le rythme s'est accéléré ces dernières semaines au point d'être devenues presque quotidiennes. André s'est d'abord montré affolé par la nouvelle de la centrale : il lui tombait dessus quelque chose de trop lourd et déroutant. Il s'est ensuite rassuré, convaincu par des coups de fil prévenants de l'EDF, du sous-préfet et d'autres personnes importantes. Le maire de Flamanville a considéré qu'il y avait du bon dans tout cela quand on lui a garanti qu'il ne se retrouverait pas seul à gérer cette affaire. Dans le parc du château, de plus en plus sûr de lui, André a commencé à vanter le projet à Élisabeth, tout en s'interrogeant sur sa taille, pendant que la châtelaine adoptait une attitude prudente, s'autorisant seulement des questions factuelles et l'expression de quelques doutes qu'André raillait gentiment comme une crainte du changement, quelle ironie, le monde à l'envers. Le maire de Flamanville ne semblait guère accorder d'importance au scepticisme de la châtelaine, se comportant comme si ce sentiment était voué à disparaître, comme ses premiers doutes à lui. Il n'écoutait pas Élisabeth, et elle en était contrariée.

Non loin de Rouxel se tient Claude Grand-Vernon, le dos raide et les coudes posés sur la table, ses bras formant un triangle. Le producteur de films ne se départ jamais d'un rictus supérieur relevant sa bouche en coin et à droite quand il est contraint d'écouter le maire. En sortant un jour d'un conseil municipal, Grand-Vernon avait confié à Élisabeth le fond de sa pensée sur cet exécutif local, ça ne vole pas haut, avait-il dit, espérant faire naître entre eux de la complicité, et pourquoi pas instaurer une alliance entre individus du même bord, entre individus de belles familles. La châtelaine n'avait ni souri ni acquiescé, la saillie lui avait paru ridicule et hautaine, l'allusion grossière d'un Parisien, d'un étranger qui ne comprend pas les solidarités particulières de la région, et la remarque d'un homme qui ne savait pas tout ce qui se trouvait dans le cœur d'Élisabeth pour André, pour le caractère meurtri du maire, victime du passé et du destin, comme elle l'est à sa façon.

Grand-Vernon se tait, les yeux fixés dans la direction de Rouxel qui détaille ses rendez-vous techniques avec des représentants de l'EDF. Il y en a eu deux, explique le maire, les ingénieurs de la compagnie nationale se sont déplacés à Flamanville, Rouxel les a reçus avec son homme à tout faire, Lebreuilly, le secrétaire de mairie, et avec le premier adjoint, Jean-Yves Scelles, un agriculteur du village, qui élève des vaches et des cochons. Lors de ces séances, simples prises de renseignements, ce sont là les mots des types de l'EDF, qui n'ont pas voulu s'avancer, il leur a été décrit le plan d'ensemble : la crise pétrolière affecte durement le pays, le prix du baril a quadruplé en un an, la situation est intenable, instable, pouvoir d'achat, colère, jacqueries ; il faut diversifier les sources d'approvisionnement énergétique du pays, d'où la décision de l'ancien Premier ministre, Messmer, confirmée par Giscard et Chirac ; des centrales nucléaires vont être construites partout dans le pays et l'une s'élèvera en Basse-Normandie. Il a été jugé que les caractéristiques géographiques et sociales de Flamanville en faisaient un lieu opportun.

– Ils n'ont pas donné d'indication quant à l'endroit exact où ils voudraient installer la centrale, prévient Rouxel. Avec ces falaises, c'est pas simple, pas pratique, et puis ça dépendrait du nombre de tranches que l'on déciderait d'y mettre. Deux ou quatre réacteurs de mille trois cents mégawatts, eux disent des *tranches*.

– Cela va donc du simple au double, murmure Élisabeth dans son coin, constat dressé pour elle-même, dont personne ne saisit l'ironie désolée.

– Selon le nombre de tranches construites, beaucoup de choses changeront, poursuit André, et en premier lieu la surface nécessaire. Le chiffre de cent vingt hectares circule comme hypothèse maximale, c'est assez considérable, j'en conviens. Que l'on ait deux ou quatre réacteurs a aussi des conséquences sur le nombre d'ouvriers nécessaires pour le gros œuvre ou sur les retombées financières pour la commune, mais dans tous les cas, on aura là aussi affaire à des nombres énormes.

Le maire marque une pause et, ménageant son effet, lève lentement la tête, le visage plus présidentiel que jamais, détaillant son conseil municipal, Grand-Vernon surtout, *le grand con* comme son cerveau le surnomme dès que sa pensée se fixe sur lui. Son regard parcourt l'ensemble de la pièce, s'attardant une seconde de trop sur Élisabeth, qui croit y trouver un air de défi, à moins qu'il ne s'agisse de fierté.

– Les représentants de l'EDF ont expliqué que le chantier de construction pourrait mobiliser deux mille emplois pendant six ou sept ans, et l'usine pourrait nécessiter, à plein régime, de trois cents à quatre cents emplois permanents. Je répète, deux mille emplois temporaires et de trois cents à quatre cents emplois permanents. Quant aux recettes fiscales, articule doucement Rouxel, dont le ton a du mal à cacher la satisfaction, le sous-préfet Colignac a parlé d'une somme d'un milliard de francs, à se partager entre le village et le département. Je dis bien, un milliard de francs de patente.

– La patente disparaît l'an prochain, monsieur le maire, corrige Lebreuilly, assis le long du mur, en retrait des élus, et le visage éclairé par un sourire allant plus loin que les oreilles. Elle sera remplacée par un nouvel impôt qu'on appelle la taxe professionnelle.

– Cela reste une somme gigantesque.

André Rouxel laisse encore le silence s'installer, cherchant à faire des effets de théâtre, triomphant à sa manière. Il reprend la parole, la poitrine un peu plus gonflée, pour citer une phrase de Messmer qu'ont utilisée devant lui les hommes de l'EDF : « L'implantation des centrales tiendra tout particulièrement compte du souci de ne pas gâcher l'environnement. » Et au moment même où l'ampoule en sursis depuis le début de la réunion fait un bruit de claquement sec et s'éteint, il lance une phrase consacrée, le débat est ouvert.

Claude Grand-Vernon, sans surprise, s'arroge la parole. Le producteur a l'assurance des dominants, de ceux à qui il est naturel d'offrir leur point de vue. Il ne lui vient pas à l'idée de poser les questions qui agitent l'esprit d'Élisabeth à cet instant : Quand la construction de la centrale pourrait-elle débuter ? Quelles sont les étapes administratives à franchir ? Pourquoi tel site serait-il préféré à tel autre ? Et puis, qui décide de l'installer ici ou là, dans le Calvados ou dans la Manche, sur la côte ouest ou la côte est du Cotentin ? Plutôt que ces interrogations évidentes, l'homme de médias, ainsi que Grand-Vernon aime à se présenter, disserte sur la stratégie qu'il souhaite mettre en place, *stratégie* est son mot.

– Il faut dire non pour faire monter les enchères, explique-t-il en tapant du plat de la main sur la table. Il faut exprimer un refus tactique, être contre pour obtenir un maximum d'avantages, de l'argent, des compensations, des investissements, des services.

Grand-Vernon voit déjà une ligne de train à grande vitesse desservir la presqu'île, rêve fabuleux, inimaginable. Il fait bouger ses bras autour de lui, comme pour embrasser tout l'espace de la salle.

– Puisque l'État veut nous doter de capacités énergétiques, nous sommes en droit de lui demander de les assortir de capacités industrielles. Si le gouvernement décide de faire surgir une centrale nucléaire à Flamanville, qu'il nous apporte aussi les usines fonctionnant avec l'électricité produite par cette centrale ! Elle peut être une extraordinaire chance de développement pour le territoire, pour autant que nous sachions en tirer parti. Exigeons une surtaxe spéciale pour notre commune, assise sur les bénéfices de cette unité d'énergie.

Sous l'œil inquiet du maire, Grand-Vernon, intelligence de l'oralité et port chevaleresque, le seul dans l'assemblée en costume d'homme d'affaires, fait défiler les propositions et ambitions. Il écrase les autres conseillers municipaux par sa créativité politique et s'enorgueillit de ses relations, je crois pouvoir faire avancer certains dossiers, confie-t-il comme révélant un secret, je connais des gens haut placés qui sauront nous écouter.

– Doit-on comprendre, interrompt Rouxel, irrité, que vous êtes favorable à l'implantation d'une centrale dans la commune ?

– Je ne suis pas un défenseur de l'atome pour l'atome, bien qu'il soit aussi une formidable prouesse industrielle, mais dans la situation géopolitique qui est celle de notre pays, le nucléaire est une voie raisonnable. Nous ne pouvons pas nous y opposer et il faut bien que ce programme devienne une réalité à certains endroits de l'Hexagone. S'il doit en être ainsi, je préfère accueillir une centrale à Flamanville et décrocher des compensations, plutôt que d'observer une commune voisine le faire et profiter de cette formidable manne. En quelques mots, messieurs, mesdames, je souhaite que nous tournions cette opportunité à notre avantage : montrons-nous sceptiques aujourd'hui pour gagner davantage demain. Dès lors, la position la plus tactique que puisse prendre notre conseil municipal me semble être celle de l'abstention.

Rouxel, déconcerté, balbutie. Il se confond en syllabes, finit par souffler un remerciement à son adversaire, pure forme de politesse. Il ne s'attendait pas que Grand-Vernon, ce grand courageux revendiqué, énergie immense et résolution sans faille, verse dans l'attentisme. Le maire réfléchit une seconde, des pensées fulgurantes, et voit l'opportunité, évidente, à lui le beau rôle de défenseur de l'emploi s'il s'affiche en partisan résolu, eh bien moi, s'empresse-t-il de réagir, je crois qu'on devrait voter pour cette centrale, et arrêter de tergiverser, ce serait une bêtise de laisser filer une telle opportunité !

Rouxel évoque la *catastrophe* de 1962, et tout le monde comprend dans la pièce qu'il fait référence à la fermeture de la mine de fer. Il rappelle les chiffres cruels : mille deux cents habitants dans le village aujourd'hui, mille cinq cents il y a dix ans. La population est tombée à son plus bas niveau depuis quarante ans, des familles qui fuient par wagons, des jeunes qui partent chaque mois, régression, déclin, étouffement, André Rouxel fait voler des mots douloureux, d'habitude indicibles car cela reviendrait à exprimer sa propre impuissance, déchéance, danger, disparition. Il sait aussi se muer en orateur, dans un style moins flamboyant que Grand-Vernon, pariant sur le bon sens et la rationalité modeste, l'art oratoire d'un besogneux, nous tenons la possibilité de faire revivre la commune, poursuit-il, comme un retour au bon vieux temps.

Rouxel inscrit la formule dans son crâne, persuadé d'avoir établi la promesse portée par cette usine de pointe : cet improbable bond vers la modernité est, paradoxe notable, la garantie d'un retour à un ordre ancien.

– Nos ouvriers, qui ont connu aux dernières heures de la mine une situation enviable, des bons salaires et des maisonnettes avec jardin, parfois un potager et un poulailler, n'auraient plus à manger à la gamelle, plus besoin de transporter son casse-croûte sur les chantiers de Cherbourg ou à l'usine de La Hague. Avec la centrale, c'est la promesse de déjeuner à la maison, comme un retour au bon vieux temps. On ne mangera plus à la gamelle !

André Rouxel verbalise le slogan devant son conseil municipal avec un ton déclamatoire, comme s'il était en pleine réunion électorale, comme s'il était face aux ouvriers, face aux siens. Il a relevé le menton et écarté les bras pour prononcer la dernière phrase. C'est tout juste s'il n'abat pas les paupières pour mieux s'imaginer jubilant face à une foule conquise qui l'acclame.

– Ce n'est pas un retour au bon vieux temps, objecte Élisabeth Toulorge, sortant de sa réserve, saturée d'une nervosité qui prend l'auditoire de court. C'est un saut dans l'inconnu.

La châtelaine s'est exprimée d'un ton sec. Il n'est pas d'usage qu'elle s'oppose au maire : ils sont élus sur la même liste et la complicité entre eux est devenue telle qu'ils ont perdu l'envie de s'affronter, et encore moins en public.

Rouxel se tourne brusquement, interloqué. Yeux, pommettes, joues, narines, c'est tout son visage qui s'écarquille.

– Que voulez-vous dire, madame Toulorge ? est-il obligé de questionner, les mots disloqués par l'incompréhension.

– Cette installation est un saut dans l'inconnu, redit Élisabeth, plus tranquillement cette fois, observant l'air hébété d'André et voyant le visage épaté de Lebreuilly en léger décalage, un mètre derrière. Vous faites comme si la construction de cette immense usine, centrale, machine, je ne sais comment la nommer, allait de soi, alors qu'elle est l'assurance d'un bouleversement sans précédent pour notre village. Je ne peux pas croire que vous ne vous en rendez pas compte. Vous savez bien que ce ne sont jamais les hommes qui s'imposent à ces grands systèmes industriels, mais ces grands systèmes industriels qui écrasent les hommes, qui changent les vies, les âmes, les cœurs. Écoutez-vous. Vous évoquez des sommes qui se chiffrent en milliards de francs, c'est à ne plus savoir ce que cet argent représente, et des emplois qui se comptent en milliers, davantage que la population de notre village. Sommes-nous prêts à accueillir un tel changement ? L'êtes-vous, monsieur le maire ? Où logerons-nous toutes les personnes qui travailleront sur le chantier ? Et où cette usine sera-t-elle située sur notre commune ? Vous avez mentionné une surface de cent vingt hectares : c'est une emprise immense, cinq fois le parc du château ! Où allons-nous trouver ces terres ?

Élisabeth déplie devant elle, sur la longue table du conseil municipal, une carte de Flamanville. Une surface rectangulaire a été dessinée dessus au crayon à papier. Voici ce que représentent cent vingt hectares, montre-t-elle à la main, regardez bien, et elle fait tourner l'objet dans l'assemblée. Une partie du conseil s'étonne de la taille de la figure géométrique, une timide plainte collective s'élève. Le premier adjoint du maire, Jean-Yves Scelles, l'agriculteur, l'admet, lui qui sait ce que l'on peut faire d'un seul hectare, c'est quelque chose d'énorme, commente-t-il, il faut le reconnaître, on se demande où ils vont trouver tout cela.

– Ce n'est pas difficile à imaginer, reprend Élisabeth. Ils iront voir les paysans et ils leur achèteront leurs terres à bon prix, un par un, pour mettre leur centrale où bon leur semblera, comme ils ont fait à La Hague il y a dix ans, avec le résultat que nous savons. Et nous nous retrouverons avec un nouveau système industriel, avec ses hautes cheminées, ses cuves et ses fumerolles, au beau milieu du village. Ce n'est pas rien.

À la gauche du maire, un élu, un ancien ouvrier de la mine comme Rouxel et un habitué du café des Launay, se prend à ricaner. Il dodeline de la tête et des épaules, lance des œillades en quête de complicités et finit par cracher son fiel, vous n'auriez pas plutôt peur, madame Toulorge, qu'ils démolissent votre château pour y construire l'usine, ou bien qu'ils vous la mettent à côté et que votre vue soit bouchée ?

– Ça suffit, Pierrot ! coupe André.

Pierrot ricane quelques secondes et lâche une autre perfidie, elle n'a même plus de quoi l'entretenir, son château, il tombe en ruine, et il se renfonce dans sa chaise.

– Cela ne vous inquiète pas de savoir où cette gigantesque soucoupe va atterrir ? questionne Élisabeth, faisant comme si elle n'avait rien entendu. Une usine atomique s'installe à côté de chez vous et ce n'est même pas une question de savoir où exactement. Vous êtes formidables.

– Madame Toulorge a raison, approuve Claude Grand-Vernon. On ne peut pas dire benoîtement oui à un investissement d'une telle ampleur. Nous devons dicter nos conditions, avoir des garanties sur la préservation des paysages.

– Et l'usage des terres, approuve Scelles, le premier adjoint qui s'affirme face au maire.

Rouxel, déjà sonné par l'affront d'Élisabeth, observe drôlement son bras droit. Il émet des débuts de phrases qu'il n'arrive pas à terminer. Sa voix monocorde, qui lui donne d'habitude la force de l'ennuyeuse tranquillité, n'est plus audible au milieu du brouhaha qui s'est formé, une superposition de voix qui se recouvrent et s'annulent. La châtelaine a semé le doute. Élisabeth parle maintenant de la beauté des falaises de Flamanville, les roches noires de granit, leurs arêtes pointues, anguleuses, menaçantes, et les mousses d'herbe qui les recouvrent en haut, toutes ces splendeurs amenées à cohabiter demain, peut-être, avec une centrale.

– Ce n'est même pas la question d'être pour ou contre le nucléaire, dit-elle, mais de se demander si c'est vers cela que l'on veut voir le village se diriger.

– Mais les cailloux ne nourrissent pas, madame Toulorge ! crie Rouxel, qui réussit enfin à se faire entendre. Les falaises ne font pas vivre les familles de Flamanville. Vous voulez qu'on descende à combien d'habitants avant de vous décider à réagir, mille, huit cents, cinq cents ? On peut toujours espérer qu'une autre usine nous tombe dessus, on peut toujours espérer, hein, il paraît que l'espoir fait vivre. Mais on attend depuis longtemps, et on n'a rien vu venir depuis l'arrêt de la mine. Et maintenant que l'occasion se présente, vous voulez qu'on dise non ? Pardon, madame Toulorge, je pense que vous vous trompez. Et puis alors, s'abstenir par tactique ou par stratégie, comme le propose monsieur Grand-Vernon, j'ai peur que ça ne mette en erreur nos interlocuteurs de l'EDF. Ils ne vont peut-être pas comprendre l'intelligence de la manœuvre, ils vont croire à un refus. Vous irez vous expliquer à Sainte-Barbe, monsieur Grand-Vernon, et vous serez bien reçu, je vous le dis. Chers collègues, mes amis, je vous en prie, réfléchissez bien à l'indication que l'on veut donner ce soir, car elle engage l'avenir de notre village.

– À Gatteville, ils savent quel avenir ils souhaitent, réagit aussitôt Élisabeth, et cet avenir ne comporte pas de centrale.

Trois jours plus tôt, le conseil municipal de l'autre commune de la Manche ciblée par l'EDF s'est réuni. À l'unanimité, les quatorze élus ont voté contre l'idée. Le maire, un dénommé Férey, s'est expliqué dans *L'Éclair* : la crainte partagée dans le village du Val de Saire, de l'autre côté du Cotentin, flanc oriental, est celle d'une dénaturation du paysage. À Gatteville, un seul endroit peut accueillir une usine de cette taille, à la pointe de la commune, qui se découpe en un triangle avancé sur la mer. Entre le bourg et les rivages, sur un sol aussi plat que l'horizon gris-bleu, des champs s'étendent sur une centaine d'hectares, dont une partie n'est pas exploitée : l'emplacement idéal, rêve d'ingénieurs nucléaires, l'eau tout à côté, la géologie docile. Mais cela serait une folie esthétique, selon Férey. Car la centrale aux dimensions fantastiques viendrait se loger devant l'immense phare qui se dresse à l'extrémité de Gatteville, la fierté du village, son symbole et son emblème : un repère historique, plus d'un siècle d'existence, un cierge de granit culminant à soixante-quinze mètres, l'un des plus élevés de France, assez haut pour tutoyer Dieu et le prier de sauver les marins perdus dans les courants vifs du raz de Barfleur. Impressionnant de loin, vertigineux de près, le monument, royal et effrayant, a été peint plusieurs fois par Signac, dans l'agitation épouvantable du ciel et des vagues. Il donne à Gatteville son cachet et son mystère, et l'on accepterait d'anéantir cette merveille, s'indigne Élisabeth, en lui flanquant une usine tout à côté ? Auprès de *L'Éclair*, le maire de Gatteville s'est aussi inquiété des pollutions, de la tranquillité perdue, du risque que le site ne s'agrandisse un jour sans que l'on puisse rien y faire : « Nous n'avons pas besoin d'une autre cheminée », a-t-il déclaré au reporter venu l'interroger, en pointant son phare grandiose. Il a même avancé la possibilité de procéder à un référendum, pour ou contre la centrale, auprès de ses administrés, dont il se dit certain du soutien.

– Voici une idée intéressante, constate Élisabeth.

André lève les yeux au plafond.

– Un référendum ? Et puis quoi encore !

– On parle de quelque chose d'immense, répète Scelles, l'éleveur de bêtes.

– C'est à nous de voter, pas aux habitants, fulmine Rouxel. Nous avons été élus pour prendre des décisions, nous sommes le conseil municipal. Ça suffit, les palabres, avançons.

Le maire hausse le ton.

– Je crois, messieurs, mesdames, que chacun a eu la chance de donner son point de vue, il est temps de passer au vote. Qui est favorable à l'installation d'une centrale nucléaire sur le territoire de Flamanville, qui est défavorable, qui s'abstient ?

Rouxel compte les bras qui se lèvent.

– Très bien, se réjouit-il en regardant Élisabeth droit dans les yeux, de l'orgueil inondant ses pupilles. Le principe de l'implantation d'une centrale nucléaire à Flamanville est adopté par le conseil municipal à onze voix sur treize, une abstention ayant été exprimée, par monsieur Grand-Vernon, et un refus, par madame Toulorge, dont on a bien entendu les arguments.

Rouxel prononce les derniers mots en fermant brutalement le dossier devant lui.

7

Victor Kaminski avait beau vivre dans un blockhaus humide à l'écart du village mais auprès de ses chèvres, il n'avait jamais divorcé de Madeleine, qu'il avait épousée six ans plus tôt. La vie commune du couple n'avait pas duré longtemps. Il n'avait fallu que quelques mois à Madeleine, qui gagnait sa vie grâce à des menus travaux de couture et à des ménages dans des résidences secondaires de Siouville, pour se rendre compte que son homme était rétif à la normalité. Victor n'avait pas le talent pour l'ordinaire.

Madeleine s'était unie trop vite à lui, sous la pression, feutrée mais puissante, d'un scandale. Elle avait accouché, très jeune, d'un enfant hors mariage – père inconnu, sauf pour elle. Il se disait à Flamanville que cette infortune l'empêcherait de trouver un bon mari. L'affirmation était stupide, et fausse sans doute. Mais elle avait pesé auprès des parents de la fille-mère, qui s'en désolaient. La famille avait vu le célibat de Victor Kaminski comme une opportunité, même si elle le connaissait peu, même si Madeleine et lui ne s'étaient jamais fréquentés.

À l'époque, Victor ne vagabondait pas. Il vivait avec sa mère dans une minuscule baraque de la cité Sainte-Barbe, une maisonnette en piteux état, écorchée par les fuites d'eau et les trous d'air. Son père était un immigré polonais, qui s'était exporté à Flamanville pour travailler à la mine de fer comme de nombreux compatriotes, comme des cargaisons d'Espagnols, d'Italiens, de Portugais. Le vieux s'était tué dans un accident de voiture, abandonnant à un village étranger une épouse dévastée, en exil, tentant de survivre loin de son pays natal, et un adolescent sans modèle pour grandir. Au début, la solidarité ouvrière de la cité s'était exprimée : on venait en aide à la pauvre famille Kaminski en lui apportant des surplus de nourriture et en les gâtant de bricoles, on les invitait malgré leur sinistre compagnie, on tentait de prendre sous son aile le garçon dont la vie commençait à dérailler. Dès qu'il avait eu l'âge requis, Victor fut embauché à la mine de fer par l'entremise d'ouvriers polonais. Il n'aimait pas beaucoup le travail. Il se montrait silencieux dans les galeries, toujours un peu ailleurs, ne se fondant pas dans l'atmosphère de camaraderie imposée. Il était déjà sauvage. Cette attitude déplaisait aux collègues, qui ne firent rien pour le promouvoir, rien pour sa titularisation. Il resta un journalier.

La fermeture de la mine, en 1962, l'éloigna davantage de ces maigres attaches. Sainte-Barbe se vidait et Victor s'enfermait. Perçu comme un original, il avait du mal à trouver des tâches dans les fermes des alentours ou sur les bateaux de pêche.

Quand la proposition de mariage avec Madeleine lui arriva, il fut d'abord convaincu de dire non. Comment était-il possible d'épouser une inconnue dotée d'un enfant ? Mais il avait été encouragé par sa vieille mère malheureuse, qui y voyait l'occasion pour son fils de retrouver une place dans le village. Victor s'était résigné à dire oui.

Le mariage s'organisa vite et fut célébré discrètement. Madeleine était une jeune femme écrasée par son destin, mais douce et attentive. L'union aurait pu fonctionner si l'homme avait fait quelques efforts. Mais Victor s'était vite désintéressé de son ménage et du petit de Madeleine. Lorsque Madeleine commença à se plaindre, au bout de quelques mois, il ne dit rien, ne réagit pas, ne fit aucune promesse. Il se contentait d'écouter, amorphe, ne manifestant aucune préoccupation. Un jour, il se fatigua, prit quelques affaires, trois fois rien, et fuit vers le blockhaus, qu'il avait préparé au cas où. La rupture avec Madeleine fut aussi une rupture quasi complète avec Flamanville. Après ce départ, la distance qui existait déjà entre le village et lui n'avait fait que s'agrandir, jusqu'à devenir une constellation de rumeurs toujours nouvelles, toujours amplifiées. La mort de sa mère, plus tard, entérina cet éloignement.

Victor Kaminski s'était réfugié en haut des falaises, avec ses rares animaux. Il était le seul berger de son petit monde. Il n'essayait pas de lier contact avec les habitants, se contentant d'apporter parfois du lait à

Madeleine sans prononcer un mot. Le plus souvent, il le déposait devant la porte de leur ancienne maison avant le lever du jour, lorsqu'il était certain de ne croiser personne dans les rues.

Il aimait se comporter comme un fantôme.

8

Il a répété cette phrase pendant des nuits entières, n'arrivant pas à se rendormir lorsque le sommeil le fuyait, tant son esprit tournait en boucle autour de quelques hypothèses de formulation, toujours les mêmes. Jusqu'au dernier moment, Jacques Legendre a hésité sur les mots, mais il se lance, les yeux qui se ferment une seconde et se rouvrent, quelqu'un ici a-t-il déjà entendu parler du plan ORSEC-RAD ?

Une question évidemment, méthode de pédagogue : il faut toujours solliciter son auditoire. Les yeux qui le fixent dans la salle des fêtes de Flamanville restent muets, aucun bras ne se lève, les rangées de chaises demeurent immobiles.

On dit souvent de Jacques qu'il est à l'aise avec les autres. Ce n'est pas faux : il sait s'adresser aux gens, les écouter et se mettre à leur niveau, jouer des mots et des silences, discourir devant des publics – l'essence de son métier. Et pourtant ce soir, il a le trac. Cette mince angoisse n'est pas désagréable, les paupières qui tremblent, la fébrilité qui creuse la nuque et glisse le long de la colonne, le pouls en accélération qui en battant se fraye un chemin dans les veines. La tension va aussi avec une excitation grisée.

– Non, personne n'a eu vent de ce sigle, ORSEC-RAD ? relance-t-il d'une voix encore mal assurée. C'est normal, parfaitement normal, car il fait référence à un plan gouvernemental tenu secret, un plan civil et militaire, inconnu du grand public. Il revient au préfet de le déclencher si nécessaire. Cet acronyme barbare veut dire « Organisation des secours en cas d'accident à risque radiologique ». Tout un programme. Il prévoit ce que l'on doit faire en cas d'accident nucléaire, dans l'hypothèse d'une libération importante de radioactivité. Comme quoi, ce n'est pas impossible.

Les Legendre n'auraient jamais espéré voir tant de monde se déplacer un vendredi soir de janvier, le premier de l'année 1975. La distribution de tracts, d'une porte à l'autre du village, a produit son effet. Clémence, qui a rameuté des amis enseignants pour l'aider, a dû les envoyer chercher des chaises supplémentaires pour que tout le monde puisse s'asseoir et participer à la « réunion d'information sur le projet de centrale électronucléaire de Flamanville », ainsi que l'annonce publiée dans le journal l'a présentée.

Pour cette sortie solennelle, Jacques n'a fait aucune extravagance vestimentaire, pas de pull large, de col long, de bas de pantalon évasé ou de bottines pointues : il ne veut pas passer pour un hippie ou un gauchiste. Les gens de la commune se méfient de lui, qu'ils trouvent trop jeune, trop cérébral, trop cultivé et surtout pas assez du coin, un *horsain* comme ils disent. Jacques et Clémence ne font pas partie de cette communauté de pêcheurs, d'agriculteurs et d'ouvriers, dont les enseignants sont exclus a priori, métier suspect car non manuel. Le professeur d'anglais reconnaît pourtant dans l'assistance des parents d'élèves. Il a bonne réputation au collège, les gamins apprécient sa gentillesse tranquille, sa curiosité, son désir de transmettre.

Clémence s'est amusée de son accoutrement lorsqu'elle l'a vu descendre de la chambre par l'escalier, beau comme un philosophe avec son léger strabisme, chemise blanche à fines rayures bleues, veste sombre, pantalon ajusté et chaussures noires cirées, les cheveux bien peignés vers l'arrière. On dirait un gars de l'EDF, l'a moqué sa femme. Jacques a ri avec elle, l'a embrassée sur la joue en passant une main tendre sur son ventre et a répondu d'une pirouette : avec moi aux commandes, l'EDF investirait tous ses millions dans l'énergie solaire et le monde s'en porterait mieux.

L'assemblée du soir est aussi composite qu'elle pourrait l'être à la messe, avec des pêcheurs et leurs familles, venus en nombre, quelques agriculteurs, dont la présence notable de l'adjoint au maire, Jean-Yves Scelles. Les rangées sont garnies d'une masse d'employés, de retraités, d'artisans et de boutiquiers, de fonctionnaires aussi. Le petit peuple de Flamanville s'est déplacé pour comprendre ce qui est en train d'arriver à son bout du monde. Il y a des femmes et des hommes à chapeaux, des gens bien mis, prospères, et des habitants des environs qu'on n'attendait pas : on s'étonne d'apercevoir Odile Grand-Vernon, la femme du Parisien, du producteur de films frivoles. Qu'est-ce qu'elle fiche là, s'est demandé Jacques à son arrivée, qui prend peur, à tous les coups elle est venue nous faire la leçon, nous expliquer qu'on se trompe, faire la belle dame.

Il manque à l'appel les ouvriers, ceux de la cité Sainte-Barbe, tout un pan du village, qui vit dans un petit monde à part, avec des habitudes, des cérémonials, des protocoles qui lui appartiennent. On n'en dénombre qu'une poignée dans la salle. Les Legendre peuvent en revanche compter sur le soutien de leurs amis de lutte, des habitués de la cause dans la région, qui manifestent depuis des années contre l'usine de La Hague : Jacques et Clémence les ont connus lors d'actions militantes, le blocage d'un convoi de camions transportant des déchets radioactifs, la grande protestation contre la centrale de Fessenheim et d'autres. C'est auprès d'eux que le couple s'est formé aux dangers de l'atome. À lui désormais d'animer la résistance, à domicile.

Jacques s'est immergé dans le sujet du nucléaire pendant les vacances de Noël, des jours entiers à lire et potasser. L'écologiste – il a commencé à se définir ainsi quand René Dumont a revendiqué ce mot pendant sa campagne présidentielle – a ressorti du garage les cartons renfermant ses journaux militants : *La Gueule ouverte, Actuel, Le Sauvage.* Il a épluché chaque édition de la première à la dernière page, lu tous les articles traitant de la question, et notamment les « Chroniques de la mort radieuse » de Prémillieu dans *La Gueule.* L'enseignant a pris des notes, fait des fiches, écrit des synthèses, digérant des textes denses et difficiles parfois, qu'il a traduits dans ses mots à lui, effort de pédagogie, tentative de vulgarisation : le pouvoir commence par l'information, premier commandement du militant.

Clémence l'a aidé. Elle a fait du tri dans les tracts, dans les bulletins récupérés lors des manifestations. Des tas de documents sont empilés sans ordre précis dans des chemises cartonnées. En fouillant, elle est tombée sur un hors-série du *Nouvel Observateur*, austère et effrayant, sorti en juin 1972 à l'occasion de la conférence de Stockholm sur l'environnement. Le magazine, manuel d'aspiration à une vie nouvelle de sobriété, est un réquisitoire contre la civilisation industrielle occidentale, au titre saisissant : « La dernière chance de la Terre ». L'éditorial cingle : « Nous savons où nous allons. À moins d'un redressement extraordinaire, nous allons vers la mort. Nous avons dix ans pour éviter la fin du monde. » Deux pages plus loin, André Gorz dresse un épouvantable tableau des « démons de l'expansion » contemporaine.

Un grand physicien américain, Gofman, est aussi cité, qui met en garde contre le risque d'augmentation des cancers à cause de la radioactivité – trente-deux mille de plus par an aux États-Unis, paraît-il. Et c'est sans compter les dizaines, voire les centaines de milliers de morts qu'on ne saurait anticiper, la faute aux modifications génétiques induites par les déchets nucléaires, aux leucémies, hémophilies, anémies, maladies mentales et cardiaques. L'apocalypse sans le fracas détonant d'une bombe. Clémence a lu et relu l'article, ses prévisions terrifiantes et ses mots compliqués, strontium, césium, plutonium, rads. Elle l'a transmis à son mari, annoté et souligné. En équipe, les Legendre ont réduit ce fatras d'informations à une présentation ramassée, un exposé que Jacques tient ce soir à la main, vaguement tremblante, devant l'affluence curieuse de Flamanville.

– Le plan ORSEC-RAD est volontairement caché au grand public pour ne pas affoler les populations. Mais il prévoit dans la Manche, si jamais quelque chose de grave se passe à La Hague, l'évacuation de tous les habitants du Cotentin. Nous tous ! À condition d'en avoir le temps bien sûr… D'après certaines sources, il prévoit aussi l'isolement de la presqu'île par l'inondation volontaire des marais de Carentan. Pour couper du monde notre région, la sacrifier en quelque sorte et la laisser à l'abandon. Pourquoi croyez-vous que l'État a implanté cette usine de retraitement des déchets dans un endroit aussi isolé et sauvage ? Ce n'est quand même pas pour la facilité d'accès.

Des rires gênés se font entendre, des visages se pétrifient, des soupirs de désaccord montent, et même par endroits des dénégations.

– Rumeurs, rumeurs, répète bruyamment un bonhomme installé au deuxième rang, qui n'est autre que Savary, le boucher du centre-ville. Que des rumeurs, tout ça. Elles n'ont jamais été confirmées par le préfet.

– Elles n'ont pas été démenties non plus, réplique Jacques. Oui ou non, a-t-on choisi de nucléariser le Cotentin parce que c'est une presqu'île qu'on peut fermer en cas d'accident grave ? Est-ce pour cette raison qu'on envisage d'y construire une deuxième unité radioactive, ici à Flamanville ? Et une troisième, puis une quatrième ? Combien d'autres encore ? Est-ce pour cette raison que l'on a récemment équipé de sirènes d'alarme toutes les mairies du canton ? Pourquoi cet empressement soudain ? Que craint-on ? Ou plutôt, que nous prépare-t-on ?

Avant la réunion, Clémence, ange gardien et vigie, n'a cessé de mettre en garde son époux, attention à ne pas te perdre dans les grandes théories, surtout avec ta gueule d'intello. Elle connaît trop bien les travers de son mari, qui le poussent à l'abstraction, la conceptualisation, qui l'enferment dans la position de l'expert confisquant la parole. Elle a réécrit la première version de son texte, insistant sur les exemples, les anecdotes et les faits précis, sur le nucléaire et rien d'autre, quand Jacques disait vouloir aussi *produire du sens*, *aller au-delà* de l'atome qu'il tenait à peindre en symbole des dérives en cours, de la perdition à venir.

Jacques voulait parler hyperconsommation et société industrielle, civilisation de l'automobile, du supermarché et du plastique, aliénation et inégalités, finitude des ressources et refus de la croissance, ouvrir sur le rapport Meadows pour le Club de Rome, un document essentiel, incontournable, tout y est dit et prédit. Il voulait montrer les courbes qui se suivent et se croisent, les scénarios envisagés par les auteurs, leurs modélisations mathématiques, boucles de rétroaction, évolutions de variables.

Jacques s'était mis en tête d'expliquer que tout est lié, la démographie qui galope, les matières premières qui s'épuisent, la pollution qui part en flèche, la production industrielle qui monte, le quota alimentaire et l'espérance de vie qui s'effondrent : tout ce que l'on vit à petite échelle depuis un an, depuis que le krach pétrolier a confirmé les sombres prédictions, la course folle et destructrice à laquelle le nucléaire participe à son tour. Mais Clémence l'a arrêté tout de suite, non non, mauvaise idée, a-t-elle corrigé, parle-leur de ce que l'on veut construire à côté de chez eux, de l'air que vont respirer leurs enfants, des poissons qu'ils vont faire manger à leurs familles et du lait qu'ils vont boire tous les matins.

– Aliquippa, ça vous dit quelque chose ? questionne Jacques, qui suit les recommandations de sa femme. C'est une ville des États-Unis, dans laquelle fonctionne une centrale de faible puissance : les fausses couches y ont augmenté de 50 % et les leucémies de plus de 100 %. Et Vandellòs, en Espagne ? Un port de pêche en Catalogne, où l'on a décidé de construire un réacteur : il n'y a plus de vie marine dans un rayon de dix kilomètres à cause des rejets en mer. Je vous parle de sites atomiques beaucoup plus petits que celui qu'on nous promet à Flamanville. Avec une puissance de mille trois cents mégawatts, on peut s'attendre à un réchauffement de l'eau de mer de quinze degrés à la sortie des tuyaux d'évacuation. Car il y a des tuyaux qui tournent en circuit ouvert : on prend l'eau de la mer pour refroidir les réacteurs et on la rejette ensuite. Dans un rayon d'un kilomètre, la température monterait d'un degré au moins. Et c'est sans compter l'effet de tous les produits chimiques ou radioactifs, les effluents comme ils disent, du chlore et autres. Tout ça avec quel impact sur les poissons, les coquillages, les crustacés ? Nos produits de la mer, notre ressource, on en a besoin pour manger et pour vivre ! Et quel est l'impact sur les terres environnantes, et à long terme sur la santé des gens ? Est-ce qu'il faut courir ce risque, est-ce que le jeu en vaut la chandelle, sommes-nous avertis de ce dans quoi ils veulent nous lancer ? La réponse est non, évidemment non, pour une bonne et simple raison, et Jacques détache les mots avec conviction, le nucléaire est une technique que l'homme ne maîtrise pas. Regardez ce que l'on fait des déchets : on les entasse en attendant de savoir qu'en faire, alors qu'ils seront toxiques pendant vingt-cinq mille ans au bas mot. Ce problème vertigineux résume toute l'industrie du nucléaire, qui se lance dans un grand programme de déploiement tête baissée et qui se rendra compte trop tard, forcément trop tard, qu'elle avait tort. Pourquoi tant de précipitation alors, pourquoi cette folie ?

Clémence est installée d'un côté de la salle des fêtes, une chaise contre le mur. Inquiète et protectrice, elle observe son époux avec un sourire d'encouragement complice, aussi une expression de bonheur vers laquelle Jacques glisse de temps à autre un coup d'œil. Le couple a appris pendant les vacances la grossesse de Clémence, après des années passées à guetter un signe qui ne venait pas, un retard qui ne se produisait jamais. Les Legendre ont vécu cet enfer silencieux, la répétition constante d'un dépit qui s'accroît, comme un deuil chaque mois, et les espoirs qui se couvrent au fil du temps de manteaux de tristesse de plus en plus lourds, de remords et de culpabilité, le visage raviné par les larmes, le cerveau mangé par les blâmes, et des seaux de colère remplis par le sentiment d'injustice : pourquoi nous ?

Clémence a dû lutter en elle-même, pas seulement contre le chagrin, mais aussi contre la frustration qui vous perfore d'une rage sans objet, et dans son cas se dirige toujours à la fin vers Jacques, son mari adoré, qu'elle devient capable alors d'abominer. C'est aussi un combat contre la dépression, profonde et vénéneuse, causée par l'impression d'anormalité. Elle vous fait haïr les enfants des autres, les parents heureux qui se plaignent. Elle vous fait détester les textes féministes qui veulent désapprendre aux femmes à se penser en mères, avec lesquelles Clémence se sent pourtant en phase, que son cerveau et sa raison lui commandent de défendre. Mais dans ses tripes, c'est une autre chose qui l'emplit et elle a tout à voir avec la fureur.

Est-ce terminé ? Clémence est envahie par un sentiment d'accomplissement, de soulagement sans doute. Elle se demande ce qui a pu se produire pour que la chance tourne. Elle lève la tête vers Jacques en quête d'une réponse qu'elle n'attend pas et elle le voit plaider de tout son cœur pour la cause. Clémence ne peut s'empêcher de rapprocher les deux événements, la centrale et la grossesse – elle n'est pourtant pas superstitieuse, elle trouve ces croyances magiques parfaitement stupides. Mais comment ne pas songer aux forces du destin quand une telle coïncidence se produit ? Rien d'autre n'a changé dans sa vie. Comment ne pas y voir un signe, un appel à résister ? Elle se prend à imaginer un combat entre la vie et la mort, dont elle serait l'incarnation à cet instant, et elle s'amuse aussitôt de l'absurdité de la comparaison, ma pauvre vieille, se dit-elle, tu es en train de te représenter en héroïne tragique.

Un grand type se lève dans l'assistance, que tout le monde appelle Fredo dans la commune. Le pêcheur de maquereaux a troqué la vareuse et le ciré pour un costume endimanché, mais il lui reste le bagout des ports et des marchés.

– En plus qu'elle va peut-être nous péter à la gueule un jour, s'emporte-t-il tout de suite, cette centrale atomique, elle va nous coûter notre gagne-pain, à nous qui vivons de la mer ! Ça tue les poissons, vous dites, ça tue les coquillages. On n'aura plus que des algues et de la vase à remonter, avec toute cette chaleur apportée dans des tuyaux, je vous l'annonce. Et tout ça pour quoi, hein ? Qu'est-ce qu'on a à y gagner ? Rien du tout, si vous voulez mon avis. Ils feraient bien mieux de nous laisser tranquilles, de foutre cette usine loin d'ici. Ils ont qu'à la mettre à Paris s'ils en ont tant besoin ! Bah oui, pourquoi pas ? Ils n'ont qu'à la bâtir à Paris et puis ils tirent des fils électriques jusqu'au port de Diélette, on ne dirait pas non et ça nous ferait des économies en essence.

L'hilarité gagne la salle, une partie seulement. Savary, le vendeur de viande, barbe noire et épaisse, ne rigole pas. Il est venu avec sa femme et des amis, un groupe plein de grognements.

– Une usine, c'est toujours bon à prendre, s'exclame-t-il. Tu demandes ce que ça nous apporterait, Fredo ? Je vais te le dire : du boulot, du commerce, de la vie ! Ça serait bon pour ta pêche aussi. Réfléchis deux minutes : avec du monde en plus à Flamanville tu vendras plus de poisson, Fredo, c'est aussi simple que ça. Et puis, il faut faire confiance aux gens qui décident. S'ils disent que ce n'est pas dangereux, on n'a qu'à les croire. On n'y entend rien à ces histoires, ni toi mon vieux Fredo, ni moi. Tu crois qu'ils s'en plaignent à l'arsenal de Cherbourg, les ouvriers qui construisent des sous-marins ? Non, ils en sont fiers et nous aussi, à Flamanville, on devrait se réjouir de prendre le train en marche.

– Il faut bien qu'on ait du courant, ajoute un copain du boucher. Le fioul est trop cher. Tu vas pas te chauffer à la bougie, Fredo !

Le groupe de Savary pouffe d'un rire narquois.

– Vous avez raison, reprend Jacques, d'évoquer le sujet de l'emploi, puisque c'est avec cet argument que le maire de Flamanville a fait voter l'approbation du conseil municipal. Mais l'emploi est un écran de fumée, tonne l'écologiste en martelant ses deux poings l'un contre l'autre, ça ne tient pas la route. Bien sûr que la construction de l'usine, quand elle débutera, et soit dit en passant pas avant plusieurs années, va apporter du travail. Mais pour combien de temps ? Seulement le temps du chantier, et ça ne durera pas vingt ans, on peut en être sûrs. On nous vend des emplois temporaires. Méfions-nous des chiffres impressionnants qu'on nous jette à la figure. Quand la centrale entrera en fonctionnement, il n'y aura que quelques centaines de postes à pourvoir, mais de quel genre à votre avis ? Des boulots d'ingénieurs, et pas grand-chose pour les ouvriers de Flamanville, qui seront confinés au gardiennage et au nettoyage, aux tâches subalternes : est-ce vraiment ce que l'on veut pour nos enfants ?

Odile Grand-Vernon choisit cet instant pour demander la parole. Elle détonne dans la foule, robe longue et claire, collier doré autour du cou et des bagues colorées aux doigts.

– Comme certains d'entre vous le savent ici, entame-t-elle de la voix calme et puissante des personnes sûres d'elles, nous habitons, mon mari et moi, une petite maison de Diélette face au port et ma famille possède une résidence à Siouville.

Odile ne s'est pas donné la peine de se mettre debout, elle s'est seulement redressée sur sa chaise. Elle a la manie en parlant de recoiffer derrière ses oreilles ses cheveux blonds qui s'arrêtent aux épaules en un carré lisse.

– Je comprends évidemment l'argument de l'emploi et je ne veux pas contester l'importance de l'enjeu pour la commune. De même que j'entends les préoccupations quant aux risques de pollution marine et aux effets éventuels sur la santé des habitants. Ma nature me porte cependant à faire confiance au gouvernement : je ne crois pas l'État français capable de mettre sciemment la population en danger. Mais je voudrais attirer l'attention sur un aspect qui n'a pas été évoqué, l'impact sur le paysage. Le bâtiment envisagé est immense ! J'ai de la peine à me représenter sa taille réelle. Mais je suis certaine qu'il apparaîtra comme une balafre au visage des falaises, une cicatrice, que l'on apercevra de tous les côtés des environs, des communes voisines et même de la mer. On ne pourra plus accoster à Diélette sans apercevoir cette monstrueuse machine grise au bord de l'eau. Prenez quelques secondes pour réfléchir à cela : les pêcheurs, les plaisanciers, les touristes devront désormais cohabiter sur l'eau avec une centrale nucléaire. Mais qui peut avoir envie de naviguer le long d'une usine ? Qui est prêt à renoncer à la beauté sauvage de Flamanville ? Je m'oppose à ce projet, et je crois que nous devrions exiger que le village fasse connaître son opinion avec un vote de tous ses habitants.

Les dernières phrases d'Odile soulèvent des acquiescements convaincus, des hochements de tête, des claquements de main. Jacques est stupéfait, eh ben ça alors, se dit-il, madame Grand-Vernon avec nous, il ne s'attendait pas à enregistrer le renfort de la Parisienne, dont le mari ne fait pas mystère de ses accointances giscardiennes.

Une pause est décidée après un long débat. Un temps de réflexion est ouvert, propose Jacques, moment d'interrogation pour chacun, échappatoire ou engagement, le choix est libre et toute décision, respectable. L'acte de rester dans la salle des fêtes, et ainsi de poursuivre la réunion, vaudra adhésion au Comité de base, entrée dans l'action militante. Ceux qui s'y refusent, étant entendu qu'une telle résolution n'interdit pas de rejoindre le groupe plus tard, dont la porte reste ouverte, sont appelés à s'en aller. L'écologiste a imaginé cette mise en scène pour donner corps au soulèvement dont il rêve, pour le théâtraliser. Pari dangereux : le risque est de le tuer dans l'œuf, faute de mobilisation.

Des copains enseignants profitent de la suspension de séance pour prendre l'air, et Jacques les accompagne. La nervosité lui donnerait presque envie de griller une cigarette, lui qui n'a jamais été fumeur. La nuit a la fraîche douceur des hivers du Cotentin. Le ciel dégagé offre tout son espace aux étoiles de janvier, qui brillent trop peu pour dissiper le noir d'encre de cette grande toile sombre – Jacques la détaille avec l'œil avisé du peintre. Combien de temps, demande-t-il sans attendre de réponse, pourra-t-on encore observer une obscurité si profonde ? Dans sa tête, l'image d'une centrale nucléaire accrochée aux falaises de Flamanville, horreur technicienne, se confond avec la production d'un faisceau lumineux permanent, vertical, trouant la nuit.

Le professeur d'anglais observe les gens sortir de la salle des fêtes, les voitures qui rallument leurs phares et les pneus qui accrochent les graviers du parking. La petite bande de Savary, le boucher, ne traîne pas. L'un de ses membres crie, assez fort pour que Jacques entende, et en joignant à la parole des regards en coin provocateurs : allez, tous au café des Launay, et à la santé du nucléaire ! Odile Grand-Vernon s'attarde un instant, le temps d'adresser un salut de la tête à l'organisateur de la soirée, et s'engouffre dans une superbe DS, qui suscite l'admiration des copains de Jacques, eh ben ça a l'air de bien marcher le cinéma porno. La masse se dissipe.

Lorsque Jacques rentre dans la salle, le pas lourd et hésitant, le premier visage qu'il aperçoit est celui, radieux, de Clémence, ça prend, souffle-t-elle en lui caressant le bras. Plus d'une cinquantaine de participants sont encore là, à qui les copains des Legendre entreprennent de servir un coup à boire – ils ont déposé quelques bouteilles de cidre dans l'arrière-cuisine, au cas où, une idée magnifique. Des verres de cantine à disposition des occupants sont extraits de leurs casiers. Jacques respire, observe le jeune collectif, bavard et animé, se former dans la spontanéité, quoi de plus enthousiasmant que de monter une lutte ? Les fonctionnaires et les pêcheurs constituent le gros de la troupe. Les cultivateurs, retraités, indépendants ou commerçants sont moins nombreux. Fredo est resté. Les classifications habituelles ont sauté : on trouve dans le lot des fidèles de la messe et des bouffeurs de curé, des socialistes et des giscardiens, des militants écologistes et des Normands taciturnes.

Clémence note les noms et les numéros de téléphone. Le travail silencieux, essentiel, est son domaine. Jacques observe ses mouvements pleins d'empathie.

– Chers amis, s'amuse-t-il à déclamer, bienvenue dans le Comité de base contre la pollution atomique dans La Hague !

La disposition des chaises est réorganisée, les rangées sont cassées pour former des cercles concentriques. La réunion d'information se mue en organisation d'une équipe, avec des objectifs à atteindre, des actions à mener. Jacques suggère la constitution d'une *commission d'étude*, chargée de rédiger une brochure répondant aux grandes interrogations sur ce projet de centrale, emplois réels, surface occupée, nuisances induites, dangers.

– Qui veut en être ? C'est un travail à produire en communauté, il n'y a pas une personne qui pense et écrit pendant que les autres regardent. C'est avec cette brochure que chacun des membres du Comité, oui chacun d'entre nous, ira dialoguer avec les habitants du village. Je me répète : tout repose sur l'information de la population. La bataille est là.

Des volontaires se font connaître. Jacques et Clémence disent ne pas vouloir faire partie de la commission et apparaître comme les leaders du Comité, n'ayant ni la culture du chef ni le plaisir de l'exercice hiérarchique.

– C'est exactement contre cela qu'on se bat, affirme Jacques, qui repart dans ses théories. L'industrie nucléaire est l'exemple d'une société dans laquelle des décideurs lointains imposent leurs volontés à des habitants sans voix. Alors, non merci, on ne va pas reproduire ça au sein de notre Comité. D'ailleurs, nous avons besoin d'un président pour l'association. Y a-t-il des vocations ?

Jacques se tourne vers Fredo, le pêcheur plein de faconde.

– Ça ne te dirait pas, toi ?

– Ben pourquoi pas, répond l'autre, surpris par tant de considération. Si personne ne veut le faire…

Jacques, qui ne veut pas être chef mais oriente les discussions, prévient d'une autre urgence.

– On doit écrire une pétition, qui servira de formulaire d'adhésion au Comité. On la signe et on rejoint le mouvement ! À nous de la faire tourner dans Flamanville et les alentours. À nous de faire grossir la résistance, et le plus tôt sera le mieux, car des élus du conseil général doivent venir la semaine prochaine dans la commune pour visiter le futur site de la centrale. Alors, au boulot, et n'oublions pas de nous amuser.

9

Ils sont dix, sept hommes et trois femmes, et tiennent une banderole blanche à lettres noires : « Non à la centrale nucléaire ! » Une tête dépasse au centre du groupe, juste à côté de Fredo, le pêcheur fort en gueule. Il n'est pas question de taille, mais de charisme, de leadership : un front dégarni commande, celui de Jacques Legendre, qui donne les consignes à ses camarades de lutte, tenez-vous plus serrés, voilà, comme ça, et brandissez la banderole plus haut, bien, il agite les bras sur la place de l'hôtel de ville, les mains, les doigts, en metteur en scène de la résistance.

Monsieur le professeur, soupire André Rouxel dans son bureau, saloperie de crâne d'œuf. Devant la fenêtre, droit comme un balai, le visage à quelques centimètres du store descendu et prudemment entrebâillé, le maire de Flamanville observe, sans un mouvement de cils mais l'humeur bouillante, la poignée d'opposants qui trépigne sur place, dehors, pour combattre le froid. Les agitateurs, comme Rouxel a déjà pris l'habitude de les nommer publiquement, pour ne pas dire le terme qu'il emploie en privé : les emmerdeurs.

Le maire avait déjà fort à faire avec les désirs d'ascension politique de *l'autre grand con de Parisien*, soit Claude Grand-Vernon, et le voici qui se retrouve avec un nouvel adversaire en la personne de cet enseignant issu de l'extrême gauche, d'une engeance que Rouxel, ancien socialiste, connaît mal, à la différence des communistes : les écolos, des nouveaux venus, dont la stratégie favorite est de foutre le bordel dans les populations locales, manifestations, tractages, occupations de sites, et puis quoi encore ? Rouxel ne connaît pas les Legendre, ni lui ni elle, il n'a jamais échangé plus de deux mots avec ce couple d'étrangers qui organise l'opposition à son usine, celle qui va lui permettre de faire revivre le village, non mais de quel droit, est-ce que Legendre veut devenir maire lui aussi ? Ils s'imaginent tous qu'ils feraient mieux à ma place, eh bien je vous laisse volontiers le fauteuil, bon courage.

Pardessus gris sur costume noir, André Rouxel est prêt à sortir, les mains gantées, la tête protégée d'un chapeau. Le maire de Flamanville attend à onze heures une importante délégation du conseil général : ces messieurs se déplacent pour inspecter les sites d'accueil envisagés pour la future centrale nucléaire de Basse-Normandie – une journée décisive. Rouxel a préparé une visite aux petits soins. La salle du conseil municipal est dressée pour la réunion, café et douceurs compris, et une grande tablée est réservée au restaurant, tout est prêt pour faire impression. Mais les maudits gauchistes vont gâcher la parade avec leurs slogans désagréables. Que va-t-on encore penser de lui ? Sûrement qu'il ne sait pas tenir son village qui meurt en silence et auquel on offre une dernière chance, André rumine et ressasse, il est de méchante humeur depuis qu'Élisabeth s'est rangée dans le camp des opposants, une trahison, une blessure, sans me prévenir, maugrée-t-il entre ses dents, et en plein conseil municipal ! Ah ça pour un coup d'éclat, elle doit être contente d'elle, de son petit manège, cette garce, cette, cette, et André se retient d'aller plus loin, l'effet des sentiments qu'il n'a cessé d'éprouver pour Élisabeth, respect, inclination, compassion. Il n'a pas perdu l'espoir de la faire revenir dans son camp, même s'il s'interdit de la voir depuis sa sortie hostile.

Rouxel se détourne de la fenêtre, enlève le gant de sa main droite et, pour se calmer, allume une cigarette. Il a à peine eu le temps de tirer une bouffée quand le téléphone retentit. Au bout du fil, un employé de la sous-préfecture de Cherbourg prévient que la délégation est en avance sur l'horaire, elle a quitté Gatteville très peu de temps après son arrivée dans le Val de Saire, de l'autre côté du Cotentin, et ne devrait plus tarder à débarquer à Flamanville. Le maire raccroche, boutonne son pardessus et s'empresse de sortir de son bureau : il veut être sur le parvis de l'hôtel de ville, modèle de solennité, quand les voitures des visiteurs se gareront devant. Surtout, ne pas laisser le terrain libre aux emmerdeurs.

André Rouxel est une boule de nerfs depuis qu'un événement a affolé le village, la commune entière se demandant qui peut bien en vouloir à son maire. Dans la nuit de samedi à dimanche, au lendemain de la première réunion du Comité de base – un hasard, se demande-t-on à haute voix, allez savoir –, des jets de pierres ont visé la propriété de Rouxel. Une demi-douzaine de gros cailloux, lourds et épais, ont été lancés par-dessus le mur de clôture. La plupart n'ont pas atteint leur cible, terminant leur vol sur la pelouse de l'ancienne ferme, mais deux projectiles ont touché juste : une large vitre de la salle à manger a été brisée par l'un, le capot de la jolie Dyane du maire a été enfoncé par l'autre. Il était un peu plus de vingt-deux heures quand l'acte de vandalisme a été perpétré. André Rouxel était déjà au lit, il vit au rythme des poules, le bruit furieux des chocs l'a réveillé en sursaut. Il s'est précipité à la fenêtre de la chambre, encore en pyjama, puis dans la cour, mais n'a pu voir les responsables de l'attaque, la nuit d'encre est telle, toujours la même histoire.

Il se trouve évidemment des habitants pour montrer du doigt Victor Kaminski, l'ermite du blockhaus, que certains croient capable de brutalité, mais la plupart ont tissé d'autres fils pour coudre une histoire. Au réveil dimanche matin, alors que les lancers de pierres faisaient le tour du village, on a aussi découvert les panneaux d'affichage de la commune tapissés de messages antinucléaires et de la pétition du Comité de base, bizarre. Pendant la messe, l'abbé Thomas a vitupéré contre ce jaillissement de violence : ce ne sont pas des manières de discuter, a grogné le curé, laissant penser que le méfait avait été commis par des gens d'ici plutôt que par des étrangers de passage. Le lundi, dans *L'Éclair*, Rouxel, plainte déposée à la gendarmerie, a achevé de propager la méfiance en devisant sur l'identité possible des auteurs : « Il pourrait s'agir du geste d'un opposant au projet d'implantation d'une centrale nucléaire à Flamanville », a-t-il déclaré au journal. Dans un trait d'humour bien senti, qui a mis les rieurs de son côté, il a ajouté : « Les opposants à court d'idées sont priés de bien vouloir passer à mon domicile pour récupérer cet argument frappant, entré chez moi par effraction et probablement par erreur. » *L'Éclair*, malicieux, a titré l'article « Pavé contre atome », référence à la chienlit de 1968. Il n'en fallait pas davantage pour que certains assimilent le Comité de base des Legendre à un repaire révolutionnaire, une tanière de maos et de trotskistes, ou quelque chose du genre : pour beaucoup, c'est bonnet rouge et rouge bonnet. Sur le cap de Flamanville, on éprouve un goût modéré pour le désordre et l'anarchie, la tranquillité avant tout.

Le cortège d'officiels fait son apparition sur la place centrale du village. Cinq véhicules avec chauffeur dont ne descendent que des hommes, une quinzaine, des cheveux blancs ou gris sur la tête pour la plupart et, sur tous, des imperméables fermés laissant entrevoir seulement le nœud de cravate. La délégation est conduite par monsieur Godefroy, l'imposant conseiller général de Granville, près de deux mètres de haut, un cou épais et une coiffure à la brosse qui ne s'amuse pas. Il s'avance sans ciller, la main tendue et l'écharpe tricolore sur le dos, bonjour Rouxel, ton autoritaire, qui sont les énergumènes avec la banderole ? Ils ne sont pas bien nombreux, ajoute-t-il aussitôt, cela nous change de Gatteville. Godefroy est une figure du département, ancien résistant et gaulliste devant l'Éternel, militaire reconverti dans le bâtiment, il dirige une société de travaux publics florissante dans le sud de la Manche et préside la commission des *affaires économiques* du conseil général, tant de fauteuils et de breloques pour un seul homme.

D'autres conseillers généraux apparaissent dans son sillage, des membres de la commission économique que le maire de Flamanville connaît plus ou moins. Les deux députés des circonscriptions du Nord-Cotentin et le sénateur sont aussi présents, qui discutent avec trois types dont le visage n'est pas familier à Rouxel. Le sous-préfet de Cherbourg, Colignac, précise au maire de Flamanville qu'il s'agit des techniciens de l'EDF, le directeur régional de la compagnie accompagné de deux ingénieurs.

Un dernier personnage ferme la marche, il a débarqué seul dans une Renault 5 colorée, pas de chauffeur pour lui, un appareil photo autour du cou et un cahier à la main. Georges Pitran, le journaliste de *L'Éclair*, le pas militaire et le visage paré d'une mine satisfaite, se dirige vers Rouxel, dans toute sa raideur, comment va, monsieur le maire ? La visite a été écourtée à Gatteville, annonce le petit moustachu sur le ton de la confidence, ils ne sont même pas restés une demi-heure sur place et ont juste eu le temps de discuter avec les élus en mairie devant une carte de la commune. Impossible d'aller sur le terrain : des opposants au projet avaient bloqué l'accès au phare. Une sacrée foule, deux cents personnes au moins, on aurait dit que tous les maraîchers du Val de Saire s'étaient donné rendez-vous, et Pitran secoue le revers de la main de haut en bas, on s'en souviendra ! Des vieux, des jeunes, des commerçants, des pêcheurs, une sacrée foule vous dis-je, et avec un clin d'œil, Pitran conclut, tout cela sent bon pour Flamanville.

André Rouxel, accaparé par le journaliste, n'a pas vu Godefroy se faire assaillir par Legendre et sa troupe de protestataires, l'écologiste s'est jeté sur le conseiller général. Ah les emmerdeurs, se dit le maire en se maudissant d'avoir été distrait, que je suis con. S'approchant à grands pas, il entend les arguments de Legendre, cette pétition n'a que quatre jours, fait valoir l'enseignant en tendant quelques feuilles de papier à l'élu de Granville, elle a été rédigée par les membres du Comité de base contre la pollution atomique dans La Hague et elle rassemble déjà plus de cinq cents signatures de personnes qui se disent opposées à la centrale, dont cent dix-huit habitants de Flamanville, ce n'est pas rien, monsieur Godefroy, voyez vous-même.

– Combien d'habitants sur la commune exactement, et combien d'électeurs ? demande Godefroy en s'adressant au maire de Flamanville, arrivé dans son dos.

Rouxel donne le chiffre du dernier recensement : 1 194, dont environ huit cents votants.

– Votre pétition ne réunit donc que 10 % des gens et même pas 15 % des électeurs, reprend dans la seconde Godefroy, qui s'est retourné vers Legendre. Vous jugez peut-être que c'est beaucoup, mais je trouve quant à moi que c'est peu. Surtout si l'on tient encore à la règle voulant que la majorité se situe à 50 %. Mais peut-être n'est-ce plus votre cas ?

Des rires éclatent autour de l'élu, à qui la plupart des membres de la délégation donnent du *monsieur le président*. La stature du bonhomme impressionne, une masse de sérieux face à laquelle Jacques a l'air d'une brindille.

– Nous n'avons eu que quatre jours, argue l'enseignant. Et vous connaissez les Haguards, des gens méfiants ! Ils ne signent pas facilement un document qui engage, ils préfèrent ne pas afficher leur opinion. Beaucoup de gens du village travaillent à l'usine de La Hague et craignent les mesures de rétorsion. Mais le mécontentement est réel. Nous-mêmes sommes surpris d'avoir déjà autant d'adhérents au Comité. Vous devriez écouter toutes les voix.

– Nous savons très bien ce que nous avons à faire, coupe brutalement Godefroy, voix tonnante et main impériale, déclenchant des hochements de tête approbateurs parmi ses collègues. Voyez, monsieur, nous sommes des élus du suffrage universel. Contrairement à vous. Nous travaillons pour l'intérêt général et nous sommes guidés par cette seule ambition. Sur le dossier de l'éventuelle implantation, je dis bien *éventuelle*, d'une centrale nucléaire dans la Manche, qui serait bénéfique pour l'ensemble des habitants de ce département, nous suivons cet unique principe, comme toujours.

– Mais comment peut-on prendre une décision avec si peu d'informations ?

– Nous aussi, nous nous informons. Il est normal de ne pas tout savoir d'un plan encore à l'état d'ébauche : les assemblées locales, à la Région et au Département, ont été saisies il y a moins de deux mois. Nous attendrons toutes les précisions pour nous prononcer.

– Monsieur Legendre, intervient Colignac, le sous-préfet de Cherbourg, je suis certain que la commission des affaires économiques du conseil général lira avec intérêt le texte de votre pétition. Si vous voulez bien la remettre à son président…

– Donnez-la-moi, ordonne Godefroy, qui se radoucit, attrape la liasse de papiers et la donne aussi sec à un collègue du conseil général. Nous verserons votre contribution au dossier d'étude. Elle sera examinée avec toute l'attention qu'elle mérite.

D'un pas énergique, le président de la commission économique emmène la délégation vers la mairie. Les élus, les ingénieurs de l'EDF et le journaliste de *L'Éclair* suivent aussitôt. André Rouxel doit se mettre à trottiner pour être, tradition républicaine, le premier à pousser la porte d'entrée.

À l'intérieur du bâtiment, dans la salle du conseil municipal, toujours ces murs tapissés de rose pâle, Godefroy refuse l'invitation de Rouxel à s'asseoir autour de la grande table de réunion, pas de temps à perdre dans les palabres, prévient-il, on boit un café pour se réchauffer, et en route ! Les cadres de l'entreprise d'électricité mèneront la visite, ajoute le conseiller général, ils vont nous montrer le terrain qu'ils jugent adapté au projet.

Le maire est déconcerté, quel idiot je suis, se dit-il, comme si j'avais mon mot à dire, comme s'ils voulaient mon avis. Rouxel a préparé en vain une présentation détaillée de sa commune, recensé toutes les parcelles qui pourraient faire l'affaire, avantages et inconvénients, pensant qu'il lui faudrait présenter lui-même des solutions. Il essaie de faire bonne figure, s'occupe comme il peut, papote et serre des mains, s'assure que les tasses de café sont bien remplies. Il ne cherche pas à soutirer des informations aux techniciens de l'EDF, la crainte de passer pour un ignare en nucléaire, la peur de poser des questions idiotes : il y a des modesties sincères qui entravent l'action des hommes.

Enfin, Godefroy donne le signal de départ, messieurs, crie-t-il, engendrant des silences soudains et des approbations surjouées, il est l'heure de considérer les choses de nos propres yeux, allons voir ce que Flamanville a à nous offrir, et en tournant les yeux vers Rouxel, je suis sûr que le site a tous les atouts pour nous satisfaire.

Le cortège quitte le centre-ville, empruntant la petite route qui va plein ouest, la petite route que le maire connaît si bien, celle qui relie le bourg au point le plus avancé du cap de Flamanville, là où l'on surplombe la mer, où l'on aperçoit en contrebas les ruines de la mine désaffectée. La file de voitures traverse le Hameau Moitié, une grappe de quelques vieilles bâtisses dont celle des Rouxel – depuis quelques années, on s'efforce dans le village de corriger l'habitude et de dire *de Rouxel*, pauvre homme, veuf si jeune.

André avait acquis cette ancienne ferme quand Paulette vivait encore. C'était à leur arrivée à Flamanville, au milieu des années 1950. Lui venait de quitter la gendarmerie maritime à Cherbourg et s'était fait embaucher comme scaphandrier à la mine, mettant à profit son expérience de l'eau, des profondeurs. Paulette, qui travaillait comme employée dans des commerces, épicerie, textile, mercerie, était ravie de retrouver le territoire sauvage de La Hague : elle était née, comme André, dans l'un de ses minuscules lieux-dits, ruraux et reculés. Des enfants du coin, de retour au pays après de trop longues années passées à la ville dans une baraque de caserne exiguë : enfin l'installation dans une maison de pierre, au calme de la campagne et au bord de la mer, dans un endroit à eux. Cette vieille ferme de Flamanville à retaper était la promesse d'une vie longue, puisqu'il était évident que c'était là qu'ils mourraient l'un et l'autre.

André s'était jeté à corps perdu dans la rénovation, passant tout son temps libre sur les murs, les poutres, les carrelages et les toits, tandis que Paulette s'occupait de l'intérieur, tous deux pressés de transformer l'allure rudimentaire d'un lieu de terre battue et de meubles sombres en un domicile équipé des facilités modernes. Il n'y avait pas eu de moment plus heureux dans le mariage des Rouxel que ces six années de labeur domestique. Cette œuvre commune de restauration ne s'interrompait que le dimanche, lorsqu'ils se rendaient le matin à la messe puis, si la météo le permettait, en promenade dans une des jolies communes côtières des environs, Surtainville, Baubigny ou Barneville, le temps d'un déjeuner au restaurant ou d'un pique-nique sur la plage. Au retour en milieu d'après-midi, les Rouxel se remettaient à la tâche, inlassables, se sentant tout à fait à leur place lorsqu'ils fabriquaient ce havre partagé.

Il n'avait jamais été question entre eux d'une carrière politique. André s'était tenu à distance des enjeux collectifs tout le temps qu'il était dans la gendarmerie, respectueux des consignes de neutralité. Il n'avait commencé à se plonger dans ces débats qu'à son arrivée à la mine de fer. Il s'était rapproché de la section SFIO, moins radicale que d'autres, et elle paraissait déjà audacieuse à ce caractère tempéré. Il s'y était fondu à merveille, sa pondération sereine en atout distinctif, au point de devenir l'un de ses leaders. Tout naturellement, les ouvriers s'étaient tournés vers lui pour les représenter lorsque la prodigue usine sous-marine fut fermée par ses propriétaires, une catastrophe industrielle qui avait précipité la chute de l'ancien maire de Flamanville.

André venait de perdre Paulette, emportée en quelques semaines par une maladie rare et mal connue, un cancer du sang qui avait brisé leurs projets. Un dimanche matin, elle s'était plainte au réveil de fortes douleurs dans les jambes et avait renoncé à aller à l'église ; le lendemain les souffrances étaient remontées dans les bras ; les jours suivants, elles s'étaient répandues dans tout son corps, ne laissant aucun doute sur la gravité du mal qui l'affectait. Son état n'avait cessé d'empirer ensuite, jusqu'à l'issue fatidique, expéditive : le couple n'avait pas eu le temps d'échanger tous les mots qu'il aurait voulu. La mort soudaine de Paulette avait laissé André désemparé, inutile et inconsolable. Il avait passé des jours à errer dans sa ferme, entre la grange et la maison, incapable soudain de se saisir d'un outil et muré dans le silence. Il se laissait dépérir, sans même en avoir conscience, contrairement à plusieurs camarades de la mine qui s'inquiétaient de son état mental et n'avaient trouvé d'autre idée pour le ramener à la vie que de le pousser à concourir aux élections municipales. La proposition avait d'abord semblé à André révoltante – eu égard aux circonstances – et il l'avait refusée avec des vociférations. Mais il s'était peu à peu convaincu lui-même, comprenant enfin le mal que lui causait la disparition de Paulette : c'était pour lui un enjeu de survie. Se jeter dans une aventure nouvelle, au service des autres, était le seul moyen raisonnable de se divertir du chagrin qui l'accablait.

Dans un double geste de compassion et de confiance, le premier sentiment comptant plus que le second, les habitants de Flamanville l'avaient élu maire, au beau milieu de la tourmente, sur la promesse qu'il consacrerait tout son temps – et on le croyait lorsqu'il disait cela – au renouveau du village et à sa population ouvrière. André espérait quant à lui se protéger de la tristesse qui menaçait de le tuer à petit feu. Substituer à la lourdeur du deuil individuel la charge nouvelle du bien-être général : un pari insensé que seul un être aussi égaré qu'il l'était alors pouvait prendre, un pari perdu d'avance qui imprimerait au fond de lui des traces indélébiles de rage et de ressentiment qui n'existaient pas au temps où Paulette était à ses côtés. L'accession d'André Rouxel à la plus haute fonction publique de Flamanville était une histoire de crise et de chômage, d'espoir et de résignation, de douleur et de salut.

En passant devant chez lui, André plonge si loin dans ses souvenirs qu'il ne voit et n'entend plus rien autour de lui, ne songeant plus qu'à Paulette, essayant de se représenter son visage qui commence à disparaître de sa mémoire. Ce n'est que lorsque l'automobile freine d'un coup sec, le cortège étant arrivé à destination, que Rouxel, hébété, se rend compte de ce qui se profile : le site envisagé pour la construction du grand machin énergétique se trouve juste à côté de son lieu de vie, à moins d'un kilomètre, merde alors, pense-t-il avec une image en tête, celle de son jardin assombri par un imposant nuage de vapeur, je vais me retrouver avec une centrale nucléaire pour voisine.

– Voilà, c'est ici, indique avec une moue espiègle le directeur régional de l'EDF, qui s'appelle Vilmorin et se tient très droit, les mains jointes devant lui et le dos tourné à la mer.

Les membres de la délégation, descendus des voitures, restent silencieux, déconcertés. Certains font un tour sur eux-mêmes pour observer les alentours, la plupart s'approchent prudemment du bord de la falaise pour toiser les vagues qui bouillonnent en bas et qui grondent – le vent d'ouest forme la houle, fracas des eaux contre les parois noires et caillouteuses. Autour, il n'y a que du vert, le vert des prés, de l'autre côté de la route qui longe en lacets la côte, et le vert de la mousse herbeuse, d'une autre nuance, qui pousse sur l'étroite bande séparant le bitume et le vide. Aucune habitation en vue, ni même la trace d'une fumée de chauffage. On aperçoit seulement vers le nord le haut de la tour d'extraction de l'ancienne mine, de moins en moins blanche avec le temps, et derrière elle l'interminable plage qui s'étend sur plusieurs kilomètres, reliant par un beau sable terne, qui devient jaune avec le soleil, les communes de Siouville, Biville et Vauville.

– Oui, c'est bien ici, je ne me trompe pas, mais sous nos pieds, reprend Vilmorin, ravi de son effet, voyant les regards s'abaisser vers le sol. Si elle devait être érigée à Flamanville, la centrale électronucléaire serait construite au niveau de la mer, et non pas en haut des falaises. Vous savez que nous avons besoin de l'eau pour refroidir les réacteurs où s'opère la fission des atomes. Nous envisageons donc, continue l'ingénieur en chef en pointant du doigt le sol sous ses chaussures, de procéder à des travaux de déroctage, c'est-à-dire de creuser la roche avec des explosifs, afin de former l'espace, à fleur d'eau, qui accueillerait l'usine. Je parle d'une emprise d'une vingtaine d'hectares pour l'installation industrielle elle-même et d'environ cent vingt hectares pour l'intégralité du site.

Le député de Cherbourg se récrie, le souffle raccourci par la révélation et la face rougie, mais c'est un chantier colossal, il se tourne de tous les côtés en quête de l'approbation d'autres élus, ce que vous êtes en train d'évoquer est une défiguration de Flamanville, une aberration, casser les falaises…

– L'EDF sait mener à leur terme ce genre de travaux importants, soutient Vilmorin. Il faudra faire sauter la roche sur près d'un kilomètre et extraire six millions de mètres cubes de granit.

Georges Pitran hoche la tête avec admiration et énergie, quel projet grandiose, s'exclame-t-il, cherchant à se faire entendre du plus grand nombre sans contrevenir aux convenances, une prouesse, quelle ingéniosité ! Le journaliste de *L'Éclair* trépigne, sourit, fait part de sa réjouissance aux uns et aux autres, et surtout à Godefroy, qu'il suit à la trace depuis le début de la visite, il reste dans ses pattes, espérant une confidence de l'homme le plus puissant de la délégation. Pitran et Godefroy échangent quelques mots de contentement, mais oui mais oui, ce n'est pas tous les jours qu'on a de telles nouvelles, comme vous dites, quelle chance formidable pour le département, et pour votre journal aussi n'est-ce pas, une belle aventure à raconter, comptez sur moi président, comptez sur moi.

– Les travaux seront longs, admet Vilmorin, bougeant les mains d'avant en arrière comme pour dire minute, pas d'emballement. Il n'y aura pas de mise en service possible avant 1980, au mieux. Rien n'est facile lorsque l'on se donne de telles ambitions. Il y a des avantages à ce grand chantier : en grattant dans la falaise, nous pourrons récupérer du granit qui servira à créer des fondations stables pour la centrale. C'est robuste, le granit. Et des digues protégeant cette usine des caprices de la houle, ainsi qu'un bassin artificiel de rétention d'eau. L'autre atout est esthétique : en enterrant la centrale dans une faille que nous creuserons nous-mêmes, nous la cacherons aux regards, nous la rendrons invisible. On pourra se balader sur les sentiers de hauteur sans même la remarquer. Du point de vue du cadre de vie, cela compte.

André Rouxel enregistre l'information. Il pourra la resservir à ses administrés lorsqu'il faudra justifier l'éboulement des falaises, les détonations d'explosifs et les avalanches de pierres – imaginez le boucan.

– Et pourquoi Flamanville au juste ? demande Pitran, excité comme un enfant.

– Outre l'excellente qualité du granit, nous avons retenu ce site pour la nature des fonds marins, qui s'approfondissent très vite : il suffit d'aller à cinq cents mètres au large pour avoir dix mètres de hauteur. Les rejets en mer se trouveront amplement brassés, et d'autant plus avec les très forts courants de la zone.

– Cela devrait calmer les inquiétudes des contestataires quant à la pollution, fait remarquer Godefroy.

L'auguste conseiller général reprend les choses en main, d'une voix écrasante qui ne souffre pas l'objection et le regard tendu vers la pointe de Jobourg au nord, qu'on distingue mal dans la brume.

– La proximité de l'usine de retraitement de La Hague est aussi à prendre en compte. Ce n'est pas un mal de réunir les différentes expertises de l'industrie nucléaire à quelques kilomètres les unes des autres. Et puis, Flamanville est l'un des rares villages de la façade ouest du département à ne pas avoir d'avenir balnéaire. Il n'y a pas de grande plage ici, il n'y a presque que du caillou. On ne risque pas de compromettre la saison touristique. L'identité de Flamanville est industrielle, son histoire est celle des carrières et des mines, c'est une commune d'ouvriers. N'est-ce pas, Rouxel ?

Le maire approuve, oui président, bredouille-t-il du bout des lèvres, et alors qu'une pluie crachouillante commence à tomber du ciel, il tente de se représenter le gigantisme des travaux, du bouleversement à venir. S'il signe un jour ce permis de construire, il autorisera les hommes à racler les hautes falaises de Flamanville, sombres et millénaires, et Rouxel ne peut retenir son esprit de se poser une question sans réponse possible : Ai-je été élu par les miens pour prendre une telle décision ?

Des bruits de clochettes se font entendre, suivies par une odeur de chèvre. Victor Kaminski, l'air d'un clochard avec sa barbe noueuse, ses cheveux sales et ses haillons distendus, ou peut-être d'un prophète avec son haut bâton de bois et ses pieds nus, passe avec son troupeau. Des ricanements gênés émergent dans la délégation d'officiels, qui se figent, vite saisis par l'inquiétude, et se demandent s'ils ont affaire à un possédé. Victor regarde devant lui, concentré. Rien ne le dévie de sa trajectoire, jusqu'à ce qu'il arrive au niveau de Vilmorin. Opérant un brusque demi-tour, il plante alors son regard dans celui de l'ingénieur de l'EDF, sans bouger une paupière. Au bout d'interminables secondes, Victor se met à fouiller dans une poche de son pantalon, ses yeux n'ayant toujours pas oscillé. Des membres de la délégation font un pas en arrière, précaution spontanée, inconsciente, et le berger finit par sortir du tabac qu'il dispose avec calme dans une feuille à rouler, sans même avoir à pencher son visage vers le geste aveuglément accompli par ses mains habiles.

– Bonjour Victor, lance Rouxel pour déchirer le silence.

L'éleveur sauvage rompt l'inflexibilité de son visage en le tournant vers le maire de Flamanville. Un signe de tête rapide, presque invisible. Puis il reprend sa route, rattrapant ses bêtes qui ont poursuivi leur chemin.

Le sous-préfet de Cherbourg s'approche de Rouxel, un parapluie déplié au-dessus de sa tête, dont il offre la protection au maire de Flamanville. Colignac se frotte les joues pour se donner de la contenance, drôle de personnage, commente-t-il, les yeux braqués sur Victor. Les regards des deux hommes restent longtemps tournés vers le berger, dont la silhouette s'efface au loin. Lorsqu'il a disparu, le sous-préfet pose sa main sur le bras de Rouxel, geste d'appui et de prévention, dans le cas où votre commune serait retenue, dit Colignac, nous devrions entreprendre des travaux d'aménagement, et notamment une route d'accès à la centrale, une belle route digne de ce nom. L'État prendra sa part, l'EDF aussi, n'ayez pas de crainte là-dessus, monsieur le maire. En réalité, ajoute le fonctionnaire, votre problème, avec l'arrivée d'une telle centrale, sera tout autre, et il consistera à vous demander comment dépenser l'argent qu'elle vous rapportera. Cher André, c'est le moment de vous poser une question : Que feriez-vous d'un tel magot ? Quels sont les projets dont vous n'osiez pas rêver pour Flamanville ?

10

Au réveil, comme tant de monde ici, Élisabeth Toulorge feuillette *L'Éclair*, la meilleure façon d'avoir les nouvelles. Elle a l'habitude de s'asseoir près de la haute cheminée intérieure, blason d'une ancienne famille propriétaire gravé sur la hotte, dans l'un des fauteuils du salon bleu, premier étage et partie droite du corps de logis, celle qu'elle utilise, le reste du bâtiment étant blême, désert.

Elle ouvre le journal et trouve un article, encore un, sur la centrale. Elle lit quelques lignes et s'interrompt pour imaginer l'avenir désiré par certains : faire exploser les falaises, casser la roche qui soutient et abrite le village depuis des siècles, réduire en éboulis un kilomètre de granit. L'orgueil insensé des hommes, soupire-t-elle, rien ne les arrête, pas même l'œuvre monumentale et si délicate de la nature. Les hommes ne comprennent pas que la destruction est une ruine, rupture et fuite en avant, se désole Élisabeth, que l'artifice poussé à son extrême entraîne une dégénérescence de l'âme, on le voit partout depuis dix ans, des envies de révolution et de libération qui éclosent et qui explosent, et cela n'a conduit qu'à des chocs, des crises, des malheurs, dans la société, l'économie, la culture, partout, un lent affaissement, la faillite morale, la décadence. L'individu moderne ne respecte plus rien de ce qui l'a façonné, oubli des rythmes, des traditions et des valeurs, furieux désir de dépassement et de subversion, et tout ça pour quoi ?

La châtelaine rejette l'idée de cette usine que l'on veut construire en arrachant des terres aux paysans, en sacrifiant les eaux des pêcheurs, un résumé de l'absurdité moderne. Et qui va la bâtir ? Elle voit des meutes d'étrangers gagner le village, mais enfin, s'exclame-t-elle dans la tranquillité pesante de son salon, il y a des équilibres à respecter. Elle s'agace de l'apathique béatitude du maire, André ne pense qu'à l'emploi, il se trompe gravement.

Élisabeth s'en va prendre l'air, incitée par la douceur de l'aube, préférant poursuivre cette lecture décourageante dans son grand parc, vert et éternel, son havre, là où la vie est toujours plus supportable. Une tasse de thé à la main, elle descend dans le hall d'entrée par l'un des deux escaliers tournants et rejoint la cour d'honneur baignée de lumière.

La façade principale du château, ensemble grave et austère de pierre grise, du granit évidemment, aux lignes symétriques harmonieuses, est tournée vers l'est, piquante curiosité. Les dix-sept fenêtres du mur principal font entrer la clarté de toutes parts dans l'immense bâtisse. Sur les ailes, des renforcements entourent le corps du logis et mènent à deux pavillons encerclant la cour d'honneur, l'un constitué d'une galerie à arcades et d'une petite chapelle, l'autre étant une enfilade d'anciennes pièces de réception. Le gigantisme de l'endroit est souligné par ces deux bras de granit qui enserrent le visiteur ayant franchi le vaste portail à l'entrée du domaine, une centaine de mètres plus avant, et par le pont enjambant la douve qui entoure le château, à la façon Grand Siècle d'un canal royal. Le long de ce plan d'eau, qui conduit à deux étangs creusés dans le parc, un autre ensemble de bâtiments s'élève à partir du pavillon droit, se refermant en carré autour d'une seconde cour, que les maîtres du passé utilisaient comme dépendances, remises ou écuries. Cette deuxième partie du château est surmontée à ses coins, côté extérieur, de tourelles dont certaines sont crénelées et qui donnent à la demeure d'Élisabeth Toulorge un drôle d'aspect médiéval et fortifié, comme si elle était sous la menace imminente d'envahisseurs : le style était à la mode lorsque l'édifice fut construit au XVIIe siècle par un noble introduit à la cour, fait marquis par Louis XIV, gendre du premier garde des Sceaux du Roi-Soleil.

Le lieu est superbe et désespérément trop grand pour Élisabeth, descendante d'infortune d'une vieille famille bourgeoise du Cotentin, tombée si bas dans la hiérarchie sociale qu'elle a dû accepter un emploi de secrétaire à la cure marine de Siouville, où elle se rend en cyclomoteur afin de gaspiller moins d'essence qu'en voiture. Élisabeth est perdue dans son château. Elle le voit et le sent chaque jour, dès qu'il fait trop froid ou trop chaud, dès que le gris d'un mur s'assombrit un peu plus, qu'une poutre de plafond s'effrite en copeaux, qu'une fenêtre refuse de s'ouvrir sans grincer. Il ne manque pas de gens pour lui conseiller de vendre sa propriété, ou à tout le moins de louer certaines des pièces disponibles, il y en a tant, pour des festivités privées, de les transformer en gîtes ou chambres d'hôtes, et pourquoi pas un haras ?

André Rouxel fait partie de ceux-là, qui imagine souvent lors de ses tête-à-tête avec Élisabeth reconvertir certaines salles en lieux d'exposition et d'activité pour la municipalité. Un jour, il a suggéré d'y installer un centre de loisirs pour les gosses du village. Supporter les enfants des autres, ceux qu'on n'a pas eus soi-même ? Élisabeth s'était offusquée.

Queue-de-cheval noir et grisonnante sur la tête, tirée avec une impeccable précision, et bottes d'aristocrate pataugeant dans la glaise, mais la sienne, la quinquagénaire aux yeux plissés et méfiants s'affaire et s'épuise, toute l'année durant, en menues réparations sauvant les apparences, labeur infini, mains déchirées au sang, transpiration permanente. Elle s'accroche au souvenir du prestige de son nom, au symbole de sa puissance, légataire d'un passé qui a eu ses gloires et aussi ses hontes. Elle s'entête dans la tradition, refuse d'abandonner son statut, même si les fissures dans les parois du château sont de plus en plus larges et les ardoises brisées sur les toits de plus en plus nombreuses. Élisabeth déteste voir ces stigmates de sa lente déchéance, l'inévitable qui vient, se rapproche, insidieux et muet. Il porte un goût de mort.

Dans la cour d'honneur, elle hasarde le regard autour d'elle sur les murs de son château et elle ne voit que les défauts, des lézardes, des gerçures, des brèches, des cicatrices et des crevasses, dans les bois, les pierres et les fers de l'édifice. Même les graviers sur lesquels ses bottes se posent paraissent abîmés et jaunis par le temps qui passe, qui use, qui coûte. Elle tourne le dos à la façade, *L'Éclair* en main, traverse le pont et prend la direction du plus petit des deux étangs, celui qui borde la futaie. Elle se retire sur un banc, tourné vers les arbres, imperturbables observateurs des changements du monde, et reprend la lecture de l'article laissé en suspens.

Élisabeth Toulorge maudit ce projet stupide d'usine, qu'elle continue de trouver insensé, imposé d'ailleurs, inarrêtable. Il y en a qui se bercent d'illusions, dit-elle à voix haute. La phrase à peine achevée, l'image de son château qui se délabre sûrement se rappelle à elle, et une autre pensée déloge la précédente, qui ne se berce pas d'illusions ? Sans elles, on ne vivrait plus ; sans elles, on dépérirait plus vite encore. Il faut croire et espérer, songe Élisabeth, qui tient pour indiscutable le fait de Dieu. Elle-même ne s'est pas laissée abattre alors que la vie s'est acharnée, portée par un drôle de désir de combattre le destin et de mener sa vie malgré tout. Elle sait que le village se moque de sa mobylette garée dans une dépendance du château et de son emploi considéré comme infamant, pour elle, à la cure de Siouville. Elle est secrétaire, enregistre les entrées et les sorties des patients.

Si étonnant que cela puisse paraître, elle aime ce travail ingrat, elle reste parfois à jouer aux cartes avec les pensionnaires au-delà de ses horaires. Elle apprécie la compagnie des vieux et des éclopés qui viennent ici pour récupérer leur énergie, leur force, leur jeunesse. C'est un monde plein de tristesse et d'espoir. Avec eux, qui sont souvent d'ailleurs et de passage, elle se sent à l'aise, elle n'est pas la propriétaire du grand château d'à côté, écrasée par le poids de l'Histoire ; elle n'est qu'elle-même, parée d'anonymat, elle n'est pas scrutée, elle est plus libre. Quand elle converse avec les pensionnaires de la cure, elle s'imagine souvent une vie débarrassée des grosses pierres de granit entre lesquelles elle dort la nuit, de la bâtisse dont elle est l'héritière et elle se prend à rêver d'oser tout envoyer en l'air. À quoi bon lutter contre le destin ?

Élisabeth Toulorge est devenue veuve à un âge si précoce qu'elle n'a pas eu le temps de faire des enfants, la faute à un époux fragile et déprimé, qui s'est jeté une nuit du haut des falaises. Elle est la descendante de la famille la plus connue de Flamanville, celle qu'on a regardée ici pendant plus de cent ans avec admiration et respect, depuis qu'un aïeul s'était constitué un pactole dans l'imprimerie sous la Restauration, suffisamment de quoi racheter le château du village, dont la lignée aristocratique l'ayant possédé auparavant avait été dépossédée par la Révolution. Les Toulorge ont prospéré avec leur siècle, s'offrant des terres et des usines, des petits établissements de crédit et des publications de presse.

L'un des héritiers les plus en vue, Philippe, le père d'Élisabeth, s'était senti assez puissant, ancien militaire devenu patron d'un hebdomadaire départemental, pour entrer en politique : d'abord maire de Flamanville, puis conseiller général, toujours avec de grands desseins. Mais les années 1930 lui avaient fait suivre le pire chemin, celui de la réaction et de la haine, par conviction plus que par opportunisme. Il avait commencé à signer des éditoriaux incendiaires, maurrassiens et antisémites, gémissant contre Blum et la corruption parisienne, chérissant le passé grandiose de la France et le renouveau fasciste de l'Italie mussolinienne. La Seconde Guerre arrivée, Vichy avait récompensé l'homme, si fier de cette reconnaissance cocardière, sûr d'avoir choisi le bon camp, et Laval l'avait introduit au Conseil national du gouvernement : un honneur jusqu'en 1944 et une infamie après, une tache sur le nom de la famille et un motif de punition. La dynastie naguère jalousée avait été privée de tous ses biens à la Libération, à l'exception du château de Flamanville, où Philippe était mort discrètement après quelques années de prison. Ainsi, Élisabeth s'était retrouvée à entretenir un domaine démesuré sans l'argent pour le faire.

Elle n'a pas revu André depuis le conseil municipal de la fin décembre. Il n'est même pas venu lui souhaiter la bonne année, un défaut d'élégance dont elle ne le croyait pas capable. Il doit être fâché ou déçu d'avoir été contredit par elle en public. Les hommes sont tous les mêmes, tant attachés à faire la preuve de leur pouvoir, si susceptibles dès qu'on le leur conteste. Élisabeth voudrait que cela serve de leçon à son ami, il peut bien souffrir pour une fois que je ne dise pas amen à ce qu'il dit, comme si je devais toujours acquiescer à chaque fois, surtout pour un projet si fou ! Qu'il fasse la tête s'il le souhaite, aussi longtemps qu'il le voudra, songe-t-elle, je m'en fiche, et la châtelaine voudrait s'en convaincre pleinement, mais elle ne peut s'empêcher de s'en vouloir en même temps. André est un homme fragile qui porte la misère du monde dans ses traits abattus, c'est aussi ce qui lui plaît chez lui, son accablement manifeste, qu'il tente de dissimuler aux autres et qu'elle perçoit, elle, aussi distinctement que s'il faisait l'objet d'une légende écrite sur son front. André ne sait pas cacher sa mélancolie. Elle voit brûler dans son regard les frémissements de haine qui submergent les êtres rongés par le sentiment d'injustice, je le vois bien, se dit-elle, car je me suis souvent noyée dans la même affliction et la même aigreur, plus jeune surtout, quand j'ai compris qu'on me considérerait toujours comme la fille de mon père, qu'on me laisserait me débattre dans le dénuement qu'on m'a légué et qu'on ne m'accorderait aucune aide, y compris à la perte d'un mari mort de désarroi. Elle serait toujours *la châtelaine* ou *madame Toulorge*, mais jamais Élisabeth.

Il n'y a guère qu'André pour se soucier d'elle, avec ses manières polies et prévenantes, sa gentillesse et son manque d'audace. Il a une façon de la regarder, lorsqu'il vient la voir au château, qu'il ne sait pas dissimuler non plus. Ce n'est pas du désir, il est trop prude pour cela, mais une douceur et une attention trop prononcées pour être neutres. Élisabeth aime ces rendez-vous réguliers qui la lient encore à la vie contemporaine de Flamanville ; elle aime bavarder avec André de l'état du village autour d'un café ; elle aime le voir remplir sa tâche d'élu du peuple, effrayé à l'idée de se confronter à sa propre solitude, et elle souffre avec lui de ses échecs, se réjouit de ses rares succès. Entre eux, ce n'est pas l'amour éperdu bien sûr, mais l'attachement existe, et dans bien d'autres configurations, il aurait suffi à justifier un mariage. Peut-être même aurait-il été heureux. La chose ne se produira pas, Élisabeth le sait, André aussi, deux veufs âgés qui se mettent ensemble, cela contrevient aux convenances, et encore plus dans le cas du maire et de la châtelaine, l'ancien de la SFIO et la fille d'un vichyste. Leur présence sur une même liste aux élections municipales a été le plus grand pas qu'ils pouvaient faire en commun.

La matinée avance et le soleil se voile au-dessus du château de Flamanville, un souffle de vent fait frissonner les feuilles de la futaie, ainsi s'annonce le changement de ciel, pressé. Élisabeth achève la lecture de *L'Éclair* et constate que le malheur n'est pas certain, le destin de Flamanville n'est peut-être pas joué déjà. Le journal relate une réunion du conseil économique et social régional, organe consultatif, un détail notable. On lui a demandé d'émettre une recommandation : pour l'implantation de la centrale, faut-il privilégier Gatteville, Flamanville ou Manvieux ? La première des trois communes a été écartée d'emblée, car l'estran du Val de Saire est d'une grande richesse biologique, les terres légumières sont trop fertiles et les élus locaux sont contre, ce qu'ils ont formulé de façon claire et immédiate. Élisabeth grince des dents, si seulement on m'avait écoutée au conseil municipal, souffle-t-elle, se reprochant de ne pas avoir été plus convaincante.

Selon *L'Éclair*, les débats ont été nourris entre Manvieux et Flamanville, avantages et inconvénients, une position plus centrale dans la région pour la petite ville du Calvados, des courants marins plus efficaces pour celle de la Manche. La discussion a duré. La balance a penché du côté de Manvieux lorsque l'on a mis en garde sur le coût des raccordements : plus près de Caen, moins cher, une évidence. Le vote a été serré, douze voix pour Manvieux, onze abstentions, neuf pour Flamanville. Élisabeth se réjouit un instant, se peut-il que tout ne soit pas joué ? Elle lève les yeux au ciel en lisant une phrase de *L'Éclair*, qui se demande pourquoi l'institution « n'a pas émis la recommandation de bâtir deux centrales, une à Manvieux, l'autre à Flamanville ». Élisabeth enrage, mais pourquoi veulent-ils autant leur usine atomique ? Qu'ils aillent la bâtir ailleurs ! Devant elle, des poules d'eau se trempent dans l'étang froid.

Une autre assemblée locale, celle du conseil général de la Manche, a débattu au même moment, épisode aussi raconté par le journal. Le président de la commission économique, l'imposant Godefroy, conseiller de Granville, a mené les discussions, vantant les mérites de l'uranium : « Il pourrait permettre à la France de conquérir son indépendance énergétique. » Est-ce vrai ? La châtelaine n'en sait rien. S'il le dit. Godefroy a fait voler l'habituelle nuée de chiffres, on commence à connaître la chanson, les centaines, les milliers d'emplois et les merveilles de la patente, on parle désormais de dix milliards de francs. Godefroy a fait la leçon : « Les gens confondent centrale nucléaire et usine atomique ; dans une centrale la radioactivité est négligeable, moindre que dans l'eau et dans l'air naturellement. » Élisabeth écarquille les yeux, le raisonnement ne tient pas, même une profane comme elle le comprend. « Le risque d'accident est presque inexistant, et la crainte du réchauffement des eaux, peu sérieuse ; les gens confondent l'élévation de température à la sortie du condenseur et celle à la sortie des tuyaux. » Les gens ont bon dos, se dit la propriétaire du château.

Godefroy voit quand même un aspect négatif, l'atteinte à l'esthétique : « C'est une suite de bâtiments de quatre cents mètres de long avec des tours qui montent à quatre-vingts mètres de hauteur, et il faut transporter l'énergie par des fils à très haute tension, qui feront dans le bocage une trouée de deux cent trente-cinq mètres de large. » Élisabeth perd le souffle. Bientôt, une forêt d'immenses trépieds électriques coupera la région en deux. Compte tenu de l'énormité de la centrale, Godefroy a dit préférer Flamanville à Gatteville, le village de l'ouest permettant d'enterrer ce grand machin en bas des cailloux, de limiter sa visibilité et d'éloigner ses nuisances, le bruit et la lumière. C'est l'aveu de la monstruosité du projet : on imagine l'implanter là où on peut le cacher. L'orgueil insensé des hommes, répète la châtelaine dans un nouveau soupir. Au bout des débats, le conseil général a désigné Flamanville, trente-neuf voix sur quarante-cinq, un plébiscite.

Élisabeth Toulorge ne se fait pas d'illusions. Entre les deux instances, comité Théodule consultatif et assemblée exécutive d'élus, il n'y a pas d'égalité. La menace se rapproche. Élisabeth lève la tête du journal et observe d'un lent regard panoramique l'ensemble de son domaine, les plans d'eau, le bois et le château, avec son allure de forteresse et ses tourelles semblant se languir d'un nouveau siège ennemi. Élisabeth ramasse ses affaires et marche dans la direction de la dépendance abritant sa mobylette, en espérant que la pétition du Comité de base, qu'elle a vue affichée sur un panneau municipal, n'a pas été arrachée. Elle a besoin du numéro de téléphone inscrit dessus.

11

Sortir en mer est à chaque fois toute une histoire. Claude Grand-Vernon doit d'abord descendre la voiture sur le port, avec le matériel nécessaire dans le coffre, vestes de quart, polaires et salopettes, provisions de nourriture et, selon les jours, foc, génois ou trinquette. Il ne laisse sur le bateau que la grand-voile, trop encombrante pour être baladée à son bon vouloir, et des affaires qui ne craignent pas le froid, bottes, gilets de sauvetage, outils, cordages, mousquetons. La voiture garée, il faut emprunter le quai piéton longeant la jetée, plusieurs dizaines de mètres à marcher les bras embarrassés par les caisses de transport, puis charger la petite barque accrochée au brise-lames.

Le canot flotte tout au bout, les premières places étant occupées par les pêcheurs de métier, évidemment. Bonnet marinière sur la tête, Claude Grand-Vernon ronchonne, comme à chaque fois qu'il doit passer devant la succession de bateaux locaux, tant de minutes perdues alors que son temps à lui est si précieux, ah les gens d'ici, souffle-t-il, combien d'années faudra-t-il vivre à Flamanville pour qu'on m'accorde un anneau plus proche ? Ce n'est même pas une question d'argent, puisqu'il n'existe pas de tarifs différenciés, mais juste d'origine, et moi je ne suis pas d'ici, je ne serai jamais d'ici, on me considérera toujours comme un étranger, et Grand-Vernon remplit la barque avec le nécessaire de voile. Quand elle est prête, équilibrée de sorte à ne pas chavirer, il reste une étape laborieuse, ramer jusqu'au voilier, encore des efforts, sur une vingtaine de mètres, contre la houle, les eaux tumultueuses.

Le gréement débute alors, la partie la plus agréable de la préparation, enfin l'impression de faire de la voile. Claude Grand-Vernon aime aussi le Cotentin pour ses paysages en mer, les côtes découpées de La Hague, les courants exigeants du raz Blanchard, les terres anglo-normandes, Aurigny, Sercq, Guernesey. Il a découvert ce loisir lors de son adolescence marseillaise, un plaisir fou et immédiat, qu'il n'a jamais cessé de pratiquer, il rêve de grandes courses, de régates, de transatlantiques. S'il devient très riche un jour, et la chose est en bonne voie grâce à *Sylviane*, il aimerait financer un bateau pour la Coupe de l'America.

Il prend tout son temps pour nouer les écoutes et faire glisser les voiles dans les encoches du mât, se garde de les hisser trop vite. À l'abri du vent, le plaisir est aussi dans la patience. Et dans la diversion d'un climat pesant dans sa maisonnette de Diélette. Une crispation certaine règne entre les époux Grand-Vernon depuis l'annonce de la possible installation d'une centrale, Odile s'indigne de cette hypothèse *destructrice*, exige de son mari qu'il intervienne. Avec tes relations tu dois pouvoir faire quelque chose, dit-elle en mettant dans ces mots toute la hargne méchante dont elle est capable, tu ne vas pas laisser faire ça, il doit bien y avoir d'autres endroits pour accueillir cette usine, et elle moque sa lâcheté, son empressement à ne pas se fâcher avec des *gens de poids*, je t'ai connu autrement courageux, lui lance-t-elle pour le blesser et le faire réagir. Et Claude tente à chaque fois d'argumenter, s'efforçant de garder son calme et de dissimuler aux enfants les disputes, ce n'est pas si simple, dit-il en invoquant l'impératif des compromis en politique, j'essaie de faire au mieux, et cette phrase agace Odile plus que toute autre. Les reproches pleuvent, Odile l'attaque, mais tu comprends ce que cela veut dire ? Si l'on se retrouve dans six mois avec des grues et des pelleteuses au bout de la route, tu imagines à quoi vont ressembler nos week-ends ? Est-ce que tu vas faire quelque chose, ou est-ce qu'il va falloir que je finisse par adhérer au collectif des écolos pour que tu te décides ? Les discussions se terminent toujours par cette menace, et Claude est obligé de battre en retraite, non, dit-il, je ne le souhaite pas, et il fait des promesses imprécises, je réfléchis à ce que je peux faire, crois-moi, je réfléchis.

À bord de son voilier, Claude Grand-Vernon se sent épié. Sur la jetée du port, un individu de petite taille le regarde fixement, moustache en pointes courbées et port militaire, au garde-à-vous. L'homme le hèle et se présente, Georges Pitran, journaliste à *L'Éclair du*

Cotentin, voix stridente et haut perchée, je m'intéresse à cette histoire de centrale nucléaire, qui est pour, qui est contre, j'ai le sentiment que le village est divisé, n'est-ce pas ? Le journaliste hurle ses mots, sans gêne, sans crainte apparente d'être écouté, et il s'adresse familièrement à Claude, je crois savoir que vous êtes un Méditerranéen vous aussi, c'est juste ? J'ai grandi en Algérie. La chaleur du Sud, la lumière, les eaux bleues me manquent, pas vous ? Vous n'y songez pas quand vous naviguez dans les parages ?

Grand-Vernon n'en revient pas. Doit-il crier aussi pour répondre ? Il regarde autour de lui, constate qu'il n'y a personne et décide de parler, moins fort que Pitran cependant, mais assez pour combler la distance les séparant.

– C'est surtout d'avoir un anneau le long du quai qui me manque. Que voulez-vous, monsieur Pitran ?

Le journaliste force un éclat de rire, ah les gens du Cotentin, s'égosille-t-il, s'esclaffant dans le même élan, ils n'aiment pas ceux d'ailleurs, n'est-ce pas ? Ils se méfient de tous et de tout, c'est dans leur caractère, des esprits étroits, une mentalité d'îliens ! Sur la jetée, Pitran s'approche un peu plus, et mimant une attitude de confidence d'un geste, le revers de la main posé le long de la bouche, il se remet à vociférer, nous avons un autre point commun, vous et moi : nous aimons la France et nous souhaitons qu'elle conserve sa grandeur, n'est-ce pas ? Mais je ne suis pas venu pour vous faire part de mes idées sur la politique générale que notre gouvernement aurait à mener, quoique j'aie des choses à dire à ce sujet. J'ai une question à vous poser après les votes du conseil économique et social régional et du conseil général de la Manche : Qui va l'emporter d'après vous, Manvieux ou Flamanville ?

Grand-Vernon laisse passer un long silence, stupéfait. Il jette des coups d'œil autour de lui, inquiet d'être observé par des badauds, ce n'est pas l'endroit pour parler de politique, supplie-t-il, nous sommes obligés de hurler pour nous parler, et le producteur se remet à son gréement, dédaigneux, si vous souhaitez que nous ayons un entretien, prenez rendez-vous, monsieur.

Ne tenant nul compte de la remarque, Pitran reste immobile et crie de plus belle, entre nous, dit-il, juste entre nous, que pensez-vous du comportement du maire de Flamanville ? Vous le trouvez bien inspiré ?

Claude Grand-Vernon laisse échapper une réaction moqueuse, qu'il réprime aussitôt, et regarde de nouveau autour de lui. Il n'y a personne, hormis quelques bateaux au loin sur l'eau.

– Avez-vous déjà vu André Rouxel inspiré un jour ? demande le producteur en tirant sur une écoute.

Pitran profite de l'occasion pour afficher sa complicité d'un rictus railleur.

– Le maire, reprend le producteur de films d'une voix plus forte, fait ce qu'il croit bon de faire et ce qu'il peut, c'est-à-dire pas grand-chose. Il court après les événements. Il n'était pas au courant du projet de la centrale mais il s'y est rallié comme il a pu ; il n'a pas vu apparaître la contestation dans le village mais il essaie maintenant de l'éteindre ; il s'est fait forcer la main par le conseil général après le refus de Gatteville mais il tente de prétendre que c'est son choix ; et encore maintenant je pense qu'il a du retard en matière d'information.

– Que voulez-vous dire ?

– Je le garde pour moi, sauf à ce que vous ayez quelque chose à m'offrir en échange.

Le journaliste se fend d'une profonde inspiration en faisant quelques pas vers l'arrière. Il hésite à prendre la parole ou fait semblant, triture sa moustache, lève le nez vers le ciel pour affecter une intense réflexion.

– J'ai peut-être quelque chose pour vous, reprend Pitran. Avez-vous connaissance de l'histoire des lettres de Chooz et Saint-Laurent-des-Eaux ?

Le reporter de *L'Éclair* se lance dans un récit circonstancié, n'épargnant aucun détail d'une histoire qu'il pourrait raconter en quelques phrases. Récemment, il a sollicité l'EDF pour obtenir des précisions techniques sur le projet de centrale. Dès le lendemain, il a reçu un coup de fil du P-DG de l'entreprise, Marcel Boiteux lui-même, un ponte des affaires, s'anime Pitran, un grand personnage de l'État, mathématicien, économiste, un intellectuel ! Le journaliste a l'air d'avoir parlé à Dieu en personne, et il répète à Grand-Vernon les mots exacts du dirigeant, qui s'est désolé au téléphone de la tournure des événements : « Les réactions provoquées par nos projets touchent des gens de bonne foi, à qui l'on voudrait pouvoir mieux expliquer ce qu'il en est mais c'est difficile, nous sommes confrontés à des fausses nouvelles, à des informations absurdes qu'il est d'autant plus délicat de contrer qu'on nous accuse d'être juge et partie, c'est quand même oublier que l'EDF est un service public. » Marcel Boiteux a insisté sur l'importance critique du travail des journalistes et, Pitran le dit plusieurs fois, il a salué le parfait travail d'information de *L'Éclair* en la matière : « Je compte sur vous pour continuer. » Ensuite, le patron de l'EDF s'est plaint de l'apathie d'André Rouxel : « Cet individu n'a rien fait des lettres de Chooz et de Saint-Laurent. » Et Pitran d'expliquer l'allusion : les maires de ces deux communes des Ardennes et du Loir-et-Cher, où tournent depuis des années des petites unités nucléaires, ont rédigé des courriers dans lesquels ils font état d'un bilan positif. Les lettres ont été adressées à plusieurs édiles susceptibles d'accueillir bientôt une usine, parmi lesquels celui de Flamanville. Savez-vous comment le P-DG de l'EDF est au courant de l'existence de ces lettres ? demande Pitran, pas peu fier de sa question, et il donne la clé de l'énigme, d'un ton hilare, sans même laisser le temps à Grand-Vernon de formuler une réponse, parce que c'est l'EDF qui a demandé aux maires de Chooz et Saint-Laurent d'écrire les lettres ! Et Rouxel ne s'en sert pas, il les garde dans son bureau et cela énerve jusqu'au patron de l'EDF. Vous comprenez ? Rouxel est complètement dépassé.

Pitran se penche vers sa sacoche et en extrait deux feuilles de papier, qu'il montre à Grand-Vernon en les faisant claquer au vent, l'EDF a tenu à m'en transmettre une copie, s'enorgueillit-il, je vais les publier dans *L'Éclair*. Aussitôt, le journaliste commence à déclamer un texte, dont il précise qu'il est l'œuvre du maire de Saint-Laurent-des-Eaux, un brillant assureur, certifie Pitran.

> Désavantages : pour notre commune, aucun, si ce n'est les lignes de haute tension. Dangers de pollution, cas de maladies : aucun, la radioactivité est très sévèrement mesurée sur un certain périmètre de l'environnement. Intérêts économiques : certains, très importante patente alimentant les deux tiers du budget, d'où des investissements importants, assainissement, piscine, gymnase, groupe scolaire. Créations d'emplois : peu importante sauf la présence des agents d'exploitation, 130 environ. Avis de la population : elle n'a pas beaucoup réagi à la décision de construction de la première tranche en 1963, les craintes sur la radioactivité ont vite été dissipées par les ingénieurs de l'EDF. En résumé, pour la commune elle-même, la présence de la centrale est bénéfique.

La seconde missive, qui vient du maire de Chooz, est plus longue. Est-ce pour cela que Pitran hurle à nouveau ?

> ATTITUDE DE LA POPULATION – Après une dizaine d'années de fonctionnement, la population est devenue indifférente, il reste cependant quelques partisans du *contre* parmi lesquels on trouve non seulement les habitants qui craignent encore les dangers de la radioactivité mais aussi ceux qui ont

gardé la nostalgie du village tel qu'il était, enfermé dans une boucle de la Meuse, retiré des grands axes, au caractère typiquement rural et voué à la culture maraîchère. Il est indéniable que la construction de la centrale s'est accompagnée d'un changement important dans le mode et le rythme de vie de la population, l'amélioration du réseau routier a amené les touristes, belges en particulier, il a fallu réaliser un terrain de camping communal pour les absorber.

POLLUTION – Aucun habitant n'a souffert depuis dix ans d'une maladie imputable à la présence de la centrale.

EAU – La température de la Meuse est montée d'environ 6 degrés en aval de la centrale, mais le poisson ne semble pas en souffrir. Le jour de l'ouverture de la pêche 1974, les campeurs ont pris immédiatement en aval 500 kilos de barbeaux ! Je pêche et mange moi-même régulièrement du poisson de la Meuse, et de nombreuses personnes se baignent l'été sans problème.

SÉCURITÉ – Une image simple est souvent employée par l'EDF : les risques d'accident pour un habitant du village sont du même ordre de grandeur que ceux de recevoir un pot de fleurs sur la tête en se promenant dans la rue.

ASPECT FINANCIER – En 1974, la part de la centrale est passée à 299 858 francs, soit plus de 85 % des impôts totaux directs.

DIVERS – Sur le plan plus large des retombées économiques, il faut aussi noter les contrats d'entretien des bâtiments et installations passés avec des petites entreprises de Givert, chef-lieu de canton, distant de 5 kilomètres, et qui concernent essentiellement la plomberie, le sanitaire, l'électricité, la menuiserie et les travaux publics.

PÉRIODE DE CONSTRUCTION – Elle a duré quatre ans, le nombre de travailleurs employés était de l'ordre de 2 500 et les différentes sociétés qui ont contribué à cette création ont largement fait appel à la main-d'œuvre et aux entreprises locales.

– Mais s'il veut sa centrale, s'exclame Claude Grand-Vernon, Rouxel devrait afficher ces courriers sur tous les panneaux de Flamanville !

– Il est dépassé, vous dis-je.

Le producteur se remet en mouvement sur son bateau, pensif.

– Le vent commence à monter.

– Nous étions convenus d'un échange, monsieur Grand-Vernon, rappelle Pitran d'une voix toujours aussi haute mais plus ferme.

– Tous les avis d'assemblées locales comptent moins que celui de Michel d'Ornano, répond Claude d'un air très sûr et distant. Le ministre ne veut pas d'une centrale en baie de Seine, qui serait trop près de sa bonne cité de Deauville. Je crois que Flamanville conserve toutes ses chances, quoi que puissent en dire les élus locaux ou les habitants. Les gens fantasment leur pouvoir sur le cours des choses. C'est une décision d'État, avec tous les intérêts que cela comporte. Le reste n'est que littérature.

Claude Grand-Vernon entreprend de hisser une voile, qu'il fait glisser dans l'encoche du mât.

– Cela désole mon épouse, qui a l'impression que l'on s'apprête à saccager sa région natale. Et cela me contrarie, car j'aime cet endroit comme il se trouve aujourd'hui, et je ne sais pas si j'aurais envie d'y rester avec un site atomique à moins d'un kilomètre de chez moi. Mais c'est la marche du progrès, paraît-il. Je suis déchiré, car j'estime le programme nucléaire indispensable à la France, un pays que j'aime, comme vous l'avez dit, et que j'ai envie de voir réussir. Il m'est difficile, dans ces conditions, d'adopter une position tranchée. Je n'ai pas envie de me fâcher avec mon épouse, je n'ai pas envie de me fâcher avec les gens au pouvoir, je n'ai pas envie que Flamanville soit défiguré et je n'ai pas envie que les habitants du village soient condamnés au chômage. Je suis embarrassé par toute cette histoire et je me demande de quelle façon elle va se terminer, mais peut-être, de mon côté, aurai-je bientôt l'occasion de naviguer plus souvent sur les eaux bleues et scintillantes de la Méditerranée, comme vous dites. Au revoir, monsieur Pitran, et prenez rendez-vous la prochaine fois.

12

Pendant quelques mois, Victor Kaminski avait travaillé à La Hague. C'était peu après l'ouverture de l'usine de retraitement des combustibles nucléaires. Il n'avait pas encore de troupeau de chèvres à lui, mais seulement quelques bêtes, pas assez pour subvenir à ses maigres besoins. Comme beaucoup d'anciens ouvriers de la mine de fer, de journaliers agricoles ou de travailleurs de la mer, il avait tapé à la porte du nouveau grand employeur de la région, qui embauchait à tour de bras.

Au départ, le Commissariat à l'énergie atomique recrutait bien plus de personnel qu'il n'en avait besoin pour faire fonctionner le site. Cela faisait partie de l'accord tacite entre le Cotentin et l'État : les habitants acceptaient sans broncher la présence de l'usine atomique sur leurs terres, et les risques ; les technocrates assuraient un dédommagement sonnant et trébuchant en distribuant des salaires généreux aux familles du coin. Le sureffectif était manifeste. Certains employés, qui avaient été habitués à la rudesse des travaux des champs ou aux contraintes de la pêche, s'amusaient d'être si bien payés pour effectuer des tâches qui ne les exténuaient pas. La direction de l'usine répondait à ces critiques sourdes avec des concepts : progrès, désaliénation, productivité. Tout le monde était content.

À La Hague, Victor, l'enfant sauvage de Flamanville, fut embauché pour du gardiennage. Il ne fut pas affecté à l'intérieur de la centrale proprement dite. En tant que travailleur temporaire, il n'en avait pas le droit, l'usine étant considérée comme un site sensible, à vocation militaire. Des autorisations spéciales étaient nécessaires pour exercer en son sein.

Victor fut cantonné à un petit boulot de guet sur l'un des vastes parkings extérieurs. De la grande aventure nucléaire qui s'élaborait ici, il ne voyait rien. Il n'y participait pas. Son travail se réduisait à la surveillance des voitures, motocyclettes et vélos des salariés accrédités, une tâche qu'il accomplissait avec d'autres parias aussi peu qualifiés que lui. Ils ne pénétraient jamais dans l'usine. Ils avaient leur propre local du personnel, pour les pauses, les repas et le vestiaire, sur le parking, une baraque de chantier équipée et chauffée. Leur travail consistait à soulever la barrière d'entrée et de sortie, à contrôler les badges d'accès, à faire des rondes au milieu des véhicules. Les journées passées là n'avaient aucun intérêt. Rien ne survenait jamais.

Malgré cela, Victor ne réussit pas à garder son poste. Il ne fallut que quelques jours pour qu'il suscite la méfiance de ses collègues. Le jeune homme était trop taiseux, solitaire, étrange. Il n'arrivait pas à se mêler aux conversations de ses collègues, qui l'observaient de travers. Son comportement, qui déjà déviait des normes, leur semblait erratique. Lorsqu'il entreprenait de faire un tour de veille sur le parking, il ne suivait pas les rangées d'automobiles alignées les unes contre les autres ; il adoptait des trajectoires obliques et absurdes, passant tout d'un coup entre deux voitures pour revenir sur ses pas, virant selon des courbes ou des diagonales plutôt que des lignes. En le voyant se déplacer de façon si désordonnée, ses collègues commencèrent à s'interroger sur sa santé mentale et avertirent la hiérarchie qu'il y avait quelque chose de bizarre avec ce garçon isolé, ni méchant ni agressif, mais singulier, extravagant, mystérieux.

L'inquiétude redoubla lorsque son histoire personnelle remonta jusqu'à La Hague : Victor Kaminski était un pauvre fou ayant abandonné sa jolie et triste épouse, et l'enfant de celle-ci, pour vivre seul dans un blockhaus sur les falaises, où l'on ne savait pas bien ce qu'il faisait. Dans une usine conçue pour traiter de l'uranium irradié et fabriquer du plutonium pour l'armée, il n'y avait pas de place pour l'originalité. Aux yeux de son nouvel employeur, Victor représenta vite un risque. Un soir, on lui demanda de ne plus jamais revenir.

Le centre de La Hague, comme on l'appelait pudiquement dans la région, était entré dans la vie quotidienne des habitants un matin d'août 1960. Ils ouvrirent le journal et apprirent qu'une usine atomique allait être bâtie près de chez eux, sur la lande verte de Beaumont, à la pointe nord-ouest de leur pays, dans ce qui semblait constituer la presqu'île de la presqu'île. C'était là que s'alignaient des endroits magiques et perdus, le long d'un lacet déchiqueté de criques, de falaises, de plages de gros sable et de galets, l'altier nez de Jobourg, la baie ultime d'Écalgrain, le minuscule Port Racine et le phare dressé de Goury. C'était là, dans un village isolé, que Prévert avait choisi de se retirer pour écrire et mourir. C'était un pays de fleurs sauvages colorées, où l'ajonc, la bruyère et la fougère dominaient des espèces plus rares qui portaient des noms de bestioles sorties des mythologies antiques, ornithope, silène, centaurée, scille, romulée ou armérie. Les amoureux de la nature parlaient d'un lieu farouche et magnifique ; d'autres, plus terre à terre, disaient qu'il était fruste et désolé. Tous avaient raison. Cette péninsule de la fin physique du monde abritait à peine six mille personnes. On y dénombrait plus de busards, de goélands, de cormorans et de faucons que d'hommes. Au large, dans les eaux battues par les courants, on pouvait apercevoir des phoques.

La veille de la parution de la nouvelle dans la presse, en août 1960, une réunion fut convoquée en matinée à la préfecture de la Manche, à Saint-Lô. Les élus locaux les plus en vue du département furent invités. Ils y rencontrèrent trois ingénieurs du CEA, dont Robert Galley, grand résistant et futur ministre de De Gaulle, Pompidou et Giscard. Les scientifiques au service de la France annoncèrent qu'il avait été décidé de construire une usine de retraitement des combustibles irradiés à La Hague. Elle serait chargée d'extraire, dans l'uranium utilisé par les premières centrales nucléaires françaises en service, les matières de plutonium pouvant servir à des fins surtout militaires. La France du Général œuvrait à la constitution d'une force de dissuasion nucléaire. Le centre de Marcoule, déjà en fonctionnement, était trop étroit pour les ambitions du président. Galley et ses collègues expliquèrent les raisons d'État ayant prévalu au choix de La Hague : les centrales fournisseuses d'uranium n'étaient pas loin, à Chinon et Saint-Laurent-des-Eaux ; le sol granitique, peu fertile, garantissait une excellente stabilité au site industriel dans une région peu propice aux tremblements de terre ; l'altitude du plateau de Beaumont protégeait des aléas de la mer ; les forts courants au large dilueraient efficacement les effluents liquides, et les vents permanents se chargeraient des rejets dans l'air ; la zone était peu peuplée et avait besoin d'emplois ; enfin, le Cotentin, depuis que l'arsenal de Cherbourg s'était lancé le défi de produire des sous-marins nucléaires, avait désormais un destin atomique, une vocation. Tout était dit.

Seul un élu s'était risqué à poser une question : Les maires des villages concernés avaient-ils été prévenus ? Personne n'y avait songé. L'après-midi même, une fourgonnette de gendarmerie sillonna les dômes vallonnés de La Hague, aux champs délimités par des murets bas de grosses pierres comme en Irlande, à la rencontre de chacun des édiles, souvent des agriculteurs possédant quelques hectares. Les gendarmes les prièrent d'assister à une réunion en mairie de Beaumont dans la soirée : le préfet, que les maires ne voyaient jamais, avait quelque chose à leur dire. C'est ainsi, par une nuit d'été, que les paysans du coin firent connaissance avec leur futur voisin industriel, monstrueux, colossal, effrayant.

L'usine de retraitement des déchets nucléaires allait transformer pour toujours le visage de la région. L'atome serait désormais au Cotentin ce que sont la houille au Nord-Pas-de-Calais et l'acier au bassin lorrain. L'âge de la ruralité modeste et religieuse, celle peinte par Jean-François Millet, un enfant des environs, prenait fin.

Bien que solitaire et imposée, la décision entraîna peu de contestations. Il n'y avait personne sur place pour chamailler la vision gaullienne. C'était une autre France et une autre époque, pas encore bouleversées par l'éruption émancipatrice de Mai 68 : celles d'un État fort et planificateur, de la Reconstruction et des Trente Glorieuses. On ne cessait d'affirmer qu'il fallait vivre avec son époque. Il n'est pas impossible que beaucoup d'habitants aient même ressenti de la fierté, de voir leur territoire participer à l'épopée nucléaire. Les risques de pollution, d'accident, de catastrophe ? On faisait confiance à la science et au pouvoir. Si ceux d'en haut assuraient qu'il n'y avait pas de danger, il fallait les croire. Qui était-on pour mettre ces paroles en doute ?

L'affaire ne traîna pas. En quelques mois, l'État, inébranlable, racheta deux cents hectares à plusieurs centaines de propriétaires dispersés, qu'il était allé voir un par un, en proposant un bon prix. La plupart cédèrent d'autant plus facilement qu'on leur promit une embauche à l'usine et la fin des servitudes agricoles. L'État lança les travaux en 1962, l'année même de la fermeture de la mine sous-marine de Flamanville, à une vingtaine de kilomètres au sud. Beaucoup d'ouvriers de la commune se reconvertirent du jour au lendemain, lâchant l'extraction de fer pour le bâtiment. Le chantier était prodigieux : il fallut déblayer trois cent mille mètres carrés de terre, tracer trois kilomètres de route, créer des réseaux d'approvisionnement et d'évacuation, creuser un lac artificiel de quatre cent mille mètres cubes. La plus haute des cheminées de l'usine s'élevait à près de trois cents mètres au-dessus de la mer. Le bout du monde avait été rattrapé par la modernité.

L'usine reçut en 1966 son premier *château* d'uranium irradié, qui lui permit de fabriquer un lingot de plutonium. Mille personnes étaient employées dès le démarrage de l'activité : il y avait du travail pour toute la région, la fabuleuse promesse avait été tenue. Mais les débuts furent chaotiques. La filière nucléaire française était à la peine à cause de mauvais choix stratégiques de l'EDF. Le Commissariat à l'énergie atomique dut dégraisser, provoquant des grèves, des mécontentements, des désillusions. L'objectif du site fut revisité. L'État ingénieux décida d'abord de lui adjoindre un centre de stockage des déchets nucléaires à très longue durée de vie, des dizaines de milliers d'années de dangereuse radioactivité. Les premiers temps, l'entreposage fut conduit sans précaution. Les techniciens assuraient que tout allait pour le mieux, mais les nappes phréatiques souffraient en silence.

Bientôt, on décida aussi d'attribuer à l'usine une ambition civile et internationale. Sa survie passait désormais par l'accueil des matières nucléaires usagées ayant servi non seulement dans les centrales électriques françaises mais aussi étrangères. Les chiffonniers de l'atome savaient faire : ils avaient appris à couler les *châteaux* d'uranium dans des grandes piscines pour diminuer leur nocivité, à les faire fondre dans de l'acide nitrique bouillant, à les cisailler en tronçons, à les consigner dans des tubes et conteneurs hermétiques. Grâce à ce changement de cap, l'usine commença à remplir toutes ses promesses de prospérité. L'année 1974 fut très bonne, et l'on garantissait que les suivantes seraient meilleures encore.

Victor Kaminski n'eut pas l'occasion d'observer cette trajectoire commençante, alternant espoirs et soubresauts. Embauché à l'entrée en service de l'usine atomique, il fut remercié au bout de quelques mois de travail.

Peu après son éviction, une histoire fit le tour de la région, une *tentative de meurtre par irradiation*, ainsi que la présenta la presse locale. Un des employés de La Hague, qui avait des fonctions de supervision dans un atelier de découpage, découvrit un jour sous le siège conducteur de son automobile trois *queusots*. On appelait ainsi les rondelles servant de bouchons aux gaines de magnésium entourant le combustible irradié et traité dans les piscines. Des éléments radioactifs très dangereux. Depuis plusieurs semaines, le chef de quart se plaignait d'être fatigué et d'avoir des somnolences. Une analyse toxicologique révéla qu'il avait été sévèrement affecté par la présence des objets contaminés sous le siège de sa voiture.

L'acte, malveillant, était forcément le fait d'un collègue. Mais l'enquête de police ne permit jamais de désigner un coupable, laissant planer le doute sur l'identité de l'*apprenti tueur aux queusots*. Plusieurs rumeurs se propagèrent sur le territoire, dont l'une, à Flamanville, visa évidemment Victor Kaminski, le voisin mal-aimé. Dans le village, on s'étonnait qu'il ait été renvoyé à peu près au même moment que l'inquiétant fait divers. La non-concordance des dates ne suffisait pas à le disculper. On voulait croire à la possibilité de sa responsabilité, même si on n'allait jamais jusqu'à la certifier. Le fait qu'il fut employé à la surveillance du parking renforçait les soupçons. On tentait d'expliquer son licenciement soudain par la volonté de la direction de l'usine d'étouffer un scandale public. Les enjeux financiers étaient tellement énormes. Les bruits et médisances couraient : il y avait des mauvais bougres à Flamanville pour affirmer que Victor avait aussi volé des lingots de plutonium, qu'il préparait un sale coup dans ses pénates, là-haut sur les falaises ou en bas dans les failles marines.

Personne ne prit jamais la peine d'interroger directement l'intéressé sur ces sales histoires. On préférait fantasmer.

13

Il y a tant de monde ce samedi soir que l'on a dû ranger les panneaux d'exposition dans l'arrière-salle et placer les derniers arrivés debout contre le mur du fond – tant mieux, ils cachent la tapisserie pâle et cafardeuse. La salle des fêtes de Flamanville est pleine de regards curieux, de spectateurs habillés bien comme il faut, venus comme on sortirait voir un combat de catch, cette comédie de vrais coups mélangés à des jeux de rôle. Le public fait face à une longue table recouverte d'une nappe blanche, comme au restaurant, à des micros, des verres d'eau et des écriteaux de papier avec des noms inscrits au feutre : le grand débat oppose un représentant de l'EDF, Yvon Robert, non pas un ingénieur mais un cadre des relations institutionnelles, un type chargé d'amadouer les politiques, à un écologiste chevronné du Havre, Didier Bihel, un membre des Amis de la Terre, militant réputé de la mouvance antinucléaire.

– Vous connaissez ma position, lance en introduction Jacques Legendre, installé entre les deux hommes. Je penche du côté de monsieur Bihel, mais je me contenterai ce soir de mener la conversation, sans intervenir moi-même, pour ne pas influer sur les échanges.

– Tu parles !

Une bande d'hommes a pris place au fond de la salle, des ouvriers de Sainte-Barbe qui bavardent depuis qu'ils se sont assis. Des habitués du café des Launay, juste à côté du coron, où la patronne, qui tient fermement le comptoir et le crachoir, s'acharne à convaincre les clients inquiets ou plaintifs que cette centrale nucléaire est une bénédiction, la chance d'une génération – et elle moque les *rêveurs* et les *poètes* qui s'y opposent, à savoir les sales écolos du Comité de base. Elle a converti à sa position dure le petit groupe d'ouvriers qui se sont déplacés ce soir et qui se disent prêts, dans l'intimité du café, à faire du grabuge si nécessaire, qui parlent fort quand ils ont quelques verres dans le nez, brandissant le poing pour témoigner de leur sérieux. À leur tête plastronne Pierrot, l'ancien mineur qui siège au conseil municipal, un copain d'André Rouxel, qui l'a fait élire sur sa liste. Pierrot passe une bonne partie de son temps libre au bar, à râler contre le collectif monté par les Legendre, ils vont pas nous empêcher de travailler ceux-là, ainsi ponctue-t-il la plupart de ses tirades, parfois offensé et incrédule, parfois colérique et menaçant. La mère Launay l'encourage toujours, mais si, justement, c'est ce qu'ils veulent, dit-elle, ils n'ont rien à faire des gens comme vous, ils n'ont pas vos soucis. L'aubergiste, habilement, titille l'orgueil des hommes, joue la division de classe : *vous* et *eux*, *eux* et *nous*, d'un côté les humbles travailleurs qui ont tant perdu avec la fermeture de la mine et de l'autre les animateurs du Comité de base, des profs évidemment, qui n'ont pas besoin d'industrie dans le village, qui ont l'emploi garanti par l'État et des vacances tout le temps. Qu'importe, pour la mère Launay, si le mouvement regroupe aussi des pêcheurs et des agriculteurs, de plus en plus nombreux. Elle ne voit derrière son zinc que les Legendre et leurs copains enseignants, des gens pas d'ici, marmonne-t-elle, pleine de nerfs, en essuyant ses verres, et elle ne se rend pas compte que le *machin*, son mot inondé de mépris, de Jacques et Clémence vire au phénomène.

– Qui peut imaginer un service public comploter contre la santé des Français ? Cette critique ne tient pas debout. La compagnie remplit sa mission pour la nation : assurer l'avenir énergétique du pays, sous l'autorité des ministères et de l'Administration.

Yvon Robert, le représentant de l'EDF, démarre drôlement sur la défensive, occupé à dédouaner d'avance son employeur. L'envoyé de la société nationale d'électricité est un homme affable et mesuré, des grosses lunettes carrées sur les yeux, une mèche noire sur le côté droit du crâne et un costume sans fantaisie. Son timbre de voix suit une partition monocorde, il lit des notes, récite comme à l'école, en regardant trop peu la foule face à lui, un manque de charisme qui s'observe à ses épaules penchées vers l'avant tandis que ses mains restent sur ses cuisses, et quand il relève la tête, rarement, il accompagne ce mouvement d'un recadrage rapide de ses lunettes avec la deuxième phalange de l'index, comme le ferait un pantin articulé. Il ennuie.

– Le nucléaire n'est pas une nouveauté pour l'EDF. Elle produit de l'électricité à partir de cette technologie depuis douze ans. Nous avons l'expérience et nous avons la maîtrise. C'est dans ce cadre scientifique et maîtrisé que le projet de construire quarante centrales nucléaires dans le pays d'ici à l'an 2000 est né. C'est l'indépendance de la France qui est en jeu.

Il essaie de mettre le ton, mais il sonne faux, avec ses yeux rivés sur ses feuilles de papier. De l'autre côté de la table, Didier Bihel a les bras fermement croisés sur le torse et le dos tendu vers l'arrière, plus jeune et plus beau, des boucles brunes et courtes sur la tête, une barbe virile, abondante et le regard qui balaie l'assistance. Le militant des Amis de la Terre écoute l'adversaire en faisant non de la tête toutes les trois phrases et, sans prendre la moindre note ou avoir quelque fiche sous les yeux, il surjoue un air, amusé ou désolé, par ce qu'il entend et fait rire la salle avec ses mimiques, à l'exception notable de la bande à Pierrot.

– Nous n'en sommes encore qu'au temps de la réflexion, poursuit Yvon Robert. Il n'y a aucune raison de se précipiter. La consultation préalable doit être le plus large possible. Habitants, élus locaux et forces vives du territoire seront entendus. Il n'y a pas de projet à ce stade. Il n'y a qu'un avant-projet.

– Un avant-projet bien avancé alors, coupe Bihel, qui déclenche une salve de rires et n'attend pas pour monter le volume de sa voix. L'objectif d'indépendance est un leurre. On dépendra peut-être moins des Arabes pour le pétrole, mais où ira-t-on chercher l'uranium ? Sûrement pas en France. Et la technologie par laquelle fonctionnent les centrales est américaine. On a vu mieux en termes d'autonomie. C'est votre argumentaire qui ne tient pas debout, à l'EDF !

Il dévale de la bouche de Didier Bihel une cascade de faits, d'exemples et de chiffres, les mêmes risques qui sont agités par les militants du Comité de base, Jacques Legendre en tête. Mais Bihel le fait à sa façon, leste, instruite, décontractée : il n'a pas l'air de répéter des phrases puisées dans des livres. Des mots digérés et réfléchis, qu'il place à l'échelle de Flamanville, et des idées neuves parfois.

– Vous êtes-vous déjà interrogés, braves gens, sur le coût de déploiement d'une centrale nucléaire ? Ah, vous devriez... Et savez-vous quelle est sa durée de vie ? Trente ans au maximum, trente ans seulement. Vous trouvez que cela vaut le coup de détruire une falaise pour une denrée si périssable ? Pour moi, la réponse va de soi, mais je n'habite pas à Flamanville. C'est à vous de voir. Autre chose : après sa mise hors service, une centrale nucléaire ne se démonte pas comme n'importe quelle usine. Il y a des déchets qui traînent, vous êtes au courant ? C'est un nouveau chantier de dépollution qui débute, énorme encore, et que l'EDF vous présentera, tôt ou tard, comme un nouveau gisement de richesse, une nouvelle promesse de travail et d'activité. Des emplois, des emplois, des emplois ! Et peut-être qu'ensuite ils vous proposeront de vous payer pour reconstruire la falaise, allez savoir...

Le public ne s'ennuie plus, et certains ouvriers de la bande à Pierrot esquissent même des sourires. Le meneur du groupe tente de faire illusion en lançant : je prends, moi je prends ! On l'entend à peine. Au premier rang, le maire de Flamanville, André Rouxel, fait grise mine. Et derrière lui, Georges Pitran a cessé de prendre des notes, sautillant sur sa chaise, ayant du mal à se retenir d'intervenir. À la tribune, le héraut de l'EDF, Yvon Robert, s'écrase sur la table, Jacques Legendre sourit de toutes ses dents et Didier Bihel rayonne.

– Ce chantier de dépollution – de tentative de dépollution, devrais-je dire – porte le joli nom de *démantèlement*. On ne sait pas combien de temps cela durera et combien cela coûtera : l'EDF est incapable de le dire avec précision. En réalité, ce que l'on va démanteler dans cette histoire, c'est votre village. Et ce que l'on vous présente comme un grand progrès, c'est un futur cimetière industriel. Et comme vous le savez, les cimetières sont éternels.

Plusieurs spectateurs se redressent sur leur chaise, l'effet du doute, de l'inquiétude. Un silence s'abat sur la salle des fêtes, que Jacques ne rompt pas, à dessein. Défait par la force de conviction de son adversaire, Yvon Robert ne sait quoi répondre. Pourquoi l'EDF n'a-t-elle pas envoyé un ingénieur à cette réunion publique plutôt que ce cadre falot ?

– La compagnie n'a jamais considéré que le nucléaire était la panacée. Mais c'est sans doute le moindre des maux, hasarde-t-il.

– Et tout le mal est pour nous, s'agace dans le public un éleveur de vaches.

– On nous sacrifie, crie un pêcheur.

– Avec le choix de l'énergie nucléaire, enchaîne Bihel sur un ton résolu, nous nous lançons dans un pari dont l'humanité ne connaît pas les conséquences. C'est donc que l'on nous prend, et vous les premiers, braves gens de Flamanville, pour des cobayes.

Le mot claque dans un brouhaha de circonstance, qui couvre les efforts du représentant de l'EDF pour reprendre la main. Il a la tête baissée vers ses antisèches et envoie des chiffres à la cantonade, toujours les mêmes : un milliard d'anciens francs de patente pour une tranche de centrale, deux mille emplois pendant le chantier, deux cent cinquante ensuite. Des grondements de protestation s'élèvent, comme l'expression d'un territoire qui refuse de se laisser acheter, question de fierté.

Le Comité contre la pollution atomique a eu une idée pour étendre son périmètre de base : organiser des *Journées antinucléaires* ouvertes à tous, un week-end entier d'expositions et de débats, dont le point d'orgue est le duel opposant Robert et Bihel ce samedi soir. Il a fallu que Clémence passe des heures au téléphone avec l'EDF, allant d'interlocuteur en interlocuteur, d'un standardiste à un employé, d'un petit chef à un grand chef, pour que la compagnie daigne envoyer un représentant – le dernier grand chef que Clémence a dû convaincre ne voyait pas au départ l'intérêt de l'invitation : pourquoi s'expliquer ?

Dans la salle des fêtes de Flamanville, des panneaux d'affichage mobiles ont été dressés de toutes parts, couverts de notes techniques sur les incertitudes et dangers de l'industrie atomique ou de tracts aux slogans percutants, amusants. L'un d'eux montre un squelette dont le visage décharné est protégé par un masque à gaz et ces mots : « Être actifs aujourd'hui pour ne pas être radioactifs demain ». Un autre dessin figure une centrale nucléaire humanisée, dotée d'un visage, et cette bulle de texte au-dessus de sa tête : « Je ne fume pas, mais je tue sournoisement ». La photo officielle de Giscard, le buste de Marianne et la grande table à nappe blanche montée pour le débat du soir complètent le décor.

Dès l'ouverture de ces Journées le samedi matin, des curieux ont franchi la porte, non pas seulement des adhérents au Comité de base, mais aussi des individus seuls, des couples et des familles, gamins compris. La plupart passaient d'abord une tête, pour voir, humilité et embarras de circonstance – s'apprêtait-on à mettre les pieds chez les dingues et les excités ? Clémence était stratégiquement assise à l'entrée de la salle, accueillant les uns et les autres avec un programme du week-end, expliquant et dirigeant, sa douceur et sa modestie de pédagogue en appui. À la sortie de l'exposition, elle proposait de signer la pétition du collectif, sans forcer la main – les militants du Comité tiennent à une approche rationnelle et pacifique, l'information et la discussion plutôt que la violence et la contrainte.

Jacques a passé la journée près des panneaux d'affichage, sur lesquels les badauds osaient parfois à peine poser les yeux, intimidés plutôt que circonspects. Comme un vendeur vous assaille dans les rayons d'un magasin, il se proposait au bout d'un certain temps d'apporter des explications supplémentaires. Les agriculteurs ont défilé, avec les éternelles questions : est-ce que cette centrale nucléaire risque de polluer l'herbe broutée par les vaches, est-ce qu'il va falloir vendre des hectares, à qui, à quel prix ? L'enseignant s'est appliqué à répondre en évitant de hurler aux calamités et aux ravages. La vérité est qu'on ne sait rien avec certitude, a-t-il répété, on a si peu de recul, tout juste peut-on affirmer qu'il y a des rejets, donc des transformations possibles, vous savez mieux que personne ce qui se passe quand on maltraite les sols, et quant au processus d'acquisition des terrains nécessaires à la construction de la centrale c'est le grand flou, même le maire n'est au courant de rien. La plupart des visiteurs sont repartis en gardant une mine neutre et prudente, soucieux de ne pas dévoiler une opinion qu'on pourrait ensuite leur reprocher – la possibilité de cette usine promet tant d'emplois et de ressources.

Jacques et Clémence ont eu la surprise, en fin de matinée, d'une visite inattendue. Claude Grand-Vernon a surgi de nulle part, à bord d'une superbe voiture, une vieille Jaguar de collection qu'on n'avait encore pas vue dans les parages, l'auto de couleur sable a fait sensation devant la salle des fêtes. En costume de coupe américaine, le producteur de films n'a pas détesté à la descente du véhicule de voir tous les regards tournés vers lui, incapable de dissimuler sa satisfaction, étalant sa réussite. Grand-Vernon n'a pas jeté le moindre coup d'œil aux affiches, aux tracts et aux bulletins accrochés dans la salle. Il a foncé vers Jacques en se disant pressé, la faute à un déjeuner, et l'a entraîné dans l'arrière-cuisine, venez, on va discuter à l'abri des regards. Là, Claude Grand-Vernon a tuyauté Jacques : le ministre de l'Industrie, Michel d'Ornano, privilégie Flamanville et l'EDF a fait rédiger des lettres pour André Rouxel, autrement dit c'est un plan coordonné, a-t-il signalé à Jacques en le regardant droit dans les yeux, derrière les apparences le choix est fait.

Jacques, plus médusé par la soudaine complicité affectée par Grand-Vernon que par ses révélations, a eu la présence d'esprit de demander pourquoi le Parisien lui racontait tout cela. Et dans un sourire neutre, Grand-Vernon a eu une réponse surprenante, disons que je ne suis pas du côté du maire de Flamanville et que j'ai envie de faire plaisir à ma femme, et il a regagné sa Jaguar.

À la suite du débat entre Didier Bihel et Yvon Robert, personne n'ose prendre la parole d'abord au moment des questions-réponses. Un vieil agriculteur se lève enfin, avec douleur, le dos qui souffre de la somme d'années passées à trimer. Il porte un pull vert plein de peluches et a des joues plus rouges que ne l'est le reste de son visage.

– Je trouve que notre commune est trop petite pour accueillir une telle usine, explique-t-il en frottant son nez aplati, une forme d'embarras. D'après ce qu'on dit c'est mille vergers de terrain qui partiraient en fumée. Avec ça on va supprimer des petites exploitations. Et puis la deuxième raison qui me pousserait à dire non, c'est qu'on a quand même un certain nombre de savants qui mettent en garde contre la pollution, qui disent qu'il y a un danger, moi je les écoute.

À ses côtés, un minuscule pêcheur à la grosse casquette de laine noire et à la figure qui part en oblique renchérit, dévoilant un sourire édenté.

– On a peur de la pollution, déjà avec l'usine de La Hague et maintenant avec celle-ci, dit-il d'une voix élimée par le tabac. S'ils envoient du chlore dans la mer, certainement que ce ne sera pas bon pour le homard.

Il y a maintenant plusieurs mains qui se lèvent, et Jacques définit l'ordre d'intervention. Un jeune type au bout d'un rang est désigné, avec des cheveux sombres, longs, épais, et une impressionnante mèche cachant son œil gauche, qu'il essaie de découvrir avec des petits coups de tête saccadés sur le côté.

– Je travaille dans le bâtiment, et en ce moment il n'y a plus de travail, on ne sait plus où aller. Dans le coin il n'y a rien, rien, on est au bout du monde. Il nous faudrait bien un petit débouché quand même.

Une femme se redresse, arborant des lunettes fumées et un chandail sans manches rouge sur un chemisier orange. Elle a un ton traînant et la tête qui dodeline lorsqu'elle parle.

– Moi j'aime être tranquille, et j'ai la crainte que cette centrale va tout me retirer. C'est peut-être un peu égoïste de ma part, sûrement même, mais c'est moche, ça dévaste un pays complètement. Alors pour le travail, oui d'accord, mais ça durera combien de temps ? Cinq ou six ans comme à La Hague, et puis après on mettra tout le monde dehors, il n'y aura plus que des ingénieurs et des techniciens, et tous les petits électriciens, les maçons, ce sera fini.

Un ancien ouvrier de la mine, souriant et tranquille, la même casquette que celle du pêcheur ayant déjà parlé, les manches du pull retroussées jusqu'aux coudes et le poing droit collé à son flanc, se met debout.

– Alors moi, je suis entièrement pour, ça ne fait pas un pli, assure-t-il avec l'accent du coin qui alourdit les *a* et les *o*. Tout simplement parce que ça nous donnera un peu de travail dans notre commune, et ça empêcherait peut-être les jeunes de partir. Moi-même j'ai travaillé quatre ans à l'usine de La Hague, dans des bâtiments et des ateliers qui étaient contaminés. Eh bien ma foi, dans le jour d'aujourd'hui, presque six ans après, je me trouve aussi bien portant qu'à l'habitude, je ne vois pas la question de venir nous dire qu'il y a un danger de contamination, je n'y crois pas, alors peut-être que dans dix ans ou dans vingt ans je ne dirai pas la même chose, mais dans l'instant je n'y crois pas.

La bande bruyante du fond applaudit, bien dit, bravo, elle encourage chaque intervention allant dans son sens.

– S'il y avait des risques, on serait déjà au courant, gueule le chef du groupe, Pierrot. Depuis le temps que La Hague tourne, on le saurait. Cette centrale c'est du travail et une paye, on ne va pas cracher dessus !

Tout le monde veut y aller de son avis, la réunion s'allonge, plus de deux heures déjà. Jacques fait durer : plus le village discute, palabre et soupèse, moins la centrale va de soi. Cent nuances s'expriment, et une réflexion commune s'élabore, ainsi naît la contestation. Aucune majorité ne se dessine. Il y a un peu plus de contre que de pour, on est aux Journées antinucléaires, à l'instigation du Comité de base. Flamanville tergiverse, Georges Pitran est obligé de le noter dans son carnet et André Rouxel dans sa tête : la commune ne fonce pas crâne baissé dans le projet d'avenir qu'on a échafaudé pour elle.

Un homme jovial et rondouillard en bleu de travail, lui n'a pas fait d'effort vestimentaire avant de venir, demande à être écouté.

– J'estime que tous ceux qui disent vraiment oui à la centrale ou vraiment non, bah ils sont très forts ces gens-là, constate-t-il, et sa façon de présenter le problème le fait rire lui-même. Il y a peut-être du bon et du mauvais dans ce projet, sûrement même, vous ne croyez pas ? Alors la question, c'est comment on fait pour se sortir de ce souci, et moi j'aimerais bien que monsieur le maire nous dise ce qu'il en pense.

Rouxel réajuste ses plis sévères en se levant. Il est vêtu comme à l'accoutumée, tout est gris et sombre sur lui, la veste serrée, un pull fin en dessous et la chemise boutonnée jusqu'en haut, une allure de curé. Le maire de Flamanville coiffe vers l'arrière ses cheveux courts qui grisonnent aux tempes, dégageant un front qu'on ne saurait qualifier de large. Ses sourcils noirs et fins sont toujours à demi recourbés vers le bas, provoquant l'apparition de petites rides au-dessus d'eux. Il a le nez droit et discret, des lèvres étroites, pincées, et un visage de forme quinquangulaire, bien taillé, qui plonge vers un menton remontant vers l'avant. André Rouxel fait quelques pas vers l'estrade pour saisir d'autorité un micro et se place, maître de sa commune, face à la foule, le dos tourné à Jacques qui l'observe depuis la tribune.

– J'entends ce soir les inquiétudes qui se manifestent et les questions qui se posent, dit-il de sa voix habituelle, basse et molle, qui renforce l'air désolé de son visage. Mais j'entends aussi les espoirs de ceux qui attendent du travail, ils sont nombreux, et tous ne sont pas présents. Quant aux risques de pollution ou de contamination, je vais vous dire une chose : personnellement je n'en sais rien, je ne suis pas qualifié en la matière, je fais confiance aux ingénieurs de l'EDF, aux cadres et aux techniciens, au gouvernement aussi, je dois faire confiance, je n'ai pas la prétention de répondre à leur place.

Jacques encaisse la pique en silence, agitant la tête de droite à gauche, d'un dépit passablement outré.

– Quand l'opportunité d'accueillir une centrale électronucléaire à Flamanville s'est présentée, poursuit André Rouxel, la voix toujours monotone, j'ai pensé à ceux qui doivent prendre le bus tous les matins et tous les soirs pour aller travailler à Cherbourg ou à La Hague, et qui mangent à la gamelle le midi, loin de chez eux, et je me suis dit que c'était peut-être la fin de ce dérangement, qu'ils allaient pouvoir bientôt déjeuner à la maison, à nouveau, comme au bon vieux temps. Beaucoup font aujourd'hui comme si les deux mille emplois annoncés pour la construction de cette centrale, tout le temps du chantier, c'est-à-dire pendant plusieurs années, n'étaient rien. Mais c'est un nombre considérable, c'est davantage que la population de Flamanville. Alors on me dit que ça ne durera pas, qu'à la fin des travaux il n'y aura pas plus de deux cent cinquante techniciens de l'EDF dans les effectifs, et sûrement pas des gens d'ici. Mais la compagnie nous a assuré qu'une majorité serait tenue de résider dans un rayon de cinq kilomètres, au plus près de l'usine donc. Cela veut dire cent cinquante personnes et leurs familles qui habiteront ici, à Flamanville, et qui apporteront une certaine économie locale. Autrement dit, enchaîne André, dont le débit s'accélère enfin, signe qu'il se voit dans le vrai et le juste, qu'il se trouve enfin pertinent, c'est la garantie que la boulangerie vendra plus de pain et la boucherie plus de viande, que les cafés et les restaurants auront plus de clients, que les petits artisans auront plus de travaux à honorer, que les associations trouveront de nouveaux membres et, se tournant pour jeter un coup d'œil de défi à Jacques, que les écoles auront plus d'élèves à accueillir. Je vois dans cette centrale une occasion de sortir Flamanville du marasme dans lequel la fermeture de la mine l'a plongé, et c'est pour cette raison que je suis favorable à ce projet.

– Vous avez mentionné les associations locales, monsieur le maire, s'empresse de rebondir Yvon Robert, le représentant de l'EDF. Je tiens à signaler la politique très active de l'entreprise à ce sujet : nous avons l'habitude de soutenir généreusement les territoires où nous intervenons, par des dons et des contributions diverses. C'est aussi à prendre en compte.

La sortie provoque des huées, qui proviennent des militants écologistes les plus convaincus.

– Des miettes pour essayer de nous acheter, des centimes, crie l'un d'eux. On ne veut pas de vos subsides atomiques, on n'est pas à vendre.

Allons, allons, André Rouxel demande du silence et du respect et trouve une bouée à laquelle s'accrocher, en la présence de Georges Pitran, qui s'est levé. Le petit moustachu, engoncé mais sûr de sa vertu, se tient plus droit qu'une règle d'écolier. Il reste muet en attendant que l'assemblée se taise. Quand il est certain d'être entendu par le plus grand nombre, il se présente, fier de lui, fier de sa fonction, Georges Pitran, *L'Éclair du Cotentin*, et sa voix aiguë et babillarde, en décalage avec son apparence, déroute encore une fois les auditeurs. Monsieur Robert de l'EDF a évoqué ce soir des sommes extraordinaires pour les retombées financières, des milliards de francs, constate-t-il, mais je vous pose une question, monsieur le maire : Que permettrait cet argent de réaliser concrètement pour Flamanville ?

Rouxel sent passer un frisson dans son dos, une montée soudaine de trac. Il joue gros à cet instant, la paix du village, le destin d'une communauté, son avenir politique. À vrai dire, il ne sait pas ce qu'il ferait d'une telle manne, n'ayant jamais eu la chance d'en rêver. Son action a consisté jusqu'alors à minimiser les dégâts, à contenir la décrue.

– Il faut d'abord dire que le produit de la patente n'ira pas seulement à Flamanville, prévient-il prudemment. Il sera partagé avec le Département et la Région, et je suis aussi favorable à ce qu'il profite aux communes voisines, mais il restera tout de même une ressource supplémentaire très importante pour Flamanville. Alors que ferons-nous de tout cet argent ? poursuit le maire, qui multiplie les phrases pour gagner du temps. Ce sera au conseil municipal de faire des propositions et d'en débattre, mais c'est déjà la fin de nos soucis quotidiens, tout ce que l'on a du mal à financer aujourd'hui à cause de la baisse de population : les petites routes abîmées et les réseaux électriques qui ont besoin d'un coup de frais, le ramassage des ordures qu'on peut améliorer…

Le propos manque de souffle et d'ambition, André le sent, merde merde merde, se dit-il, je suis en train de les perdre, les gens restent amorphes, alors il monte d'un cran.

– Mais c'est aussi une somme qui permet d'avoir des projets d'une autre ampleur. J'ai toujours trouvé que le port de Diélette était sous-exploité. La digue est longue et forme un grand bassin, mais on a seulement quelques bateaux qui s'accrochent à l'abri de la jetée. On pourrait remplir tout ça avec des pontons et faire de Diélette un endroit de plaisance, bien plus grand qu'à Carteret, en faire le deuxième port de loisir dans la région, après Cherbourg. Et même que l'on pourrait créer une liaison commerciale avec les îles anglo-normandes, on est les mieux positionnés pour desservir Aurigny et Guernesey. La traversée nous ferait venir des touristes. On pourrait imaginer une marina sur le port, ça serait un beau projet de développement pour le village.

Ah ça oui, entend-on, ah ça oui, les expressions d'un sentiment d'orgueil et de dignité – il y a longtemps qu'on ne s'est pas représenté un avenir à Flamanville.

– Et puis, reprend Rouxel, ragaillardi, il y a tous les équipements publics dont on manque aujourd'hui, un collège, une piscine, une école de musique, une salle des fêtes digne de ce nom, qui pourrait accueillir des petits spectacles, et un centre hippique, tiens, pourquoi pas ! Avec une telle patente, c'est sûr qu'on peut faire presque ce qu'on veut. Ça change la vie d'une commune. Vous avez vu ce que disent les maires de Chooz et de Saint-Laurent-des-Eaux dans leurs lettres : les centrales leur ont permis de créer tout un tas de choses.

– Un collège à Flamanville, mais pourquoi faire monsieur le maire ? demande Jacques en levant les bras vers le plafond. Il n'y a pas assez d'habitants. Et tous ces services que vous évoquez, c'est bien joli, mais à quoi bon s'ils sont vides ou inutilisés la plupart du temps ? Vous parlez d'une salle de spectacle mais elle ne servira à rien. Vous vendez des promesses d'abondance qui sont du vent, monsieur le maire.

Des grondements, encore. Pourquoi se priverait-on d'équipements dont on se plaint sans cesse de manquer ? Jacques s'est mis dans une drôle de position, à contester l'ajout de services publics, et s'en rend compte.

– Ces projets que vous envisagez sont peut-être formidables, mais en l'état, ce ne sont que des mirages. On ne peut pas engager l'avenir de Flamanville, la qualité de son sol et de ses eaux, ou la santé de ses habitants, sur des espoirs fantômes. Nous devons tous nous poser une question : Le jeu en vaut-il la chandelle ? Et on devrait la poser à chacun des habitants.

André Rouxel se tourne, dos à la foule désormais, les yeux plantés dans ceux de l'enseignant. Un silence et un air de défi. Jacques Legendre est le premier à décocher.

– Quant aux lettres des maires de Chooz et de Saint-Laurent-des-Eaux, attaque-t-il, des lettres tellement favorables à l'industrie atomique qu'on croirait qu'elles ont été rédigées par les ingénieurs du nucléaire, j'aimerais bien que vous nous expliquiez, monsieur le maire, comment elles ont pu être publiées dans *L'Éclair* avant même qu'elles le soient sur les panneaux municipaux.

– Eh bien, bafouille André, sans doute que quelqu'un les a transmises à *L'Éclair*, mais ce n'est pas moi.

– Ce quelqu'un, c'est l'EDF ! Je sais de source sûre qu'elles ont été relues et validées, vos lettres, par ceux qui ont intérêt à ce que le programme nucléaire se développe. Tout ça relève de la manipulation de l'opinion. Ces lettres ne valent rien.

– Ce sont des élus, proteste André d'une voix qui a perdu sa monotonie. Ils n'écrivent pas sous la dictée. Ils ne sont pas aux ordres, et moi non plus, comme ma présence ce soir le prouve. Je m'informe, je pèse le pour et le contre, j'écoute ce que les gens de Flamanville ont à dire et je continuerai à le faire. Vous verrez, vous serez surpris !

14

À son domicile de Cherbourg, dans la pénombre de son bureau réduit à l'essentiel, table chaise lampe et rien d'autre, Georges Pitran écrit au P-DG de l'EDF. Depuis que Marcel Boiteux l'a appelé en personne, le journaliste de *L'Éclair* est convaincu de s'être fait une connaissance haut placée et s'est mis en tête de l'alerter, lui aussi, sur la tragédie qui a touché sa famille. Auprès du grand mathématicien gaulliste, rouage essentiel de l'atome français, Pitran se fend d'une lettre longue et obséquieuse, saluant le « parcours de très grand commis de l'État » de son correspondant, voyant dans sa triple vocation de scientifique, d'économiste et d'industriel « l'un des accomplissements les plus aboutis de l'esprit français, de ceux qui font régner ensemble l'action et l'intellect ». Le journaliste ne rechigne pas aux grandiloquences.

Des lettres similaires, il en envoie à tout ce que le pays compte de puissants, petits et grands élus de la République, hauts fonctionnaires et personnages d'État, dirigeants d'entreprises, de fondations ou d'associations, artistes engagés, intermédiaires troubles. Il a écrit à tous les présidents de la République, tous les ministres, espérant capter l'attention de l'un de ces illustres notables sur le malheureux sort de son grand-père. Pitran commence toujours par parler de lui, racontant sa vie, l'Algérie puis la France, l'armée puis la presse, rappelant ses états de service patriotiques – il ne veut pas passer pour l'un de ces illuminés qui abreuvent les puissants de courriers délirants. Le journaliste s'applique, plein d'un entêtement dérisoire, et s'acharne, jamais découragé par l'absence de résultat probant, poussé par une sorte de fureur graphomane qui lui fait toujours coucher sur les feuilles blanches plus de mots qu'il ne voudrait, désireux d'emporter l'adhésion par la somme de preuves et de faits qu'il réunit. D'une lettre à l'autre, Pitran ne duplique pas les mêmes lignes, remaniant ses phrases, avide d'une meilleure expression, d'un trait plus juste, d'une architecture plus convaincante. C'est l'œuvre obsessionnelle, aussi risible qu'admirable, d'un homme mortifié par un passé qu'il est persuadé de pouvoir réécrire, en dépit de l'évidence, un héros meurtri à sa façon.

Le journaliste consacre la plupart de ses soirées à son combat personnel, entreprenant des recherches sans fin lorsqu'il ne rédige pas ces courriers ampoulés. Il épluche des livres d'histoire et des documents officiels, relit les archives familiales, en quête de nouveaux éléments susceptibles de laver l'honneur de son grand-père, le capitaine Léon Pitran, dégradé de l'ordre militaire un demi-siècle plus tôt. Georges s'est juré de réparer cette injustice, quitte à y laisser sa vie, comme son aïeul, mort d'épuisement à la tâche. Il trie les informations dont il dispose, encore et encore, à chaque nuit qui tombe, et noircit des cahiers de notes, qui emplissent des tiroirs entiers, dans l'espoir de relier des détails d'une telle sorte qu'elle pourrait éclairer l'histoire sous un nouveau jour. S'il n'était pas si méthodique et organisé, Pitran serait toujours au bord de se noyer dans cette immensité de renseignements, mais l'ancien officier de marine a acquis dans l'armée la science du classement, il est devenu un expert du rangement. Il a consigné les faits les plus saillants dans un résumé de l'affaire, copies d'originaux et synthèses tapées par lui à la machine, dans un classeur dédié que l'auteur appelle *mon dossier* avec le type d'affection que d'autres portent à leur animal domestique. Un jour, à n'en pas douter, cette somme se transformera en un livre, dont le gratte-papier de *L'Éclair* rêve pendant son sommeil – un grand livre narrant le destin tragique du capitaine Léon Pitran, récit implacable d'une autre affaire Dreyfus. Ce jour-là, Georges aura accompli sa mission.

Léon Pitran a le grade de capitaine lorsque le déshonneur, en 1921, s'abat sur lui. Il vit alors dans une ville de l'ouest du Maroc, le pays chérifien ayant le statut de protectorat sous double tutelle, française et espagnole. L'homme, contrôleur d'armes au camp militaire de sa ville, est un militaire reconnu, décoré plusieurs fois, salué pour son ascendance morale sur ses camarades, sa droiture et sa fiabilité. Mais un jour, de retour d'une longue mission près de la frontière, il est convoqué par son supérieur, un colonel qui l'accueille dans son bureau en présence d'un lieutenant, ce dernier étant un protégé du général Lyautey, le résident général de France au Maroc. Sans avoir le temps de comprendre ce qui lui arrive, le capitaine Pitran est accusé d'avoir dérobé des munitions, des armes et du matériel divers, et d'avoir livré ces précieux biens à des rebelles du Rif contre de l'argent. Corruption, trahison, intelligence avec l'ennemi : il n'y a rien de plus dégradant pour un homme ayant passé sa vie à chérir l'idéal tricolore. Léon Pitran proteste de son innocence. On lui rétorque qu'il pourra se défendre devant un tribunal militaire.

Mis aux arrêts, puis au secret, en cellule, le capitaine tombe dans un trou noir. Sa femme, son fils et ses filles n'accèdent à aucune information pendant des semaines alors même que la famille implore les autorités du camp de lui fournir des explications. Impossible de rendre visite à Léon – il n'y a pour s'informer que la presse coloniale déchaînée, hurlant au traître et réclamant la mort. Au bout de quelques mois, un avocat arrive à voir l'accusé, qu'il trouve effondré, revendiquant son innocence d'un souffle pénible. Je ne souhaite à aucun homme de vivre la torture que j'endure, dit-il.

L'instruction traîne et est menée à charge. Le dossier est rempli d'incohérences, les témoignages ne collent pas, l'affaire sent le complot. L'avocat, héroïque, fait des courriers : on assiste à une nouvelle affaire Dreyfus de l'autre côté de la Méditerranée, écrit-il partout. À Paris, la Ligue des droits de l'homme prête enfin attention – c'est un repaire de francs-maçons et Léon Pitran a fréquenté une loge au Maroc. Le réseau se met en marche. Des hommes au ministère de la Guerre s'interrogent. Le suspect, qui risque d'être fusillé, relève la tête, alors que le procès s'ouvre enfin, près d'un an après son incarcération. Mais il tourne à la farce, l'accusation ne tient pas, les témoins se défilent et l'officier qui préside ne dicte au greffier que les éléments soutenant la culpabilité du capitaine. Horrifié, Léon Pitran se tient droit malgré tout, et joue même les fortes âmes : si vous me croyez coupable, vous devez me condamner à mort, plaide-t-il dans un instant tragique ; je ne demande aucune grâce, aucune pitié ; je demande justice, et la justice, c'est l'acquittement ou la mort.

Il fait impression, la presse se retourne, mais la raison d'État domine, les Espagnols ont demandé à la France un coupable, et l'armée n'a pas d'autre tête à leur offrir. Léon Pitran est condamné, mais évite la peine capitale, presque un aveu. Il prend vingt ans de travaux forcés, subit la dégradation militaire, est sorti de l'ordre de la Légion d'honneur, et perd toutes ses illusions sur l'institution. Le grand-père de Georges parvient à éviter le bagne de Cayenne. Il est emprisonné au Maroc pendant six ans et se distingue auprès de ses codétenus par son altruisme, remplissant l'office d'infirmier au pénitencier.

Il est finalement libéré. Plus que l'insistance de la Ligue des droits de l'homme, c'est la confession tardive d'un coaccusé qui a tout renversé, obligeant l'ordre militaire à se dédire discrètement. Le véritable coupable était le petit lieutenant, le protégé de Lyautey, mort au combat depuis : il faisait sortir des armes pour son profit personnel, dans le dos de Léon Pitran. Le capitaine déchu, frappé d'indignité, est relâché mais pas réhabilité. Il en fait le combat de sa vie. Il devient chroniqueur militaire dans un journal algérien mais passe son temps, inlassable, rendu fou par sa quête, à traquer des preuves du complot, des documents et des témoignages. Il veut qu'on rétablisse son honneur comme Dreyfus et finit par en mourir seul, un jour d'été, sur une placette de Toulon, terrassé par une crise cardiaque alors qu'il cherche – quoi ? On ne sait pas. Son épouse s'enferme un peu plus dans le chagrin : elle a déjà perdu une fille, vaincue par la tuberculose, qui s'est épuisée à faire reconnaître l'innocence de son père, et un fils, blessé aux jambes lors de la Grande Guerre, qui s'est noyé dans un fleuve quand Léon était emprisonné – accident ou suicide, on n'aura jamais la réponse.

Georges est hanté par cette histoire, que ses parents instituteurs lui ont cachée jusqu'à l'adolescence. Il n'est pas devenu militaire puis journaliste, maçon et athée, comme son grand-père, par hasard. Il n'a pas trois ans quand Toulon sert de décor au dernier souffle de son aïeul. Le gamin vit alors en Algérie, il y est né, des racines ancrées, profondes et lointaines. Son Algérie est celle de Camus, gorgée de soleil et de chaleur, de filles et de football : lui aussi a grandi dans la mer, comme disait l'écrivain. C'est une Algérie très blanche, dont la société indigène est une entité éloignée, que Georges Pitran connaît mal mais ne méprise pas. Nostalgique de l'époque, il ne trouve rien à redire à la colonisation, œuvre de civilisation selon lui nécessaire, ordre et progrès, dialogue des peuples. Il n'a pas basculé du côté des violents et des racistes, ayant cru à une cohabitation pacifique. Un utopique, comme Camus. Il est un déraciné, contraint à fuir un pays qu'il n'a pas su, lui comme tous les autres, empêcher de se déchirer.

Pitran est ce soir plein d'entrain. Les mots de sa lettre au P-DG de l'EDF sortent de sa main avec allégresse, la joie de la bonne nouvelle récente : quelle chance, se réjouit le journaliste, quelle opportunité, enfin on avance. Comme Grand-Vernon l'a prédit, le conseil général a approuvé le choix de Flamanville, le site de Manvieux ayant été jugé moins favorable pour des *raisons techniques*. Pitran chantonne des airs de triomphe en laissant sa plume cavaler : voilà qui nous ouvre des perspectives intéressantes, répète-t-il à voix haute, ricanant de plaisir, et le *nous* qu'il prononce vaut autant pour sa personne que pour son journal. Il fait des équations dans sa tête : qui dit développement industriel dit bonnes ventes, et un joli feuilleton à chroniquer, songe-t-il d'un air gourmand, un bien joli feuilleton, et qui va nous ramener du beau monde à Flamanville. Un défilé d'officiels, des ministres et des présidents en tous genres, des hauts fonctionnaires et des industriels, Pitran dresse l'heureuse liste, et peut-être même un jour le chef de l'État, tant de gens à qui je pourrais glisser un mot sur mon grand-père, et le journaliste chantonne de plus belle.

À *L'Éclair du Cotentin*, le directeur, Lombardini, ne cesse de venir voir le journaliste à son bureau avec une même question : Et alors cette centrale, c'est pour quand ? Le journaliste se lance à chaque fois dans le récit détaillé, technique, des circonstances, n'oubliant rien, ni les dates et les faits, ni les personnages, les obstacles, les garanties. Lombardini écoute avec une patience unique, l'enjeu est immense : il s'agit de bâtir un nouveau pôle d'activité, d'industrie, de travail, un vrai bassin de vie, et donc un vivier d'histoires, de publicité et de petites annonces pour *L'Éclair*.

Le grand quotidien du territoire a été fondé à la fin du XIXe siècle, sous un autre nom, *La Tribune de Cherbourg*, et sous une autre forme, par un ouvrier typographe travaillant dans une imprimerie. Un homme pétri des convictions républicaines et socialistes de l'époque, plus proche des idées de Jules Guesde que de celles de Jean Jaurès, des valeurs de progrès et d'émancipation qui trouvaient leur public auprès des classes laborieuses de Cherbourg, ville ouvrière, cité de l'industrie militaire, bastion de la SFIO. Le journal vient de là, d'une prospérité construite grâce à un lectorat populaire, et d'une ligne critique du capital. Mais l'histoire a dévié le cours des choses : la mort du créateur d'abord, la Seconde Guerre ensuite, et les interruptions de parution. Le journal a connu une renaissance à la Libération, sous un autre nom, *L'Éclair du Cotentin* donc, et dans d'autres mains.

Le journal a été repris par Lombardini, l'actuel patron de Pitran, un type qui n'était pas destiné à la presse, lui à l'époque jeune cadre d'une des plus importantes sociétés industrielles de la région, les Chantiers navals de Cherbourg. Lombardini s'est retrouvé à la tête du quotidien en mariant la petite-fille du fondateur et il a immédiatement vu cet outil comme un support de puissance : pouvoir et prestige, richesse et réseau, tous les attributs que peut désirer un homme d'ambition. En capitaine d'entreprise, Lombardini a rebaptisé la publication, augmenté le nombre de pages, agrandi la rédaction, abandonné la composition au plomb, embrassé l'imprimerie offset, investi dans les machines, téléphones, rotatives, robots informatiques. En somme, il a professionnalisé la gazette pour la transformer en journal d'influence, un succès pharaonique – il s'en vend certains jours soixante-dix mille exemplaires.

Avec cet ancien cadre de l'industrie aux manettes, l'identité ouvriériste de *L'Éclair* s'est atténuée. Ce n'est pas qu'il ne prête plus attention aux revendications des travailleurs, mais il considère désormais que leur bien-être passe d'abord par la bonne santé des entreprises qui les emploient, question de point de vue. Au fil des années, *L'Éclair* est devenu le meilleur allié des intérêts industriels locaux, notoirement proche de la bourgeoisie et plutôt réservé sur la tradition socialiste de la municipalité, mais la ménageant toujours.

Depuis quelques semaines, Lombardini n'arrête pas de pester contre les écolos, et à moindre échelle contre les agriculteurs et les pêcheurs, tous ces gens sans hauteur qui ne comprennent pas à quel point l'arrivée d'une centrale nucléaire est une nouvelle formidable. Cette humeur infuse la rédaction de *L'Éclair*, et Georges Pitran n'a rien à dire sur cette pression venue d'en haut : le petit moustachu est parfaitement d'accord avec son supérieur hiérarchique.

Pitran est en train d'achever sa lettre au patron de l'EDF lorsque retentit la sonnerie de son téléphone : tiens donc, à cette heure ? Au bout de la ligne, une voix inconnue pleine de miel, qui s'excuse du dérangement tardif, j'espère ne pas vous importuner, c'est François Hébrard, directeur de cabinet du maire de Deauville Michel d'Ornano, qui l'appelle. Pitran se raidit, flatté et intrigué, il n'a jamais eu la chance de parler à cet homme important, mais il sait qui il est, bien sûr, et l'écoute avec toute la docilité dont il est capable, mais pas du tout, vous ne me dérangez nullement, je vaquais à quelques occupations administratives, des tâches ennuyeuses, je suis ravi de vous entendre.

Hébrard s'explique, d'un ton sympathique et attentif, c'est mon ami Claude Grand-Vernon qui m'a parlé de vous au détour d'une conversation anodine, et comme votre nom, monsieur Pitran, m'était familier, j'ai remué mes souvenirs et me suis rappelé, la lettre ! Le directeur de cabinet du maire de Deauville lui donne du cher Georges et se fait élogieux, une très belle lettre, très émouvante, l'histoire de votre grand-père est terrible, j'avais parcouru ce courrier trop vite lorsque vous l'aviez envoyé il y a quelques mois à monsieur d'Ornano, et Hébrard se justifie de cette faute, comme il le dit, nous recevons tant de sollicitations, vous savez ce que c'est. Mais après sa conversation avec Grand-Vernon, il a ressorti la lettre de ses archives, voyez je fais bien de tout garder, et pris le temps de la relire, cela a été un choc, confesse-t-il, le calvaire de votre ancêtre m'a bouleversé. Hébrard assure avoir rédigé aussitôt une note à l'attention de son patron, je peux vous certifier que monsieur d'Ornano la lira, c'est notre devoir de tout faire pour réparer cette injustice, même si, naturellement, il n'est pas en mesure de promettre un dénouement heureux, car monsieur le ministre reste souverain de ses décisions.

Pendu au combiné, Pitran entend à peine les derniers mots, il s'est déjà laissé tomber sur son fauteuil, le dos avachi, les muscles soudain relâchés et la gorge serrée par les larmes, enfin j'y arrive peut-être, se dit-il en un quart de seconde, après tant d'années d'efforts. Le temps de se reprendre, il se confond en remerciements.

– Ce n'est pas pour cette seule raison que je vous appelle, ajoute Hébrard. Il s'agit aussi de Flamanville, un dossier qui nous donne du souci. Je sollicite votre connaissance du terrain : dans quel sens croyez-vous que le vent va tourner ? Considérez que me parler revient à parler à monsieur le ministre, dont je suis le plus proche collaborateur.

Le journaliste de *L'Éclair*, grisé, ne se fait pas prier, et relate le rapport de force avec d'autant plus de détails, comme il aime à le faire, que son interlocuteur l'écoute avec patience et l'encourage. Pitran dessine le tableau complet, les réunions publiques qui attirent, la bataille des communiqués, les tensions qui montent et les personnages qui émergent. Il soliloque de longues minutes et tente enfin une conclusion, cela peut se résumer à gros traits à une opposition, dit-il, avec d'un côté le camp des ouvriers, des commerçants et des indécis qui font confiance, dans le sillage d'un maire qui manque pourtant de charisme, et de l'autre le parti des opposants, de plus en plus fourni, les pêcheurs et les agriculteurs qui s'effraient de la pollution, et le rôle moteur d'un enseignant politisé, intelligent et décidé à faire capoter le projet, Legendre, celui-là il faut s'en méfier, précise Pitran, il est malin, et beaucoup plus captivant que Rouxel.

– Je vois, commente Hébrard d'un air pénétré, comme s'il avait affaire à une brillante analyse de la situation. Nous n'allons pas nous priver d'une chance historique pour notre région à cause de quelques inquiétudes orchestrées par des militants mal intentionnés, n'est-ce pas ? En somme, c'est une bataille entre le Flamanville d'hier et le Flamanville de demain, et nous sommes des militants convaincus de l'avenir.

La formule saisit tant Pitran, à l'autre bout du fil, qu'il la note dans un carnet. Il approuve les mots d'Hébrard et le lui dit, le lui répète.

– Cher Georges, je suis heureux de vous savoir de notre côté, répond le directeur de cabinet. Monsieur le ministre compte sur votre plume pour poser le débat dans les termes qui s'imposent.

15

André Rouxel ne regarde plus la télévision pendant le dîner. Il avale sa soupe en silence, lentement, les yeux baissés vers l'assiette creuse et non plus tendus vers l'écran, qui reste éteint et muet. Le maire de Flamanville, plongé dans un état de quasi-panique morale, réfléchit toute la journée, et maintenant je fais quoi ? Il tourne et retourne dans sa tête les hypothèses lorsqu'il boit son calva et fume dans son fauteuil avant de monter au lit, et la nuit il dort mal, son cerveau bourdonne de craintes, lui qui s'est toujours assoupi sitôt le crâne posé sur l'oreiller, une cacophonie de doutes et d'hésitations, il cherche des idées, des portes de sortie, mais ses résolutions s'épuisent et ses pensées s'agitent d'autant plus. Il ne sait plus par quel bout prendre le problème.

Le problème est évidemment cette foutue centrale, maudit machin, peste André devant le feu crépitant de la cheminée, j'aurais préféré n'avoir jamais été mêlé à cette histoire, qu'on me laisse tranquille bon Dieu de merde, j'avais raison, rien ne vaut la paix et la tranquillité pour un village, et maintenant quoi alors ? Le maire se rappelle sa première impression, on devrait toujours s'y fier, lorsque son secrétaire, Lebreuilly, lui a sauté dessus un matin de novembre pour lui parler du projet, il s'était alors dit : mais qu'est-ce que c'est que ce dérangement qu'on nous impose ? Je n'avais pas tort, j'avais compris tout de suite les emmerdements que ça nous vaudrait, quel con j'ai été, ah quelle bêtise de m'être laissé convaincre par le sous-préfet, tu parles, Colignac a cherché à me l'imposer en douceur, puisque c'est la volonté de l'État, de son État qu'il défend, il n'en a rien à foutre de Flamanville, voilà tout, et moi je me retrouve dans une situation pas possible.

Les pour d'un côté, les contre de l'autre, et les élus du Département et de la Région qui le mettent sous pression, il se retrouve à la pire position qui soit, j'aimerais les y voir, à ma place, à devoir gérer la possibilité d'une telle révolution. Rouxel ne peut plus faire un pas dans le village sans qu'on lui en parle. Ceux qui sont favorables lui tapent sur l'épaule en lui disant de tenir bon ; ceux qui n'en veulent pas lui demandent à quoi il joue en sortant des grands mots effrayants et culpabilisateurs, pollution, cancers, explosion, leucémies, attentat, toute une panoplie d'angoisses. Je suis coincé, constate-t-il en sirotant son calva, il n'y a pas de bonne décision, et n'importe quel choix produit ses emmerdes. On peut avoir tous les débats du monde entre nous, les habitants, les gens du cru, c'est bien joli, mais pendant ce temps l'EDF avance, des idées précises en tête, quoi qu'on en pense. Et moi, André

Rouxel, petit maire de village, quel est mon pouvoir dans cette histoire ? Je n'y connais rien au nucléaire, je ne suis pas un ingénieur, juste un ancien gendarme maritime, un simple ouvrier, et on me demande de prendre position sur des histoires d'uranium 235 et de neutrons, des noms barbares qu'André récite dans sa tête, strontium, tritium, césium, radium, américium.

Rouxel est bien en peine de se défendre face aux accusations des antis, il n'a rien à leur objecter sinon qu'il faut faire confiance à ceux qui savent, encore une posture qu'il déteste, je passe pour un couillon discipliné et on se fout de ma gueule tous les jours, ce n'est pas l'image qu'il aimerait donner, ah ça non. Dans l'affaire, il est aveugle, sourd, muet, rien à dire, rien à faire, et il faudrait qu'il engage sa responsabilité en assurant à ses administrés qu'il n'y a rien à craindre, allons-y puisqu'ils affirment que tout ira bien, ce n'est pas tenable, il ne peut pas tout endosser pour les autres. Et si, comme le redoutent Legendre et ses emmerdeurs, le pire se produisait ? Il se retrouverait, lui André Rouxel, comme un idiot, j'aurais l'air d'un vrai con, se dit-il, avec du sang sur les mains, accusé d'avoir permis le cataclysme, non pas envie d'être ce couillon-là, il lui faut partager le fardeau. Il ne s'agit pas seulement des risques sur la santé des gens, la survie des poissons ou la fertilité des sols, c'est aussi la question du paysage, une défiguration comme l'a dit justement le député de Cherbourg, André Rouxel doit reconnaître au fond de lui que le parlementaire a raison, les falaises explosées, un alignement de bâtiments et des cheminées à la place, le bord de mer abîmé par une verrue de ciment, qu'on ne pourra pas ignorer lorsqu'on se baladera au-dessus, le long du sentier des douaniers, et des lignes d'électricité démesurées, en hauteur, largeur, longueur, qui traverseront et recouvriront le village, un téléphérique de courant, il paraît en plus que cela fait du bruit ces machins-là, un grésillement perpétuel, un boucan du tonnerre.

André est assez lucide pour savoir que la métamorphose du village ne se limitera pas à son aspect physique : la construction d'une telle centrale sur le territoire implique aussi l'arrivée de nouvelles routes et entreprises sous-traitantes, et avec elles l'installation de travailleurs extérieurs, des *horsains* qui peuvent être aussi des étrangers, comme la mine en son temps a attiré des quantités de Polonais, d'Italiens et d'Espagnols, mais aujourd'hui on va plutôt recruter au Maghreb quand il faut. Cette perspective ne le soucie pas en soi, Rouxel est un homme de gauche, formé à la SFIO, et la condition prolétaire est internationale, c'est la lutte finale, chante-t-il une seconde dans sa tête. Mais il sait qu'un bouleversement immense s'annonce pour Flamanville, par tous les côtés que l'on aborde le sujet, Élisabeth a raison, elle me fait chier, admet André, elle me fait chier aussi celle-là, mais sur le fond elle a raison.

L'autre jour, il est allé la voir au château, s'arrêtant au cours de sa tournée matinale, des semaines qu'il n'était pas revenu. Élisabeth était dehors malgré la fraîcheur, œuvrant au rejointoiement d'un mur arrière.

Lorsqu'elle a entendu des bruits de pneus sur ses graviers, elle s'est retournée et a eu un sourire chaleureux – elle semblait heureuse de le voir. Bêtement, si bêtement, se maudit encore André dans son fauteuil, quel con je suis parfois, il est sorti de la voiture avec la mine sombre, une comédie d'orgueil, pour montrer qu'il était toujours contrarié. L'air accueillant d'Élisabeth s'est aussitôt rembruni : l'heure de la réconciliation n'était pas arrivée. André a débuté la conversation avec des banalités empruntées, mal à l'aise, les mains crispées dans le dos, le regard bas et fuyant. La châtelaine l'a observé sans tendresse, dans l'attente qu'il dévoile ce qu'il avait sur le cœur, répondant aux bavardages maladroits d'André par des mots courts et impatients. Elle était chaussée de ses bottes habituelles, une grosse laine sur le dos et des gants épais aux mains, ses cheveux noirs qui blanchissent toujours tirés vers l'arrière, son accoutrement habituel pour le bricolage. Le maire s'est enfin lancé, les sourcils froncés, faisant un quart de tour vers le côté comme s'il refusait de l'affronter : je crois que vous vous trompez sur la centrale, Élisabeth, et j'aimerais que vous reconsidériez votre position. Et puis dans un souffle, tant la phrase lui coûtait, l'impression de faire une déclaration : ça m'aiderait, Élisabeth, et j'ai besoin que vous m'aidiez, a-t-il dit en faisant une moue timide.

Le cœur de la châtelaine s'est fendu. Elle aurait aimé s'approcher et lui caresser le bras, pas question d'entreprendre un geste plus audacieux, pour lui faire sentir qu'elle le comprenait. Mais elle n'a pas bougé d'un centimètre, se contentant d'un hochement de tête, que le maire a pris pour de la froideur, et d'une réponse aboutissant à l'éconduire : je sais, André, mais ce que je lis ou j'entends ne fait que conforter mon opinion, c'est une folie, et elle a été désolée de sa sincérité. André est resté silencieux, digérant la fin de non-recevoir, et a fini par prononcer des mots qui ne disent rien : je vois, très bien, entendu, et il est parti dans sa Dyane comme il était venu, saluant la châtelaine d'une manière maussade.

Le reste de la journée a été pour André une longue et morne traversée solitaire, jusqu'à une nouvelle nuit sans sommeil, une de plus. L'angoisse du maire est attisée par la fronde qui s'étend au sein du conseil municipal. Élisabeth n'est plus la seule à s'y opposer à la centrale. Son adjoint Scelles, l'éleveur de cochons et de vaches, a aussi retourné sa veste, ah le salaud, grogne André dans sa tête, le traître, qui vient m'expliquer maintenant que les informations apportées sur *la dimension extravagante du projet* l'ont fait changer d'avis, comme s'il venait de découvrir la taille du machin, tu parles, il sait ce que c'est qu'un hectare pourtant, c'est surtout la pression des autres agriculteurs qui a joué, dont la plupart refusent désormais la centrale, convaincus par l'activisme du Comité de base. Scelles a entraîné dans ses doutes deux autres élus du conseil, et l'exécutif local apparaît divisé désormais : huit membres pour dont le maire, quatre membres contre dont Élisabeth et, isolé dans sa drôle de stratégie, Claude Grand-Vernon qui continue de prôner l'abstention, vraiment un grand con celui-là, tranche André, que cette insulte rassure et réconforte. Il n'y a plus de consensus et Rouxel n'a pas dans la manche les arguments pour le forcer. Les critiques s'expriment et progressent, se résumant à une seule question : À quoi bon être plein aux as et avoir du boulot si on meurt tous à cause de la radioactivité ?

Son verre de calva terminé, André Rouxel sent qu'il ne va pas réussir à dormir et il se met en tête la drôle d'idée d'aller faire un tour à vélo, et pourquoi pas, j'ai besoin de me changer les idées, dit-il à voix haute comme si Paulette était encore à ses côtés. À coup sûr, son épouse le regarderait alors comme s'il était un dément, car il fait déjà nuit noire et bien moins de dix degrés, pas le meilleur moment pour se décider à pédaler. André se représente la scène, Paulette au tricot qui répondrait, ah bon ah bon, tu es sûr ? ne va pas te faire du mal, et lui qui répondrait avec les mots qu'il disait toujours pour la rassurer, tout va bien Paulette, ne t'inquiète pas, et un immense accès de tristesse le saisit tandis qu'il va chercher sa bicyclette dans l'une des dépendances.

Il n'y a pas un bruit aux alentours de l'ancienne ferme. La pénombre qui enveloppe le hameau exagère la sensation de bout du monde. Rouxel s'engage vers la gauche à la sortie de chez lui, sur la petite route bordée de fossés peu profonds et de haies naines, obscure ligne droite menant aux falaises qui surplombent la mer, à un kilomètre environ – c'est là que se dresserait la centrale. Pendant qu'il fait tourner ses roues à bonne allure, Rouxel repense à une idée surgie lors du conseil municipal de la fin décembre : quelqu'un avait proposé de procéder à un référendum, était-ce Élisabeth, se demande-t-il, oui je crois bien que c'était elle, une proposition que le maire avait jugée farfelue, grandiloquente, et écartée d'emblée. Mais voilà des jours qu'il y songe à nouveau, et l'option ne lui paraît plus si saugrenue. Un vote de tous les habitants lui permettrait de se décharger de l'angoisse qui l'oppresse, celle provenant de la solitude de sa position – à chacun de prendre ses responsabilités. Il pourrait se réfugier derrière le résultat du scrutin pour tenir la ligne choisie par la communauté de Flamanville. Chaque fois qu'il envisage cette hypothèse, André Rouxel est traversé par une bouffée de soulagement, je tiens peut-être une idée, se dit-il, ils ne pourraient plus me laisser seul à tout porter, il faudrait qu'ils sortent du bois, tous, fini de se planquer, l'EDF, l'État, la Région et le Département, les donneurs de leçons, à eux de faire campagne, à eux de se coltiner les écolos, les agriculteurs et les pêcheurs, bon courage, et André prononce une phrase à haute voix dans la nuit fraîche, à chacun de prendre ses responsabilités. L'ennui, se dit-il, est que, si les habitants de Flamanville votent non alors que je fais campagne pour le oui, ils vont encore dire que c'est une défaite personnelle pour moi, et pas le choix, je serai forcé de démissionner, comme de Gaulle, sûr et certain que l'autre grand con de Grand-Vernon fera le rapprochement.

Le maire atteint le bord des falaises, un vertigineux précipice à quelques centimètres de sa roue avant, l'eau en bas qui tape et le vent qui souffle, tous les jours de l'année, avec plus ou moins de vigueur. De tous les côtés, c'est un vaste mur noir qui s'élève, d'où il est difficile de distinguer le granit des falaises, la mer qui vient les heurter et le ciel qui veille sur ce sombre spectacle. On ne décèle dans le crépuscule que deux repères lumineux : à gauche, le sémaphore haut de Flamanville, et à droite, l'usine atomique de La Hague dont on voit d'ici les puissants éclairages se projeter à la verticale. Doit-on accepter une troisième source de lumière dans les parages ? Quel homme assez sûr de l'infaillibilité de son jugement peut-il prendre une telle décision sans consulter ceux qu'elle implique ? Si Flamanville vote non, je suis perdant, calcule André, mais si Flamanville vote oui, une victoire, c'est une autre histoire qui démarre, pour le village et pour moi. Avec ses chers ouvriers de la cité de Sainte-Barbe, tous ceux qui espèrent le retour du travail, une force sur laquelle Rouxel peut compter, un référendum ça se gagne, se convainc-t-il en appuyant sur les pédales, et je peux emporter cette bataille.

Le sexagénaire, cigarette à la bouche, ne fait pas demi-tour par la route empruntée en sortant de chez lui, mais poursuit sa balade par la côte. Il repique plus loin à droite, en direction du bourg. Le chemin passe d'abord entre des fermes et des champs puis, à mesure qu'on s'approche du cœur du village, le long de maisons de moins en moins dispersées.

En tendant l'oreille, Rouxel perçoit un bruit lointain qui résonne par éclats intempestifs, et de façon plus nette à chaque tour de roue. Un brouhaha de voix humaines, des cris peut-être. Le maire fronce les sourcils, toujours agacé par l'imprévu, et s'inquiète : qu'est-ce que c'est que ce bordel ? Une lumière diffuse apparaît au détour d'un virage, en retrait d'un hameau, les phares jaunes d'une voiture garée sur un bas-côté. André Rouxel ralentit sur sa bicyclette puis s'arrête à bonne distance, se donnant le temps d'observer ce qui se passe sans être vu. Une confusion de rires lui parvient et le rassure. Écarquillant les yeux, il discerne trois jeunes hommes qui se tapent bruyamment les cuisses. Le conducteur donne des coups dans le volant avec le plat de la main et sur la banquette à l'arrière, un des gars pointe le doigt vers l'avant, là où les phares allongent leur lumière.

Tournant la tête dans cette direction, Rouxel aperçoit une silhouette dressée face à l'une des maisons du hameau, l'ombre furtive tentant de se tenir face au portail de la baraque mais chancelant sur des appuis faibles et flasques. Le maire fait quelques pas en avant, attentif à ne pas faire de bruit, et la forme humaine dans l'obscurité se fait plus précise. Rouxel se demande d'abord s'il se passe bien ce qu'il croit voir. Mais oui : un jeune type qui a manifestement forcé sur la bouteille essaie de pisser à l'intérieur de la boîte aux lettres de la maison visée et fait se tordre de rire ses copains. Ah les petits cons, enrage André.

Le maire sort de sa cachette, s'approche d'un bon coup de pédale, se plaçant à la hauteur de la vitre du conducteur, et s'exclame d'un ton très ferme à l'attention du pisseur, arrête ça tout de suite, veux-tu ! Et aux occupants de la voiture : qu'est-ce que vous foutez là ? Bon Dieu de bon Dieu, c'est quoi vos noms ?

Les types ne se bidonnent plus, visages figés et bouches ouvertes. Ils observent le maire de Flamanville, merde alors, on est mal tombés. André reconnaît deux des trois hommes, des garçons de Sainte-Barbe dont il ne sait pas l'identité précise, mais qu'il a déjà vus traîner dans le village, au café des Launay ou au bal, pas des mauvais bougres apparemment, mais des paumés, des désœuvrés. L'un d'eux cherche à se défendre, c'est rien, monsieur le maire, rien du tout, c'est pour rigoler.

– Tu trouves ça drôle de pisser dans une boîte aux lettres ? Tu serais content si je venais faire pareil chez toi ? Donnez-moi vos noms, allez.

Et les types s'exécutent, pendant que celui qui pissait revient en boutonnant son pantalon, tête basse et démarche vacillante, c'est à cause de ce qu'il fait, l'autre, là, le prof, tente-t-il de se justifier, avec des syllabes alourdies par l'ivresse, il va tout foutre en l'air, et nous, on veut juste du boulot.

– Le prof, quel prof ?

Le simple fait de poser la question a l'effet d'une révélation pour Rouxel : c'est la boîte aux lettres des Legendre qu'ils sont en train de saccager. Il ne sait d'abord pas quoi répondre, immobile sur son vélo, il cherche les mots un long moment et repense brièvement aux réflexions qui l'agitent, voilà où on en est, songe-t-il, à cause de cette foutue centrale.

– Écoutez-moi bien, dit-il aux gars dans la voiture. Demain, je vais prévenir la famille qui habite cette maison de ce que vous avez fait et je vais leur dire que vous allez venir vous excuser et nettoyer vos saletés. Et si vous ne le faites pas, je m'occuperai de vos cas. J'ai vos noms. Croyez-moi quand je vous dis que je connais la plupart des employeurs du coin. Et pour la future centrale, si elle voit le jour, il faudra compter, si vous ne nettoyez pas, sur mon avis défavorable pour une embauche. C'est bien compris ?

Plus un rire, plus un cri : le silence est retombé sur la nuit. Les types dans la voiture font oui de la tête et s'en vont doucement. André Rouxel les observe s'éloigner et, quand le véhicule disparaît derrière un virage, il prend la décision de convoquer un référendum.

16

Quelques années plus tôt, après une nuit déchirée par la tempête, plusieurs bidons étaient apparus à l'aube sur la mer, toujours agitée par le vent et la pluie, autour du cap de Flamanville. C'est à Diélette qu'il en flotta le plus grand nombre.

Victor Kaminski fut le premier à les voir. Il se trouvait dans les parages, lorsque ces barriques circulaires en métal gris, d'un mètre de hauteur environ, avaient exhibé leurs courbes luisantes à la surface des flots.

Le berger avait passé la nuit dans une haute anfractuosité des falaises, à l'abri des remous humides et de l'air sifflant, bien protégé dans l'une de ses grottes favorites, à fumer du tabac sec et à observer la mer emportée, pour le simple plaisir du spectacle. Au bout d'un long moment, il s'était endormi contre la roche, sous d'épaisses couvertures. Le repos ne dura pas : le froid le réveilla avant même que le soleil ne pointe ses rayons.

C'est lorsque les premières lueurs ouvrirent le paysage, dans les interstices d'un faible crachin, qu'il aperçut ces drôles de formes dans l'eau. Il crut d'abord avoir affaire aux caisses rondes et étanches que les bateaux, de pêche ou de loisir, emmenaient à bord pour protéger les objets qu'on ne voulait pas voir trempés, comme la nourriture, les vêtements secs ou d'autres précieux trésors. Il craignit un naufrage.

Victor descendit de sa caverne et se plaça en face du bidon le plus proche du rivage. Il attendit plusieurs minutes que la mer veuille bien le déposer sur la plage.

La pluie avait cessé. Il portait ses vêtements habituels de marin-berger fatigué, un gros pull troué, un caban élimé, un pantalon de velours épais.

Lorsque le bidon s'échoua dans l'écume, il s'approcha et le fit rouler hors de l'eau jusqu'à le remonter sur du sable dur. Il s'agissait d'un baril industriel, comme ceux que l'on utilise pour transporter du pétrole, avec deux pliures en cerceau faisant son tour. Celui-ci était vieux et usé, rouillé à ses jointures et déscellé au niveau du couvercle. Il portait des inscriptions en anglais que Victor ne sut déchiffrer, parce qu'il ne parlait pas cette langue et parce qu'elles avaient été en partie effacées par le temps. Il comprit, au vu de certaines abréviations qui apparaissaient encore, que le baril devait contenir des substances chimiques. Victor aperçut sur le flanc de l'objet les traces jaunes d'un symbole quasi disparu, la ligne d'un cercle et à l'intérieur, une sorte de croix surmontée d'un rond. Lorsqu'il comprit, il recula de quelques pas, d'instinct plus que de raison : ces signes embrouillés étaient les restes d'une tête de mort prévenant qu'il valait mieux ne pas s'approcher.

– Qu'est-ce que tu fous encore, Kaminski ? Il sort d'où, ce machin ?

À une centaine de mètres de lui, au niveau du port, un pêcheur qui venait voir si son bateau avait résisté à la tempête l'interpella d'une voix lourde de sous-entendus et de reproches.

Victor sentit sa respiration se bloquer et une forme de panique le gagner. À l'époque, il avait déjà tant perdu l'habitude de fréquenter le genre humain qu'il ne savait plus comment parler aux autres. Il évitait au maximum les contacts.

Auprès de ce baril, il n'avait rien fait de mal. Mais alors qu'il se pensait seul au milieu du monde, il eut l'impression d'être pris en faute, coupable d'avoir remonté sur la plage un objet toxique. Au lieu de chercher à se calmer et de donner une explication au pêcheur, il se sauva en courant vers la falaise et regagna la grotte où il avait passé la nuit. De là, avec la marée descendante, il pourrait atteindre une autre plage, de l'autre côté, qui disposait d'un accès escarpé au village.

Le pêcheur qui avait vu Victor alerta la population locale, où la double nouvelle se répandit vite : de mystérieux bidons avaient été rejetés par la mer et l'on avait vu le fou des falaises trafiquer on ne sait quoi autour d'eux.

Bientôt, les versions s'amplifièrent, divergèrent. Certains assuraient que Victor s'était échappé avec un voire plusieurs bidons ; d'autres, que le marginal les avait lui-même débarqués d'un endroit inconnu, pour les planquer dans l'une de ses cachettes. Cette seconde hypothèse circulait, pourtant improbable : Victor n'avait à lui qu'une pauvre barque qui aurait coulé sous le poids d'un seul de ces bidons. Mais c'est le propre des rumeurs. Nul besoin qu'elles soient fondées pour être partagées.

On se demandait aussi d'où provenaient ces bidons. Pour beaucoup, cela ne faisait pas un pli : ils avaient été ressortis – comment, c'était une autre histoire – de la fosse des Casquets. On roulait les yeux en prononçant les trois mots composant le nom de ce lieu effrayant.

La fosse des Casquets était un vaste trou marin situé à une quinzaine de milles de Flamanville, au large de l'île anglo-normande d'Aurigny, dans une zone poissonneuse bien connue des pêcheurs du coin. La faille plongeait par endroits à plus de cent cinquante mètres de profondeur. Sa géographie particulière, au milieu de fonds qui ne descendaient jamais très bas, faisait qu'elle était appréciée des sous-marins, qui venaient y faire des manœuvres d'essai. Comme c'étaient les eaux internationales, les Français et les Anglais pouvaient s'y croiser.

La fosse avait aussi eu une autre utilité jusqu'au début des années 1960. On ne l'avait découverte que récemment dans le Cotentin, par l'intermédiaire d'un rapport scientifique international. Pendant plus de dix ans, les Britanniques avaient déversé là des milliers de fûts emplis de déchets nucléaires dits « faiblement radioactifs ». Il y en avait pour des kilotonnes. Avant d'être jetés à l'eau, les barils avaient été recouverts de bitume ou de béton pour les protéger des attaques de la mer, un espoir insensé compte tenu du pouvoir de corrosion du sel. D'après ce que l'on rapportait dans La Hague en s'indignant, ces déchets étaient constitués de boues de traitement d'effluents radioactifs en provenance des centrales nucléaires du Royaume-Uni. Les Britanniques avaient aussi versé dans cette benne aquatique des cargaisons de munitions hors d'usage, relents des deux guerres mondiales. Ils avaient transformé la fosse des Casquets en dépotoir.

Ce matin-là, lorsqu'une partie du village se retrouva au bord de l'eau pour observer les bidons imprévus, de nombreux habitants pestèrent contre les maudits Anglais qui avaient sali les eaux dans lesquelles les Haguards se nourrissaient toute l'année et se baignaient l'été. Même si rien n'indiquait que les petits conteneurs étaient ceux qui avaient été balancés dans la fosse des Casquets. Les quelques mots en anglais apparaissant sur les barils suffisaient à convaincre la plupart des habitants. La détestation du peuple d'en face était un sentiment répandu. On l'accusait d'avoir pollué la zone pour affaiblir les pêcheurs de La Hague, grands rivaux de ceux qui descendaient des côtes de l'Angleterre ou partaient des îles sous sujétion britannique. Il ne pouvait y avoir d'autre explication.

Quelques jours plus tard, l'analyse en laboratoire révéla que les bidons contenaient du cyanure de sodium, une matière chimique hautement toxique utilisée par l'industrie minière. Les autorités avancèrent l'hypothèse qu'un cargo passant au large, peut-être très loin, avait perdu les fûts au cours d'une traversée. Ou s'était débarrassé d'eux.

À Flamanville, la plupart des habitants tinrent néanmoins pour acquise la responsabilité des Anglais. Et beaucoup se demandaient ce que Victor Kaminski manigançait dans son coin.

17

Georges Pitran fait poser la délégation devant l'autocar, saisi d'une ambition sérieuse et ridicule qui lui ressemble, produire un cliché mémorable, une photo pour l'Histoire. Le choix de l'arrière-plan ne se discute pas, tant le véhicule affrété par l'EDF fait impression. Il ne s'agit pas d'un de ces vieux bus de tôle froissée servant au ramassage scolaire, mais d'un engin resplendissant, équipé à l'intérieur de sièges en cuir noir, d'une cabine de toilette et d'un système de sonorisation avec micro permettant au chauffeur de s'adresser aux passagers. Un bijou de modernité.

Joyeusement, la cinquantaine d'individus se regroupe devant le bus garé en épi sur le parvis de l'hôtel de ville, formant un amas de costumes sombres que le journaliste de *L'Éclair* tente d'ordonner, les petits devant et les grands derrière s'il vous plaît, voilà, comme ça, très bien. Devant l'objectif, la troupe prend la pose le plus dignement possible, consciente de vivre un moment particulier, qui requiert solennité et gravité. Au moment du déclenchement de l'appareil photo, les sourires se font rares et les corps se redressent, tâchant de se grandir.

Après la prise de vue, Pitran balaie le groupe du regard, cela manque de dames, constate-t-il d'un ton rigolard. Les passagers interloqués s'épient entre eux, et les rires redoublent lorsque l'un remarque à son tour : c'est vrai que l'on est en majorité ! Il n'y a pas une seule femme dans la délégation. Quarante-six personnes, quarante-six hommes, des silhouettes semblables, du gris partout, visages, lunettes, cheveux, accoutrements.

André Rouxel lève l'index pour se faire voir.

– Vous oubliez madame Toulorge. Elle nous rejoindra directement à Saint-Laurent-des-Eaux. Mais elle séjourne ce soir à Blois, chez une amie.

– C'est un bon point qui est soulevé, note Vilmorin, le directeur régional de l'EDF, celui-là même qui veut creuser les falaises pour installer sa centrale. Puisque ce voyage manque à l'évidence de dames, nous allons réfléchir à en organiser un second avec vos épouses.

Des esclaffements se font entendre autour du rutilant autocar, entre lesquels s'engouffre Pitran pour tenter un bon mot, très bonne idée, commente le journaliste, après tout, elles voteront aussi au référendum.

Le véhicule est bondé. On s'est pressé de répondre à l'agréable invitation – ce n'est pas tous les jours qu'on part en voyage d'affaires. L'ensemble des conseillers municipaux de Flamanville prend place, à l'exception d'Élisabeth Toulorge, donc, et de Claude Grand-Vernon.

Le producteur de films rejoindra le groupe depuis la capitale, s'il décide de venir : il a laissé planer le doute, prétextant un agenda très chargé, affectant un certain désintérêt pour la visite. Le reste du bus est rempli d'élus locaux, maires du canton et conseillers généraux, de petits patrons du coin pompeusement qualifiés de décideurs par la puissance invitante, d'habitants triés sur le volet, ainsi que de représentants de la presse, dont Pitran pour *L'Éclair* et une équipe de FR3 Basse-Normandie. Le microcosme est chaperonné par une imposante cohorte de l'EDF, une dizaine de salariés arborant des titres de directeurs, de cadres et d'ingénieurs, réunis autour de Vilmorin, le meneur des opérations.

L'entreprise publique d'électricité a monté un *voyage d'études* – la digne et sérieuse expression qu'elle a choisie – pour que le village puisse mieux *appréhender la réalité du nucléaire*, grandeur nature. L'idée a abouti à l'organisation d'une visite dans le Loir-et-Cher, à Saint-Laurent-des-Eaux, où fonctionne une centrale atomique de production d'électricité. L'EDF a décidé cette expédition après l'annonce, par André Rouxel, de la tenue d'un scrutin communal sur l'opportunité d'accueillir une autre centrale, flambant neuve, à Flamanville. Une « consultation populaire », comme elle est officiellement présentée. L'usage du mot « référendum » a été interdit par le sous-préfet Colignac qui a prévenu dans *L'Éclair*, furieux de la décision de Rouxel, qu'un tel vote n'avait aucune valeur légale, un avis qui n'obligera pas l'État, a-t-il déclaré.

L'EDF prend au sérieux le scrutin à venir dans la bourgade du Cotentin, premier du genre dans le pays. La bataille de Flamanville ouvre une guerre visant à conquérir l'opinion publique, soit l'humeur des Français. La consultation populaire suscite un élan d'intérêt formidable pour ce bout du monde, dont la presse nationale a redécouvert l'existence. Sur la presqu'île oubliée se succèdent les envoyés spéciaux des grands journaux, des télévisions et des radios. Des caméras sillonnent les rues de la commune, pour réaliser des micros-trottoirs hébétés et filmer de pittoresques cartes postales, la mine abandonnée, le port vide de Diélette, les falaises et les vagues. Les habitants se découvrent aux nouvelles le soir, se réunissant à plusieurs devant les écrans de télévision pour s'observer en tant qu'entité curieuse, et objet d'attraction : mécanos, couturières, employés, électriciens, soudeurs, paysans, mercières, le petit peuple de Flamanville se trouve auréolé d'une opinion qu'on sollicite, qu'on juge bonne à entendre. Pour ou contre la centrale ? Les habitants sont sommés de répondre, d'argumenter, de justifier ; voici qu'on leur donne une voix, à eux qu'on a toujours ignorés. Même l'intimidant journal *Le Monde*, qu'on reçoit à peine dans ces contrées modestes, s'est fendu d'un reportage dans lequel Flamanville apparaît sous les traits d'un « village pauvre noyé dans les crachins », bordé d'une « mer couleur de pluie ». Dans les chaumières, on a trouvé l'article joliment écrit mais rude pour l'amour-propre. Heureusement, il a aussi salué la « réinvention démocratique » tentée par la commune. Un hommage qu'on n'attendait pas : le référendum rend de la fierté à ces hommes et ces femmes.

Si l'EDF veut déployer des centrales partout dans le pays – certains parlent de deux cents réacteurs en fonctionnement en l'an 2020 –, il lui faut convertir la population à l'amour de l'atome. Face à l'activisme des antinucléaires, l'entreprise a ordonné à ses cadres de descendre dans l'arène, de participer aux débats et de séduire les relais considérés d'influence au plus près des territoires : élus locaux, chefs d'entreprise, membres des chambres de commerce, adhérents du Rotary et tous ceux dont on a l'habitude de dire, avec une mine de reconnaissance admirative, qu'ils exercent des responsabilités. Autant d'ambassadeurs à soigner, des convaincus d'avance à qui l'EDF veut montrer ce qu'elle sait faire.

À Flamanville, la liste des passagers à emmener à Saint-Laurent-des-Eaux a été établie en bonne harmonie avec Rouxel. Lorsque Jacques Legendre a compris qu'il ne ferait pas partie du voyage, ni aucun autre membre du Comité de base, il s'est indigné dans *L'Éclair* par voie de communiqué : « Monsieur le maire veut-il donc gagner à tout prix ce qu'il appelle lui-même la "bataille du référendum" ? Est-ce ainsi qu'il conçoit la démocratie ? Une consultation électorale est faussée à partir du moment où l'information à chance égale n'est pas assurée. » Jacques s'est plaint directement auprès de l'EDF, comment pouvait-on imaginer laisser son Comité sur le carreau ? À force de coups de fil, la compagnie a entendu l'argument. Société publique, elle se doit d'être ouverte à toutes les opinions, ou au moins faire semblant. Pour sauver les apparences d'équité, elle a accepté que les contestataires soient représentés et leur a offert deux sièges dans le bus, à la condition non négociable que Rouxel valide le choix des renégats embarqués.

À ce jeu-là, Jacques n'a eu aucune chance : il passe pour trop éloquent, trop subversif. Trop dangereux. Le maire a opté pour Fredo, le truculent pêcheur qui préside le Comité de base, citoyen emblématique du village mais pas un foudre d'intelligence, ainsi que pour un instituteur de l'école primaire, récemment arrivé dans la commune, quelqu'un qui ne serait pas susceptible de soulever les foules à son retour. Aux voix critiques relevant que les places dans l'autocar restaient bien inégalement réparties, Rouxel a répondu qu'il fallait aussi compter, parmi les opposants, les conseillers municipaux qui étaient contre, notamment Élisabeth Toulorge et l'adjoint Jean-Yves Scelles, l'éleveur de vaches et de cochons qui a retourné sa veste.

Vilmorin laisse le temps au car de s'ébrouer, et aux passagers de s'enthousiasmer pour le confort et le silence du véhicule, avant de s'emparer du micro. Le passage de sa voix dans les enceintes, sans aucun grésillement, fantastique prouesse, soulève des commentaires éblouis dans les rangées.

– Nous devrions en avoir pour cinq à six heures de route, prédit le directeur régional de l'EDF.

Rassurez-vous, une pause est prévue pour dîner à Vendôme, je connais le restaurant, il est excellent, répertorié au guide Michelin. J'espère, messieurs, que vous n'avez pas trop mangé à midi. Après ce repas, nous reprendrons la route vers Saint-Laurent-des-Eaux, pour une dernière heure de trajet. Là-bas, nous séjournerons dans un hôtel classé trois étoiles, le plus beau des environs. Vous verrez qu'il offre de nombreuses commodités, mais je ne vous en dis pas plus, je préfère vous réserver la surprise.

Les commentaires de ravissement se transforment en grognements de satisfaction. Le maire d'un patelin de La Hague, rouge de plaisir et d'effort, applaudit à tout rompre.

– Vous pourrez profiter cette nuit d'un repos bien mérité après ce long trajet. Demain, le programme est chargé : rencontre avec le maire de Saint-Laurent, visite guidée de la centrale nucléaire, déjeuner au restaurant, balade en bateau sur la Loire, et puis une heure de liberté dans le village pour faire vos emplettes et rapporter des cadeaux à vos dames. Enfin, retour en bus dans la soirée. Nous casserons la croûte en chemin. Bien sûr, les sandwiches seront pour nous.

Vilmorin se tait à nouveau, laissant le contentement collectif se répandre d'un siège à l'autre.

– Ce voyage doit vous permettre de vous rendre compte, par vous-mêmes, de ce qu'est la réalité d'une centrale nucléaire. Au retour, vous pourrez parler de quelque chose que vous aurez vu, et non plus d'une idée vague et lointaine, méconnue. Cela devrait suffire à briser un certain nombre de rumeurs malveillantes. Des questions ?

Des passagers lèvent la main pour demander des renseignements, souvent des détails pratiques. À quelle heure faudra-t-il se lever demain matin ? Les chambres de l'hôtel sont-elles individuelles ou partagées ? Aura-t-on le choix entre plusieurs plats au dîner ? Aux interrogations techniques, plus rares, le directeur régional de l'EDF répond à grands traits, renvoyant à la discussion prévue le lendemain avec le directeur de la centrale de Saint-Laurent-des-Eaux. Il se contente de donner les informations générales, comme l'année – 1969 – de mise en service de l'usine. Ce qui en fait l'une des premières unités de production électrique d'origine nucléaire que la France ait lancées.

L'instituteur de l'école primaire, le seul adhérent du Comité de base présent avec Fredo le pêcheur, se met à râler sur son siège, perturbant le consensus tranquille du voyage, et remue frénétiquement le bras pour qu'on lui transmette le micro. À plusieurs reprises, et de plus en plus fort tandis qu'il voit Vilmorin l'ignorer, il souligne que le directeur régional de l'EDF compare des choux et des carottes.

– La centrale de Flamanville n'aura rien à voir avec celle de Saint-Laurent-des-Eaux, braille-t-il depuis sa place. Elle ne fonctionnera pas au graphite-gaz mais à l'eau pressurisée. Donnez-moi la parole ! Et elle sera beaucoup plus puissante, puisqu'elle pourrait compter quatre réacteurs de mille trois cents mégawatts alors qu'à Saint-Laurent, ils n'ont que deux réacteurs de cinq cents mégawatts. Donnez-moi la parole ! Puisqu'on a le droit de poser des questions, dites-vous.

Vilmorin tergiverse un moment, figé dans une grimace d'agacement. Le type, dont on lui avait promis qu'il ne serait pas un agité, fait tant de bruit dans l'autocar qu'il devient impossible de l'ignorer, et d'autant plus que des passagers s'énervent après lui. Vilmorin jette un coup d'œil animé par le reproche à André Rouxel, crispé sur son siège, et se décide à réagir.

– Arrêtez de crier comme ça, on n'est pas au zoo.

– Donnez-moi la parole, bon sang.

Le cadre de l'EDF doit se résoudre à l'inévitable. La compagnie nationale n'a-t-elle pas promis un débat ouvert et pluriel ? L'instituteur s'empare du micro et se positionne dans l'allée centrale du bus, pas du tout effrayé par l'hostilité qu'expriment certains voyageurs. L'homme a l'habitude des manifestations en terrain adverse.

– La centrale de Flamanville ne ressemblera pas à celle de Saint-Laurent-des-Eaux, s'écrie-t-il, déterminé. On vous balade. Elle sera plus grande, plus puissante, et dotée d'une technologie américaine. Quand quelqu'un veut acheter un poids lourd, est-ce qu'on l'emmène faire un tour de 2CV pour lui montrer comment ça marche ? Ce voyage n'a pas de sens.

Les réprobations dans l'autocar se font plus vives contre le rabat-joie qui ose remettre en cause le bien-fondé de l'agréable expédition, attendue depuis des jours, il faut bien aller sur place pour se faire une idée ! Des passagers tentent de contre-argumenter en gueulant sur l'instituteur, dont le long discours domine le bruit ambiant grâce à l'efficacité du système sonore du véhicule. Même pas une heure de route et la bataille de Flamanville a repris de plus belle.

– Le message que je voudrais faire passer, poursuit le membre du Comité de base, est qu'il ne faut rien attendre de ce séjour qui ne s'annonce pas déplaisant au vu du programme. Pourquoi ? D'abord parce que la radioactivité ne se visite pas. Ensuite, parce que ce voyage concocté par l'EDF, avec l'aval du maire de Flamanville, nous dira tout des avantages d'une centrale nucléaire pour le territoire auquel elle est liée mais rien des inconvénients. Et c'est bien normal : quand on veut acheter un appareil de chauffage d'une certaine marque, il ne nous viendrait pas à l'idée de demander au vendeur quels sont ses défauts. Pour les connaître, on s'adresse à un concurrent !

Sur cette formule préparée, l'orateur rend le micro, va s'asseoir à sa place et tente aussitôt de s'endormir, sous les regards courroucés de Vilmorin et Rouxel.

Au réveil le lendemain, dans la salle du petit-déjeuner de l'hôtel, il y a des yeux qui piquent, des paupières qui tombent et des crânes qui cognent. La nuit a été courte et peu reposante, l'alcool et la nourriture ont troublé les sommeils. Le dîner a été à la hauteur des espérances, mets copieux et vins rares, fromage et dessert, café et liqueurs. La délégation a été reçue comme une cour royale, disposée sous la verrière du vaste restaurant par tablées de huit, couvertes de chandeliers, de porcelaine et d'argenterie. À chacune d'entre elles, un représentant de l'EDF était chargé de mener la discussion. On a pris le temps de faire bombance – l'entreprise publique n'a pas mégoté, montrant très concrètement à quoi ressemblaient ses promesses d'abondance. Les convives s'en souviendraient. De même que l'hôtel choisi à Saint-Laurent-des-Eaux, pourvu d'une piscine couverte, resterait dans les mémoires : les chambres étaient si spacieuses que certains invités se sont fait la visite de leurs salles de bains respectives. Au bar de l'établissement, resté ouvert tard dans la nuit, plusieurs petits maires de la presqu'île manchoise se sont émerveillés de ce luxe et ont imaginé la naissance des mêmes bienfaits dans leur bout du monde en rêvant d'un cercle vertueux lancé par l'atome : investissement, croissance, développement, tourisme, emploi, richesse. Beaucoup ont achevé de faire leur choix dans les vapeurs de l'alcool avant même d'avoir aperçu la centrale de Saint-Laurent-des-Eaux.

Fatiguée par ses excès, l'équipée du Cotentin a rendez-vous ce matin à la mairie du village, que l'on gagne à pied depuis l'hôtel, pour une rencontre avec l'édile de Saint-Laurent et une poignée d'habitants, une séance de questions-réponses. Rouxel, qui ne s'est pas laissé aller la veille au soir, s'étant couché tôt, ni lourd ni aviné, presse le pas en tête du groupe. Il pénètre prudemment, toujours cette impression de gêner là où il n'est pas chez lui, dans la grande pièce de réception de l'hôtel de ville et est tout de suite soufflé par la beauté du décor : les murs sont couverts de tentures aux couleurs vives et de tableaux d'art moderne, et un parquet brun, brillant, s'étend au sol.

Des tables ont été collées les unes aux autres pour former un ensemble en U, le théâtre du débat à venir. André Rouxel jette un coup d'œil circulaire dans la salle et arrête son mouvement lorsqu'il la trouve du regard, frêle et perdue, assise sur une chaise isolée. Élisabeth Toulorge est bien là, qui l'observe depuis son arrivée, sans un mot, sans un mouvement. André hésite à s'avancer. Faut-il la saluer d'ici, aller lui dire un mot, l'ignorer ?

Des éclats de voix, à quelques mètres, interrompent sa réflexion. Le maire de Flamanville se retourne vers cette tonalité familière, ce rire qu'il reconnaît, et aperçoit Claude Grand-Vernon. Tiens, voilà le grand con, se dit André qui reprend de l'énergie en même temps que de l'animosité. Le producteur de films est debout, tout à son aise, plein de gestes et d'attentions, comme s'il était chez lui, bavardant avec un autre homme, dont Rouxel remarque l'aspect bourgeois et supérieur : l'individu porte un foulard rouge noué autour du cou, et pas de cravate, un costume bleu vif ajusté, touche de fantaisie qui le distingue, et des lunettes en métal fin dont l'attache centrale est soulignée par un trait de cuir. Le maire de Saint-Laurent-des-Eaux, Bernard Potier, a la soixantaine bien mise, le même âge que son collègue de Flamanville, mais la comparaison s'arrête là. Comme Vilmorin l'a expliqué à André Rouxel pendant le trajet en bus, Potier est un assureur prospère qui s'est imposé à la tête de la commune en baron local

– on lui prédit un avenir de sénateur. Rouxel note chez Potier sa voix fluette mais pas criarde, dénuée d'agressivité, précise, réconfortante. L'homme termine ses phrases par une pointe plus aiguë encore, qui appuie son air aristocratique.

Quand tout le monde s'est assis, le maire de Saint-Laurent-des-Eaux se lance, énergique et rieur, mesdames et messieurs, bienvenue au royaume du nucléaire, et il frappe la table de ses deux paumes, un vrai spectacle. Potier démarre sans traîner en formalités inutiles par un vigoureux plaidoyer en faveur de l'énergie atomique, qu'il résume d'une équation simple et compréhensible par tous : une centrale, c'est beaucoup de ressources et zéro pollution. Nous sommes devenus le mécène régional, dit-il en employant un substantif qui résonne, et le voilà qui liste d'entrée les bienfaits permis par le *pactole* de la centrale, des équipements qui auraient été inimaginables sans elle, routes étincelantes, bacs à fleurs et pistes cyclables. Il ne faut pas que vous ratiez notre piscine, une piscine olympique avec trois bassins, dont le principal est en intérieur, utilisable toute l'année. Nous vous emmènerons la voir cet après-midi, si l'EDF n'a pas changé le programme habituel ! Cette piscine permet à deux mille gamins des alentours de se baigner chaque semaine, j'en suis très fier, Potier resserre son foulard autour du cou, elle est l'emblème de notre réussite, que l'on doit évidemment au nucléaire, une manne qui nous a permis de mettre en place des services nouveaux. Je vous garantis que cela attire, la population est passée de mille cinq cents à deux mille cinq cents habitants en dix ans, et Potier cogne encore la table avec ses mains, comme à chaque fois qu'il veut marquer les esprits. Les gens qui n'y connaissent rien pensent que le nucléaire est un repoussoir, mais en vérité, c'est tout le contraire, j'ai même des Parisiens qui prennent une résidence secondaire dans le village et je reçois constamment de nouvelles demandes de permis de construire : encore trois rien que cette semaine.

Le maire de Saint-Laurent-des-Eaux présente à l'assistance son receveur municipal et lui demande de faire un point précis sur le *pactole*. L'employé, élégante barbichette et lunettes fumées, se lève et se dirige vers un tableau noir. À la craie blanche, il trace un trait au milieu pour former deux colonnes : à gauche, c'est 1965 ; à droite, 1975. Il se met à écrire des séries de chiffres en les commentant, narrant l'évolution stupéfiante des recettes issues des diverses taxes, bâti, foncier, patente, à faire crever d'envie tous les petits maires du Cotentin qui l'écoutent avec des yeux ronds. Le budget, explique le receveur en répondant à une question de Georges Pitran, a augmenté de 46 % ces deux dernières années, et le journaliste de *L'Éclair* réagit par une formule qu'il note aussitôt dans son carnet, ravi de sa propre trouvaille, c'est presque de la provocation ! Dans la délégation normande, Lebreuilly, le secrétaire de mairie, a le visage allongé par la fascination.

– Et comment tout cela se traduit-il en termes d'emplois ? demande André Rouxel, dont l'obstination sur ce sujet est sans faille.

– Oh c'est assez faible, il faut l'admettre, reconnaît Bernard Potier. Environ cent trente agents de l'EDF travaillent sur le site, des ingénieurs et techniciens qui ne sont pas originaires d'ici. Il serait mensonger de prétendre que la centrale a donné des emplois à la population locale, hormis la quinzaine de postes dévolus aux petites tâches, comme le gardiennage ou le nettoyage. Mais cela commence à changer, on a deux ou trois enfants du pays qui se sont fait embaucher aux postes les plus qualifiés. C'est une simple question de formation, et de temps. Je remarque un effet moteur de la centrale, ce que l'on appelle l'activité induite. Nous avons depuis toujours une grande scierie, mais elle fait plus de chiffre d'affaires depuis que l'EDF s'est installée, et nous avons vu l'arrivée d'une chaudronnerie de quatre-vingt-dix employés, qui travaille en partie pour la centrale, ainsi que d'une entreprise d'isolation thermique qui a des contrats avec elle. C'est un cercle vertueux qui se forme.

La prestation de l'hôte est si bien huilée, l'habitude de l'exercice, que les cadres de la compagnie d'électricité présents n'ont rien à ajouter. Vilmorin se tient sagement sur un côté, détendu, il écoute, les bras croisés.

– Et quels sont les inconvénients alors ? demande Jean-Yves Scelles, le maire adjoint de Flamanville qui est passé dans le camp des antinucléaires. Il doit bien y avoir des inconvénients tout de même, dit-il d'un ton plus vif que celui de la discussion en cours.

– Hormis la dégradation certaine du paysage, mais on n'a rien sans rien n'est-ce pas, le principal problème vient du bruit, constate Potier. Cela reste une activité industrielle, les transformateurs électriques et les lignes très haute tension produisent des bourdonnements. Vous trouverez des gens qui s'en plaignent dans le village de l'autre côté de la Loire, ils sont très proches de la centrale, plus que nous à Saint-Laurent-des-Eaux. Forcément il y a des mécontents, surtout qu'ils ne profitent pas autant des retombées de la patente. Mais à part eux, nous n'avons pas de protestataires ici, tout le monde se réjouit. Sur ce sujet, je passe la parole à monsieur Rigaux, agriculteur de son métier et président d'une association locale qui devrait vous intéresser, le Comité de défense du Val de Loire contre les nuisances de la centrale de Saint-Laurent-des-Eaux. Combien d'adhérents, monsieur Rigaux ?

– Entre deux cents et deux cent cinquante, répond l'autre, qui se présente d'emblée comme un partisan de l'atome. Cela a apporté des bonnes choses dans notre vie quotidienne, mais il existe quelques désagréments, que nous faisons remonter à l'EDF dans une perspective constructive. On n'est pas des fous furieux, nous. La compagnie a monté des panneaux antibruit près des réacteurs. Le résultat est mitigé mais au moins ils ont essayé.

L'agriculteur se fait vite interpeller par les paysans de La Hague, qui se fichent pas mal de son association de défense du paysage. Il suffit que l'un d'entre eux prenne la parole pour que les questions fusent, sur les indemnités reçues par les cultivateurs et éleveurs locaux lors de l'édification de la centrale, sur les surfaces rachetées par l'EDF, sur le prix payé par l'entreprise, sur la qualité des sols et leur éventuelle détérioration. Une avalanche d'interrogations : on en prend pour une demi-heure de discussion. Rigaux s'applique à répondre à chacun, minutieux. Il a les chiffres bien en tête – lui aussi a l'habitude de l'exercice. Un tiers de l'emprise de la centrale a été acquis au détriment d'espaces cultivables, où l'on faisait pousser autrefois du tabac, des asperges, des échalotes, des céréales et des tulipes. Les tarifs d'achat ont été généreux, et Rigaux sourit. Il faut aussi prendre en compte l'indemnisation liée à l'implantation dans les champs des pylônes électriques qui font passer le courant, mais la bonne nouvelle est que l'on peut continuer à cultiver autour et en dessous. C'est double bénéfice : de l'argent frais et la poursuite de l'activité.

Le maire de Saint-Laurent-des-Eaux donne la parole à monsieur Demoyeux. L'homme représente les pêcheurs amateurs du village, qui sont nombreux à lancer des lignes depuis les berges ou à sillonner la Loire à bord de barques qu'ils font avancer avec de longs bâtons appuyant au fond de l'eau.

– Tout va bien, il y a du sandre à gogo, se félicite Demoyeux. Les carpes prolifèrent autour de la centrale, surtout là où les eaux chaudes sont relâchées en sortie de circuit. Neuf degrés de plus que l'eau naturelle du fleuve ! Le poisson est devenu plus mou qu'avant mais il n'est pas moins bon. On le consomme en toute confiance. À vrai dire, le seul problème est qu'on nous empêche de pêcher depuis les rives collées à la centrale.

C'est pourtant là qu'il y a le plus à remonter. Je n'arrête pas de le dire à Bernard, mais il ne veut pas m'écouter.

Potier, le maire de Saint-Laurent, soupire en se laissant tomber vers l'arrière.

– On en a déjà parlé mille fois, Joseph. Tu sais bien que cette interdiction n'est pas de mon ressort, mais de celui de l'État. C'est une question de sécurité.

Demoyeux refuse d'entendre, continue de défendre sa cause et monte le ton, très légèrement. Potier ne se laisse pas prendre, cesse d'argumenter et attend que le pêcheur s'épuise. Les deux hommes ont l'habitude de ferrailler – c'est aussi du théâtre. Le conflit, minuscule, seule manifestation de désaccord dans un village où le nucléaire semble faire consensus, ne dure pas.

Le bel autocar, dans lequel la plupart des visiteurs sont remontés un peu plus convaincus encore, quitte le cœur du village, traverse des champs plats où paissent quelques bêtes et commence à longer la Loire. À travers les vitres, les passagers voient la morne ligne du paysage être rompue par deux formes cubiques qui se dressent à l'horizon, non pas deux bâtiments pleins et lisses, mais deux structures enchevêtrées d'éléments disparates qui ressemblent de loin à des pas de tir de fusées. La centrale nucléaire. Les deux formes se présentent en tours jumelles, symétriques, avec un édifice blanc et carré au centre, enceinte d'épaisseur colossale dont les touristes de l'atome apprendront bientôt qu'il s'agit du réacteur. Le cœur de l'impressionnante machine est entouré d'une structure métallique bleue à l'apparence de grand échafaudage, dans le détail un embrouillamini d'échelles, d'escaliers et de passerelles qui laissent à penser que l'objet a besoin d'être ausculté en permanence. Les bâtiments sont aussi couverts à l'arrière par un panneau bleu ciel, lui-même coiffé d'un toit, comme un chapeau plat. L'ensemble donne l'impression d'un décor grave et accompli, avec une familiarité industrielle certaine, garantie de haute technicité, mais aussi une touche particulière de mystère, presque d'alchimie, fascinante, effrayante, à la vue de ces édifices surprotégés. Devant ces espèces de fusées atomiques, un maquis de fils et câbles noirs accrochés à des poteaux dans un ordre qui n'appartient qu'à eux, donnant au site l'aspect d'un énorme transformateur électrique, survole des bâtiments en dur, bureaux, ateliers, réserves, vestiaires, ainsi que des cylindres alignés, où l'on stocke le gaz permettant de transporter la chaleur produite par le réacteur, et aussi des cuves, des silos, des tubes et des tours, parfois reliés les uns aux autres par des échelles jaunes perpendiculaires qui ressemblent à des petites grues. De ce fatras émergent des lignes à très haute tension, qui s'en vont dans toutes les directions et enjambent la Loire, soutenues par des piliers monumentaux, qui s'apparentent drôlement à des silhouettes humaines, avec des jambes, des bras, une tête. La centrale, ceinte par un haut grillage barbelé, est entourée d'eau, tel un château fort de la vie contemporaine et occupe la surface entière d'une île posée au milieu du fleuve, à l'endroit même où l'on aurait pu créer une réserve naturelle si un autre choix avait été fait.

L'autocar doit traverser un pont pour accéder au site.

Sur le parking, les visiteurs lèvent la tête en posant le pied à terre et constatent l'évidence qui s'impose, l'usine est sacrément haute. Au pied de ses deux principales tours industrielles, ses deux fusées, la petite troupe découvre derrière la porte d'entrée d'un bâtiment annexe un amphithéâtre de conférence où les visiteurs sont priés de s'asseoir. Le directeur de la centrale, un homme longiligne qui déplace ses mains en parlant avec la grâce d'un pianiste, démarre sa présentation, très à l'aise, il faut dire qu'il voit les cars d'élus locaux défiler depuis qu'il a pris ses fonctions : rien qu'en ce mois de mars 1975, il doit aussi accueillir dans son site-témoin des prouesses de l'EDF des gens d'Alsace puis du Limousin. Dans sa bouche, la centrale nucléaire devient une superposition compliquée de matières physiques qui s'épousent, s'additionnent, se contrôlent et se neutralisent, uranium et fission, graphite et ralentissement, gaz et transport de chaleur. Face à lui, les profanes écoutent sagement et s'efforcent de comprendre, mais beaucoup décrochent vite, à cause des mots ardus et des équations de science physique qu'ils ne connaissent pas, se rassurant en se disant que l'orateur a l'air de maîtriser son sujet. Le directeur, qui doit parfois répondre à une demande de précision de son collègue Vilmorin, parsème son récit de chiffres, huit cents tonnes d'uranium dans chaque réacteur, six milliards de kilowattheures par an, seize pompiers sur site dont quatre en service à tout moment, et il montre un barreau d'uranium, cinquante-trois centimètres de long, que l'on enferme dans une gaine étanche de magnésium avant de glisser le tout dans une *chemise* de graphite.

Au terme de son exposé, au cours duquel le plus interventionniste est évidemment Claude Grand-Vernon, qui multiplie les questions techniques, manière de montrer l'étendue de sa curiosité, le directeur de la centrale de Saint-Laurent-des-Eaux indique la direction du vestiaire. Les visiteurs sont priés d'enfiler des blouses blanches parées d'une bande rouge à la poitrine, de se couvrir de surchaussures transparentes en nylon et de porter une toque sur la tête. Les voilà qui ressemblent à des savants d'URSS, la visite a pris en une minute un tour carnavalesque. Les habitants du Cotentin s'observent et se montrent du doigt avec amusement, eh bien quelle dégaine René, si les copains voyaient cela, ça blague et ça rigole. On pourrait se croire à la fête foraine si le directeur de l'usine ne demandait pas aussi à chacun de porter en pendentif un dosimètre à l'allure de stylo – s'il se met à sonner, c'est le signe que l'on s'expose à des radiations trop fortes. D'un seul coup, l'équipée naïve reprend son sérieux, se souvenant qu'elle est en train de visiter une centrale nucléaire. Des compteurs Geiger sont accrochés aux murs du vestiaire, pour vérifier après la visite que l'on n'a pas pris une dose. Avec ses doigts fins et longs, le directeur entreprend une démonstration qui épate la galerie : il passe le bras du compteur autour de son visage, produisant un bruit grinçant de radio qui capte mal, un son qui ne s'affole pas, tout va bien.

Le groupe découvre d'abord la salle des commandes, vaste pièce dont un mur entier est couvert par un nombre sensationnel de boutons, de poignées et de cadrans mesurant l'activité constante de la centrale, une série d'aiguilles qui vibrent plus ou moins, dans une telle quantité qu'on ne sait plus où donner de la tête. Cet amas d'informations rassemblées en un seul lieu a un effet tranquillisant : on préfère le savoir exister. Des techniciens, visages barbus de grands étudiants à lunettes, qui ne se privent pas de fumer la pipe ou la cigarette en travaillant, s'agitent autour de bureaux quadrangulaires gris. Penchés sur des cahiers avec des crayons à papier, ils vérifient des listes de chiffres, qui sont produites par ce qu'ils appellent des ordinateurs, des boîtiers automatiques qui font des calculs ensuite transcrits sur des machines à imprimer, des nombres et des signes frappés à l'encre par un bras animé sur de larges feuilles déroulées. Toutes sortes de données sont ici élaborées, étudiées, recoupées, explique le directeur de la centrale, température, répartition des débits, étanchéité, contrainte dans le béton. Dans un coin de la salle de commande, un panneau attire l'œil, effet toujours garanti, et les apprentis de l'atome s'y pressent évidemment, y compris les opposants déclarés, comme Fredo le pêcheur et Élisabeth Toulorge. C'est un schéma animé et coloré, qui tient sur deux mètres de hauteur et montre des déplacements de liquides, de vapeurs et de gaz par le biais de diodes qui s'allument les unes à la suite des autres. Il représente en deux dimensions les circuits de la centrale, réaction en chaîne, création de chaleur, turbine et alternateur, propulsion de courant. Une guirlande de lumières jaunes, vertes, bleues et rouges. On se croirait dans un de ces films futuristes que l'on joue parfois au cinéma, des histoires de vaisseaux spatiaux avec des cockpits remplis de boutons et d'écrans.

La suite de la visite est le clou du spectacle, avec l'entrée dans la zone industrielle de la centrale, là où l'énergie est produite, c'est-à-dire dans l'une des deux tours qui ressemblent à des fusées parées au décollage. On y accède par un long couloir sans relief, absolument lisse, au bout duquel il faut franchir une série de lourdes portes verrouillées, des volants à tourner et des codes à taper. Ces obstacles franchis, on parvient au bâtiment du réacteur, qui s'ouvre par un réseau sombre et étroit d'escaliers, de tubes et de câbles.

– Ça me rappelle les sous-marins, commente doctement André Rouxel, avec l'orgueil de celui qui a participé à une grande aventure.

La troupe suit un instant sur sa gauche une haute et imposante paroi blanche qui file en courbe et sur laquelle le directeur de la centrale fait glisser ses doigts, en précisant que des barreaux d'uranium sont consumés au même moment de l'autre côté de l'enceinte doublée de renforts. L'information, donnée avec désinvolture, provoque derrière lui des réactions étonnées, faussement angoissées. Le groupe emprunte un escalier replié sur lui-même qui mène à une plate-forme supérieure, un grand étage vide et plat, où l'on retrouve de la lumière naturelle qui passe par les ouvertures dans le mur et donne à l'endroit une teinte bleutée, de la couleur de la structure recouvrant le réacteur. Le sol est percé d'encoches rondes et larges, obturées par des trappes, que le directeur de la centrale ouvre avec la pointe de la chaussure en expliquant que l'on charge dans ces carquois vides, à l'aide de robots automatisés, les barreaux d'uranium. On se trouve juste au-dessus du réacteur, juste au-dessus de la réaction en chaîne, et les visiteurs sont surpris de ne pas se faire assaillir de bruits de métal qui s'entrechoquent, de sons de forage, de découpe et de pliage comme dans les usines dont ils ont l'habitude : ce n'est pas le grand silence, mais ce n'est pas non plus un barouf de tous les diables. Le miracle électrique se produit dans une ambiance d'apparente sérénité.

Des ingénieurs employés sur le site se trouvent au même endroit, prêts à répondre aux questions. Un élu de La Hague demande s'il y a un risque d'explosion.

– Aucunement, c'est impossible, physiquement impossible, assure sans hésiter un gars de l'EDF. Un réacteur ne peut pas se transformer en bombe. Ce n'est même pas un problème de probabilité. Si le réacteur venait à s'emballer, il s'autostabiliserait par lui-même.

– D'accord, rebondit un artisan de Flamanville, mais si un avion s'écrase sur la centrale ?

– Le risque a été calculé, reprend l'ingénieur avec la même certitude d'être dans le vrai. L'enveloppe de béton entourant le cœur du réacteur, qui fait six mètres d'épaisseur, est telle que l'impact d'un avion serait très faible. Quant à une fuite de la piscine, que vous allez voir après, et où l'on entrepose les barreaux d'uranium usagés pour faire décroître la radioactivité – je devance la question car on nous la pose toujours –, le risque est nul également. Le bassin est en acier inoxydable, ce caisson étant lui-même enfermé à l'intérieur d'un autre en béton armé. Les mesures de sécurité sont maximales.

À côté, le directeur de la centrale hoche la tête, un geste qu'il ponctue de phrases lénifiantes, la sécurité est notre priorité, ce genre-là. Les hôtes font preuve d'un tel calme que les visiteurs les moins virulents contre le nucléaire voient s'envoler leurs derniers doutes. C'est aussi le fait de côtoyer les salariés qui travaillent ici, au contact de l'atome donc au plus près du risque, qui sont là tous les jours et qui n'ont pas l'air de craindre pour leur santé – un argument plus convaincant que toutes les cloisons de béton et d'acier. On a bien fait de venir, répète André Rouxel à ses compagnons de voyage, on a vraiment bien fait.

Claude Grand-Vernon se garde d'approuver les mots du maire à haute voix, ne laissant rien paraître. Mais il n'en pense pas moins, impressionné par l'extraordinaire mécanique dont on leur vante les vertus depuis le début de la journée. L'intérêt du producteur de films est que cette prouesse industrielle ne soit pas dupliquée à Flamanville. Cela éviterait d'offrir une victoire à Rouxel, songe-t-il en déambulant autour du réacteur, l'assurance de la reconnaissance des habitants et la garantie de sa réélection éternelle, pas bon pour moi, mais enfin, doute-t-il au même moment, faut-il refuser une telle chance pour le village, ai-je le droit moral de contribuer à l'échec de ce projet ? Il n'est peut-être pas assez cynique pour désirer le pouvoir au prix d'un village en ruine, ou peut-être pas assez désespéré, je n'ai pas que cette commune dans ma vie, se dit-il, je l'ai visée parce qu'elle était modeste et accessible, mais je suis un autre homme maintenant, plein de succès à Paris et toujours jeune, je peux voir ailleurs et plus grand, je n'ai jamais été aussi riche, puissant, courtisé, et Claude Grand-Vernon pense alors à sa réussite, aux dizaines de milliers de francs qu'encaisse chaque jour sa société de production, il croit entendre des pièces de monnaie tinter les unes sur les autres lorsqu'il regarde ses relevés de compte bancaire, il voit apparaître dans sa tête des images de sa Provence natale et du vignoble qu'il aimerait s'y offrir, et il se convainc que le débat agitant depuis des semaines le petit village du Cotentin ne le concerne plus. Flamanville appartient à d'autres et, tout compte fait, Flamanville ne le mérite pas.

Le groupe quitte la plate-forme supérieure par un autre escalier menant à une sortie et est amené sur une pelouse où un nouveau type accueille la délégation avec entrain. L'ingénieur, jeune, a une dégaine moins institutionnelle que ses collègues, cheveux longs et ébouriffés, une veste en cuir et pas de cravate – il ne ferait pas tache parmi les membres du Comité de base. Il explique travailler pour le service de veille environnementale, dont le rôle est de prévenir toutes les formes de pollution que pourrait dégager la centrale. Il a avec lui une bouteille d'air comprimé, à la vague apparence d'extincteur, qui lui permet de procéder à un prélèvement d'aérosol, grâce auquel on peut mesurer si l'atmosphère est chargée d'une radioactivité excessive. Il suffit de passer un filtre dans une machine, ce à quoi il s'emploie devant les visiteurs. L'aiguille de l'engin ne tremble pas.

– Et l'accident qui est arrivé en 1969, pourquoi vous n'en parlez pas alors ?

Fredo, le pêcheur qui préside le Comité de base, s'est jeté à l'eau, rassemblant tout son courage pour perturber le spectacle bien huilé de l'EDF. Avant le voyage, Jacques Legendre lui a demandé d'évoquer cette histoire en public afin de confronter la compagnie nationale à ses manquements. Les informations précises sur cet événement passé inaperçu manquent, l'entreprise ayant seulement consenti à l'époque à reconnaître une « panne ». Tout juste sait-on que l'un des deux réacteurs de Saint-Laurent-des-Eaux a été arrêté pendant un an. Dans les milieux antinucléaires, on y voit la preuve que l'atome engendre toujours des imprévus graves et dangereux.

– Un an d'inactivité, insiste Fredo. Ça veut bien dire que ce n'était pas un petit souci.

– Je suis content que vous me posiez cette question, cher monsieur, répond le directeur en réajustant le nœud de sa cravate. Cela va me permettre de démentir certaines fausses informations qui continuent de circuler aujourd'hui. L'incident que vous évoquez n'est pas le grand mystère auquel certains veulent faire croire mais, au contraire, l'illustration de notre maîtrise des risques.

Il fait un pas vers le groupe disposé en arc de cercle, conscient de l'importance du moment et balaie des yeux l'assemblée avant de reprendre la parole.

– Vingt-sept secondes.

Il marque un long silence.

– Vingt-sept secondes, redit-il. C'est le temps qu'a duré l'incident dont vous parlez, cher monsieur. Il n'a pas fallu une moitié de minute pour que nos systèmes de contrôle détectent une anomalie dans le réacteur numéro un, en l'occurrence un réchauffement brutal, et ordonnent son arrêt immédiat. La chose s'est faite de façon automatique, sans intervention humaine. C'est ce que l'on appelle, dans notre jargon, la chute de barres. Dès que la difficulté a été relevée par nos ordinateurs, le réacteur a été stoppé. C'est dire si nos outils d'analyse et de mesure sont performants et si notre politique fait primer la sûreté sur tout autre objectif.

– Mais pourquoi le réacteur n'a-t-il pas fonctionné pendant un an ? questionne Élisabeth Toulorge, dont on entend le son de la voix pour la première fois de la journée.

Le visage du directeur de la centrale se déforme une seconde, une grimace furtive aussitôt corrigée.

– À l'origine il y a une petite maladresse humaine, se résigne-t-il à expliquer. Elle s'est produite pendant la disposition des barreaux d'uranium. Un rondin de graphite a été glissé par mégarde dans un mauvais canal de chargement. L'opérateur s'est trompé, il l'a mis dans un tube actif au lieu de le mettre dans un tube encore à l'essai, et cette petite erreur a eu pour effet d'entraver la circulation du gaz carbonique devant refroidir le combustible à l'intérieur du réacteur. La gaine recouvrant le barreau d'uranium a fondu, ce qui a provoqué des écoulements de produits radioactifs. Mais attention, il n'y a eu aucun dégagement dangereux dans l'air ou dans les sols, et cela, grâce à nos caissons de protection et à la réactivité de nos systèmes d'information. C'est ce qu'il faut retenir.

– Mais enfin, s'exclame Élisabeth Toulorge, si tout s'est bien passé, pourquoi la centrale n'a-t-elle pas pu fonctionner pendant une année entière ?

– Seul le réacteur numéro un a été arrêté, chère madame, et la seconde unité a continué de produire de l'électricité. Nous avons pris notre temps par souci de sécurité : il était hors de question de nous précipiter. Le nettoyage du réacteur a été une opération complexe à mettre en œuvre, un vrai défi humain et technique. Il nous a fallu inventer des solutions adaptées, et je peux vous dire que nous sommes assez fiers, dans l'équipe, du travail que nous avons accompli.

Le directeur de la centrale parle désormais en ingénieur, et non plus en cadre obligé de peser ses mots, soumis aux contraintes de la communication d'entreprise.

– Il s'est écoulé environ cinquante kilos de matières radioactives. Cela peut vous paraître peu, dit comme ça, mais en réalité, ce n'est pas rien. Il a fallu récupérer ces déjections à l'intérieur du réacteur et dans le canal obturé. Cela suppose de gratter, de décoller, de racler : on ne ramasse pas un mélange d'alliage fondu à la petite cuillère. C'était d'autant plus difficile à réaliser qu'on ne pouvait pas, à cause des normes de radioactivité, laisser un opérateur travailler dans le réacteur plus de huit minutes d'affilée. Derrière lui, la radioprotection tirait une corde pour le faire revenir avant qu'on dépasse le temps imparti. On a dû envoyer plus d'une centaine de techniciens dans le cœur de la machine. Tout le monde s'y est mis. Moi-même j'y ai participé, j'ai été l'un des premiers, afin de montrer l'exemple. Là-dedans, il fallait se tortiller dans des petits espaces, se recroqueviller, se contorsionner, et une chaleur, une chaleur à crever ! On avait trois couches protectrices sur nous, la transpiration ruisselait dans nos bottes. Pour être sûr que tout le monde exécute les bons gestes sans se mettre en danger, on a même dû construire une maquette dans un des bureaux, afin de s'entraîner avant d'aller au feu, si je puis dire.

Le directeur de la centrale est intarissable, occupé au récit héroïque de sa guerre nucléaire. La satisfaction d'avoir remporté la bataille s'entend dans chacun de ses mots et se lit sur son corps. Ses mains gracieuses s'agitent de tous les côtés et ses paupières s'ouvrent à leur maximum aux temps forts de son histoire.

– Lorsque tous les débris solides ont été prélevés, il restait encore à dégager les poussières disséminées partout dans le réacteur. Croyez-moi qu'on s'est arraché les cheveux à ce moment-là. Mais l'un de mes gars a eu l'idée d'un dispositif de filtration du dioxyde de carbone à la sortie des échangeurs, avec de la laine de verre et des tamis métalliques, une fulgurance ! Le système a bien marché, mais il s'est avéré assez lent, ce qui explique aussi pourquoi il nous a fallu un an pour redémarrer le réacteur. Vous le voyez, chère madame, nous nous sommes retroussé les manches et creusé la tête, et nous avons réussi. C'est une grande fierté pour mon équipe.

L'épopée partage les visiteurs. Il y a d'un côté les convaincus de l'atome et les adulateurs du génie industriel : ceux-là ont été emportés par le conte et se poussent du coude avec des mines d'émerveillement. Rouxel hoche la tête, sa bouche formant une moue impressionnée. Et il y a les sceptiques, beaucoup moins nombreux, comme Élisabeth Toulorge. Eux restent sans un mot, ayant déjà oublié la somme d'exploits des salariés de Saint-Laurent-des-Eaux pour ne retenir que deux nombres dont la mise en rapport est effrayante, et traduit la démesure du pari nucléaire : vingt-sept et un. Pour vingt-sept secondes de dérèglement, un an de combat.

18

André Rouxel n'aurait laissé personne d'autre que lui présider la réunion publique ce soir. Un grand oral devant son petit peuple de Flamanville, qui remplit encore une fois la salle des fêtes. Il a promis dans *L'Éclair* de rendre compte « avec exactitude et objectivité » de la visite à Saint-Laurent-des-Eaux. Le maire préside, mais strictement encadré. À la table disposée sur l'estrade, il cause sous le regard imposant de Godefroy, le conseiller général de Granville qui dirige la commission économique du département. Et tout autour d'eux, six experts dépêchés par l'Électricité de France, six hommes dont Rouxel donne les fonctions précises en guise d'introduction.

– Certains d'entre vous connaissent déjà monsieur Vilmorin, directeur régional de l'EDF. À ma droite se trouvent aussi monsieur Passeriou, directeur du groupement des productions thermiques de l'EDF en Normandie, et monsieur Doucet, adjoint au chef du service de protection contre les radiations ionisantes. Et de l'autre côté, nous avons monsieur Sousselier, chef de région d'équipement à l'EDF, monsieur Poinçot, de la direction des productions du Commissariat à l'énergie atomique et enfin, monsieur Delage, chef du centre nucléaire de La Hague.

À peine commencée, la présentation est perturbée par l'arrivée d'un raffut de voix tonnantes, masculines, un fracas grossier, éméché. C'est à qui parle le plus fort dans la poignée d'hommes, débarqués du café des Launay en trois voitures hurlantes, avec le désir évident de provoquer et d'en découdre. Ils toisent l'assistance avec les regards de défi et de sotte témérité qu'encourage l'ivrognerie, puis s'installent dans les derniers rangs.

De l'endroit où ils se trouvent, André Rouxel à la tribune, entouré par les orateurs du soir, et Jacques Legendre, au milieu du public, observent le mouvement désordonné de la troupe bruyante et s'adressent un coup d'œil furtif, anxieux, rare moment de complicité entre les deux adversaires, une montée d'angoisse commune face à la progression de la violence.

L'enragement de l'atmosphère dans le village n'épargne ni l'un ni l'autre, André Rouxel et Jacques Legendre sont les plus visés par les passions médiocres qui montent et se déversent. En allant chercher le journal dans sa boîte aux lettres un matin, le maire a trouvé la maquette en bois d'un cercueil, un avertissement qu'il n'a pas voulu prendre au sérieux. Il a préféré se persuader qu'il s'agissait d'une mauvaise blague, et n'en a rien dit, rien montré. Mais il n'arrête pas de penser à l'incident, qu'il ne peut s'empêcher de relier à un bruit rapporté par les gendarmes : de minuscules cercles anarchistes de la région auraient décidé la création d'une « brigade antinucléaire », jugeant le Comité de base des Legendre beaucoup trop tendre. La nuit dans son lit, quand il n'arrive plus à trouver le sommeil qui le fuit, Rouxel se demande si ces excités sont les auteurs de l'envoi menaçant, s'ils ambitionnent de frapper Flamanville. Il en tremble, des frissons dans les omoplates, les sourcils froncés.

Avec le référendum, le maire pensait tranquilliser les ressentiments de ses administrés. Enfin, se disait-il, on allait discuter, échanger, débattre dans un cadre serein et défini, et puis voter – la démocratie. Mais l'idée de la consultation populaire a produit l'effet inverse, cristallisant des enjeux plus hauts que les routines habituelles : au lieu de canaliser, elle a envenimé ; au lieu de soulager, elle a avivé. L'avenir du village, ni plus ni moins, est en jeu, et les habitants croient plus que jamais au sentiment de leur pouvoir retrouvé, liberté de choix et de décision, bien qu'on n'ait cessé de leur rappeler que ce vote n'avait aucune valeur légale. Tous s'accrochent au même espoir, à l'exception notable de Claude Grand-Vernon, le producteur de films qui observe la situation à distance, suivant les débats de loin, absent des réunions municipales et publiques, passant de plus en plus de temps sur son bateau à rêver d'ailleurs. Lui ne se fait aucune illusion, les décisions se prennent à Paris, et sûrement pas à Flamanville. Les bruits qui lui parviennent de ses réseaux placent toujours le village dans les petits papiers de l'EDF. Il l'a confié à Jacques Legendre sous le manteau au cours de l'une de leurs entrevues secrètes.

Comme Rouxel, Jacques subit des avanies, lui que l'on considère partout comme le meneur de la lutte. Un matin, de très bonne heure, on a sonné au domicile des Legendre. C'est Clémence qui a ouvert la porte. Deux flics débarqués en voiture banalisée, sûrement des renseignements généraux, étaient là, laconiques et déplaisants – de Rouen, ont-ils précisé comme si cela leur conférait une autorité supplémentaire. On leur avait signalé des activités subversives dans la commune et ils procédaient à des vérifications, ont-ils expliqué sans détailler. Ils ont posé quelques questions à Jacques et Clémence, des sujets sans importance, cherchant des informations dénuées d'intérêt : année d'arrivée à Flamanville, professions, nom de leur propriétaire, fréquentations. Jacques a perdu son calme, il n'y avait aucune justification sensée à cette enquête, les flics se sont seulement déplacés pour transmettre un message – on vous a à l'œil – et le faire savoir au village. Avec succès : la nouvelle de cette visite s'est vite répandue dans les alentours, propagée par des voisins effarés ou malveillants. Certains habitants ont achevé de tenir les Legendre pour de dangereux révolutionnaires, fauteurs de trouble et de désordre, surveillés par la police. Une phrase, « ils font de la politique », qui n'est pas ici un compliment, a été répétée.

Lorsqu'il se promène dans la rue, Jacques doit composer avec les basses insultes qu'il entend fuser sur son passage. On l'appelle parfois, avec tout le mépris dont on est capable, le *maître d'école*. Dans les commerces, il sent de lourds regards peser sur son dos et il lui faut tout le courage de sa passion militante pour garder la tête haute. Jacques souffre de cette haine sournoise, et Clémence plus encore, qui ne voudrait rien d'autre que se fondre dans le village.

En rentrant à la maison un soir, Jacques a trouvé son épouse les yeux humides, tentant de sécher les larmes qu'elle voulait cacher à son mari. Plus tôt dans la journée, alors qu'elle conduisait leur voiture sur une route de campagne, elle avait senti un choc à l'arrière. C'était un autre véhicule qui la tamponnait. Elle n'avait pas reconnu dans le rétroviseur l'homme qui la harcelait, elle avait seulement vu son visage déformé par l'agressivité, peut-être la haine. Dans la panique, Clémence avait accéléré pour s'échapper, mais le suiveur était plus rapide et continuait de la toucher. Cela avait duré plusieurs minutes. Elle avait cru qu'elle allait manquer un virage et faire une sortie de route. Clémence s'était vue mourir, et le bébé qu'elle portait avec elle. Il avait fallu qu'elle arrive enfin à Flamanville pour que l'assaillant la lâche, tournant subitement à un carrefour sans laisser de trace. Elle n'avait pas songé à regarder la plaque d'immatriculation, n'était pas certaine de la couleur de la voiture, blanche ou beige, quelque chose de clair.

À Jacques ce soir-là, elle a suggéré de tout arrêter, le combat, le Comité, les médias, les manifs, il y a trop de coups à prendre, a-t-elle dit, secouée de craintes et de larmes. Il y a trop de gens qui veulent cette centrale, et je n'ai pas envie d'être détestée par eux, je ne veux pas que notre enfant soit harcelé. Face à Jacques qui lui a demandé de tenir jusqu'au référendum, et après, a-t-il promis, ce sera plus tranquille, Clémence a secoué la tête, et si on gagne ? a-t-elle demandé, si le non l'emporte, comment crois-tu que les gens nous regarderont ? Jacques n'a pas su quoi répondre. Il a enlacé son épouse, geste d'amour et de protection peut-être, et témoignage d'impuissance surtout.

André Rouxel a du mal à garder le fil de son propos, chacune de ses phrases étant accueillie par des hourras, des cris de joie et des applaudissements, qui viennent tous du même endroit. C'est le groupe d'hommes faisant du vacarme, qui entraînent avec eux une partie de la salle. Dans le camp des antinucléaires montent des récriminations contre les importuns.

– Allons, les gars, un peu de silence, demande Rouxel, nerveux.

Le maire n'arrive pas à calmer la bande de Sainte-Barbe, qui s'est avinée avant la réunion, sûrement la mère Launay qui les a envoyés, se dit André, celle-là n'en rate pas une. Il s'impatiente et s'agace, ne supportant pas que son autorité soit mise en défaut devant tant de monde. Il y a foule, des gens sont assis à même le sol.

Rouxel continue tant bien que mal, il lit ses notes, empile des chiffres et des anecdotes, les performances budgétaires de la commune de Saint-Laurent-des-Eaux, les pêches fantastiques dans la Loire, la piscine à trois bassins. On croirait voir l'eau miroiter dans ses pupilles.

– Et cette centrale, c'est quelque chose. Je crois pouvoir dire que nous avons tous été sciés par la modernité de cette usine. L'EDF nous a promenés autour du réacteur, et on n'en est pas morts, comme vous pouvez le voir.

– On vous a promenés ! Le mot est bien choisi.

La remarque, hurlée par un membre du Comité de base, déclenche une salve de rires dans une partie de l'assistance, et des grondements dans une autre. Des insultes volent.

– L'énergie nucléaire est entre de bonnes mains, tente André.

Pas question de laisser passer l'affirmation, Jacques Legendre lève la main, accablé par cette remarque, pour demander la parole. Mais il est devancé par Fredo, le pêcheur présidant le Comité de base, qui se lève et tonitrue sans attendre l'autorisation.

– T'as oublié des choses, André. Pourquoi tu ne parles pas de l'accident de 1969, hein ? T'es comme *L'Éclair* qui n'en touche pas un mot. Je vais leur expliquer, moi, aux gens, si tu ne le fais pas.

Les partisans du nucléaire sifflent et l'un des ouvriers s'emporte.

– T'es sûr que tu as tout compris pendant la visite, Fredo ?

– Ferme ta grande gueule, toi, rétorque le pêcheur. J'y étais là-bas, et toi t'étais où ? T'as encore passé la journée chez la mère Launay, fainéant.

Ça y est, cela dégénère. Des hommes se mettent debout dans les rangées, se montrent de leurs doigts rageurs et, avec leurs poings menaçants, tentent de s'intimider.

– Ce que vous voulez c'est la mort du village, rugit le coiffeur de Flamanville, avec une voix qui porte au-dessus du tumulte, dans un accès de rage et de frustration. Vous ne pensez qu'à votre petit confort personnel, planqués dans vos écoles. Des hypocrites, que vous êtes ! Vous ne pensez qu'à vous, jamais aux autres.

– Oh toi, la Valise, répond Fredo, t'es mal placé pour donner des leçons de morale.

Stupeur. Tous les yeux se tournent vers le coiffeur, que certains habitants surnomment « la Valise » depuis des années, dans son dos – même si l'intéressé a eu vent de la chose. Selon une vieille rumeur, le commerçant a dénoncé pendant l'Occupation.

– Calomnie, murmure le coiffeur outragé, les yeux vides, abattus.

Il ne trouve rien d'autre à répondre et, incapable de se défendre par des mots mais désireux de réagir, il se précipite sur Fredo pour en venir aux mains. Il assène au marin-pêcheur des coups désordonnés, il y met tout son poids, toute sa force, et touche parfois. Mais l'autre ne se laisse pas faire, Fredo est mieux taillé, plus en forme, son rude métier l'ayant conservé. Il réplique avec ses phalanges, sans se retenir, et fait mal. Autour des deux hommes, un creux se forme, comme l'espace d'un ring. L'hébétude domine d'abord, jusqu'à ce que quelques personnes interviennent pour essayer de stopper la bagarre, qui tourne à la dérouillée pour le commerçant. La lutte à deux se transforme en grappe d'êtres humains aux prises les uns avec les autres. Des costauds se jettent dans la mêlée, certains pour essayer de séparer Fredo et le coiffeur, d'autres pour s'y fondre et participer, ravis de pouvoir se défouler, de décharger leur colère, et tout se fait avec si peu de délicatesse et tant de confusion que la bataille s'étend en un déchirement collectif, ceux qui sont arrivés avec les meilleures intentions se retrouvant, emportés, à donner des coups.

Sur l'estrade, Rouxel reste immobile, incrédule. C'est la voix de Godefroy, à côté de lui, qui le sort de l'apathie.

– Cela suffit, bon sang, hurle le conseiller général. Arrêtez-vous, bon Dieu de bon Dieu. Quelle image de votre village êtes-vous en train de donner aux messieurs de l'EDF et du CEA.

La dernière phrase secoue le maire. Il a raison, se dit-il, on est en train de tout perdre, je ne vais pas laisser faire. Il descend de la tribune, se faufile entre les spectateurs affolés et se jette dans l'arène, avec un courage certain, agrippant Fredo par le dos et le tirant violemment vers lui, merde, s'égosille Rouxel, tu vas te calmer ou quoi ? Pris dans sa furie, le pêcheur se retourne d'un bond vers celui qui a osé l'attraper et est tout près de lui envoyer une droite quand, reconnaissant le maire, il laisse tomber le poing. Rouxel profite de cet instant de léthargie pour pousser Fredo hors de la bagarre et continue de l'avoiner, non mais t'es pas bien, tu veux le tuer ?

La voix d'André Rouxel, d'habitude basse et plate, a pris une autre tonalité, rauque et indignée, vive, pleine d'autorité. Elle fait redescendre Fredo de la colère où il s'était perché, comme d'autres bagarreurs que Rouxel sermonne en s'interposant. En se frottant aux hostilités, le maire réussit à restaurer un certain calme. Cela lui vaut dans l'assistance quelques regards d'admiration étonnés, et il y a même un type pour souffler : bravo André.

Conforté, si à l'aise dans le rôle de puissance morale, Rouxel fait la leçon en scandant gravement les mots, vous devriez avoir honte, honte de ne pas savoir vous tenir, honte de ne pas être capables de débattre tranquillement, et il se tourne sur lui-même pour désigner les protagonistes, Fredo, fous-moi le camp et toi aussi, Denis, s'adressant au coiffeur, dehors ! Et vous, Rouxel pointe maintenant le doigt vers la bande d'ouvriers ivres, rentrez chez vous et mettez-vous au lit, c'est le mieux que vous ayez à faire, vous faites honte à Flamanville, vous faites honte à Sainte-Barbe.

Tandis que le maire se recoiffe et se réajuste avant de remonter à la tribune, soignant son allure plus fière qu'en début de soirée, Jacques Legendre se place devant la foule et s'adresse à elle de façon solennelle.

– Je regrette cette attitude inacceptable de Fredo. Elle ne représente pas la ligne du Comité de base, qui a toujours revendiqué son pacifisme et sa volonté démocratique. Nous n'avons jamais été pris en défaut sur ce point, malgré les rumeurs qui nous prêtent des intentions, voire des actes malveillants. Je demande que cette réunion publique reprenne, sous la présidence de monsieur le maire.

Personne ne se manifeste pour contester.

La brochette de costumes-cravates de l'EDF et du CEA s'empare du débat, bénéficiant du froid jeté sur la salle des fêtes – le village n'est pas fier de s'être laissé aller à la bagarre. Les hommes en gris prennent toutes les questions du public et tout leur temps pour répondre. Ils ne cherchent pas à faire court, mais à allonger la réunion au maximum, noyant l'audience sous une avalanche de mots, de rapports, de nombres, d'experts, manifestation d'autorité et d'assurance. Ils y vont à l'usure et la stratégie fonctionne : les intervenants éteignent les doutes des hésitants, des non-alignés, des indécis. Ceux-là concluent que ces messieurs, sérieux et flegmatiques, tout sauf des enragés, ont l'air de maîtriser leur domaine, et d'y croire. Les spectateurs osent à peine questionner les certitudes de ce bloc de sérénité et de connaissance, la peur de lancer une interrogation stupide, de ne pas saisir la moitié de la réponse.

Contribue aussi à la prudence le fait que Godefroy, l'imposant conseiller général de Granville, demande les noms de ceux qui prennent la parole et les note sur une feuille, comme s'il se fabriquait un registre personnel des réticents et des enthousiastes. Pour écarter les sceptiques de la liste des embauches à la future centrale ? Une bonne partie du public préfère se tasser sur les chaises. D'autres au contraire, désireux de faire du zèle, se lèvent pour dire tout le bien qu'ils pensent du projet de l'EDF. Ils font attention à bien prononcer leur nom, l'épellent parfois et le répètent à la fin de leur intervention.

Vilmorin profite d'un moment sans question pour glisser une remarque, rien n'est décidé pour Flamanville, rappelle-t-il, on en est au stade de la présélection. Si vous votez oui à la consultation, il n'y aura peut-être pas de centrale, argue le directeur régional de l'EDF en affectant un air détaché, mais si vous votez non, il n'y en aura certainement pas.

L'équation ainsi posée laisse un grand silence s'abattre sur la salle. Vilmorin reprend.

– Lorsqu'un industriel vient me solliciter pour avoir du courant à deux cents ou quatre cents kilovolts dans une usine qu'il aimerait implanter dans le Cotentin, je suis obligé de lui demander de financer une ligne à partir de Saint-Lô parce qu'il n'en existe pas actuellement. Que croyez-vous qu'il me réponde ? Merci, au revoir, je vais chercher ailleurs. Alors que si une centrale de puissance était installée ici, je n'aurais pas besoin de lui demander de faire la moindre dépense supplémentaire.

– Ce que dit monsieur le directeur régional de l'EDF est très juste, ajoute Godefroy, impeccable coupe à la brosse, grands gestes enveloppants avec les bras, manières patriciennes. Nous nous voyons offrir un accélérateur pour notre territoire. On *vous* offre un accélérateur pour *votre* territoire ! Rendez-vous compte de ce que cela veut dire. C'est un formidable moteur de croissance. Je ne crois pas que l'on puisse s'en plaindre au vu du choc économique que nous vivons depuis un an avec la guerre des prix sur le pétrole. Est-ce que vous comprenez l'enjeu ?

Le colosse suspend sa démonstration macroéconomique, laissant le temps à chacun des spectateurs de raccrocher les wagons. Il poursuit lorsqu'il sent l'audience absorbée.

– Ce pétrole qui coûte si cher désormais nous porte depuis trois décennies. Il a soutenu notre enrichissement collectif à une vitesse extraordinaire. C'était le temps où la production du pays s'accroissait de 6 % par an. Cette période est révolue. La croissance s'est effondrée, le pétrole ne nous soutient plus et ce déséquilibre a engendré un problème que nous avons désormais à affronter : le chômage. Une triste et pénible réalité que nous découvrons. Cinq cent mille personnes en France.

Godefroy répète le nombre en écartant la bouche comme s'il décrivait une situation inimaginable.

L'un des ingénieurs de l'EDF se penche à la tribune vers un vaste carton installé à ses pieds, dont il ressort un objet long et plein de reliefs : une maquette de ce qui pourrait devenir la centrale nucléaire de Flamanville. Elle est propre et lisse, dessinée sans aspérité, minuscule décor de carton-pâte, avec deux grosses enceintes rondes et blanches, et non pas grises, pour figurer les réacteurs, et des cheminées élancées à côté. Tout autour, on voit la mer de la Manche repeinte en bleu Méditerranée, les falaises noires bien taillées et les champs d'un vert éclatant, un paysage de carte postale. C'est à peine si une route a été dessinée pour figurer l'accès aux petits bâtiments parfaitement intégrés de l'usine. Les pylônes électriques et les lignes à très haute tension, nécessaires à l'acheminement du courant, ne sont pas représentés.

L'ingénieur pose la maquette sur la longue table où siègent les orateurs et invite le public à venir l'admirer. Une file d'attente disciplinée se forme aussitôt. Les emportements nés du conflit entre Fredo et le coiffeur sont oubliés : il suffisait d'un jouet.

19

On l'appelle à Paris le *prophète du malheur*. C'est lui, grand échalas aux gestes malhabiles, front dégarni et lisse tignasse blanche s'allongeant derrière le crâne, que sont venus écouter les gens rassemblés contre le programme nucléaire, lui et ses grosses lunettes épaisses de savant fou, qui a pourtant l'air d'un type lambda, un intellectuel de bibliothèque, avec sa chemise bleu ciel boutonnée jusqu'en haut et son pantalon clair. Jacques et Clémence Legendre ont réussi à le contacter grâce à des connaissances dans la mouvance écologiste. Au téléphone, il a dit oui tout de suite, simplement, sans qu'ils aient eu besoin d'argumenter – il était au courant de leur lutte et était ravi de la soutenir.

Le grand homme, visionnaire parmi les sages, monte sur l'estrade et s'empare du micro, un large arc de cercle de visages attentifs autour de lui : hommes, femmes et enfants assis, attendant la bonne parole, des centaines et des centaines d'individus. Il prend son souffle et commence son exposé les yeux baissés, sa façon à lui de se concentrer, de mettre ses idées en ordre.

– Je n'ai pas hésité une seconde à vous rejoindre quand on me l'a proposé, dit-il avec sa gueule étirée. J'ai accepté avec enthousiasme, et je suis heureux de m'adresser à vous, car le combat que vous menez ici contre cette funeste centrale nucléaire, au pied de vos superbes falaises, n'est-ce pas incroyable, la lutte contre cette terrible idée va au-delà d'un simple enjeu local. C'est un épisode fondateur de la grande bataille contre la civilisation de la croissance que nous avons à mener. Sauf à disparaître, nous membres de l'espèce humaine. Sauf à mourir, nous êtres humains.

L'éminent agronome, au débit très rapide, a la science de l'éloquence. Il sait comment capter un auditoire, qu'il attire à lui en excitant les sentiments de crainte et de stupeur, de révélation et de compréhension. Déjà, des applaudissements.

– Les gens qui nous gouvernent sont des fous et des inconscients. Ils n'écoutent pas, ils ne lisent pas ou ils ne veulent pas voir tous les signaux d'alerte : le prix de l'essence qui flambe et l'eau qui commence à manquer, la famine qui sévit dans le monde, le rapport Meadows du Club de Rome et les avertissements de Sicco Mansholt, ce dirigeant de l'Europe qui, lui, a fait l'effort de s'intéresser au fond du sujet. Les gens qui nous gouvernent nous mènent à la catastrophe et à l'effondrement, ils s'entêtent dans leur volonté de produire toujours plus, de consommer toujours plus, produire et consommer, consommer et produire, et ils voient dans l'énergie atomique la façon de soutenir ce pacte maléfique qui finira par épuiser toutes nos ressources. Toutes ! Soyez sûrs que si l'on ne change rien, nous nous trouverons un jour dans cette impasse. La seule question qui vaille à ce train d'enfer est de savoir quand exactement nous buterons contre elle. Vous avez raison de dire non à cette centrale que l'on veut bâtir le long de votre mer. Il faut dire non au nucléaire. Il faut dire non au nucléaire pour dire non à cette maudite civilisation de la croissance perpétuelle qui est la garantie, à terme, de notre élimination. Ne nous trompons pas. L'apocalypse est déjà là, parmi nous, dans les nuages de pollution qui nous dominent, dans les eaux d'égout qui se jettent dans la mer, dans nos poubelles qui s'accumulent.

Il ne reste plus qu'une semaine avant le grand vote. La drôle d'impression que tout est possible règne dans le village, aucun scénario n'étant écrit d'avance, même si le maire, lorsqu'un journaliste s'adresse à lui, s'aventure toujours à pronostiquer une victoire du *oui*. Le Comité de base se croit en position de gagner, conforté par un autre scrutin, le week-end précédent, ouvert aux seuls habitants de Siouville : la commune balnéaire voisine de Flamanville a donné le *non* vainqueur à plus de 70 %. Le résultat était attendu, Siouville est remplie de résidences secondaires appartenant à des gens d'ailleurs, des Parisiens et des Normands qui descendent sur la côte ouest du Cotentin pour leurs jours de congé, des gens qui n'ont aucune envie de cohabiter avec une usine atomique, promesse d'une destruction du paysage et de la qualité de vie, des gens qui n'ont pas le souci de dénicher un emploi et encore moins le désir de retrouver une abondance jamais disparue.

Les habitants de Siouville se sont pressés au vote organisé par le collectif antinucléaire. Jacques, Clémence et leurs amis ont veillé à la bonne tenue du scrutin, requérant des observateurs neutres pour assister au dépouillement, des individus sans lien avec le Comité de base. Mais les garanties n'ont pas convaincu les autorités locales. Le sous-préfet Colignac avait prévenu en amont que cette consultation aurait encore moins de valeur que celle de Flamanville. André Rouxel a été le plus virulent contre cette initiative. Dans *L'Éclair*, le maire a employé des mots forts, manœuvre, manipulation, combine, tout ce qu'ils cherchent, a-t-il déclaré, c'est à influencer le seul vote qui compte dans l'histoire, celui du 6 avril 1975 à Flamanville, ça fait des semaines qu'ils en contestent la légitimité, en réclamant une consultation étendue à tout le canton, mais non, s'est-il emporté, c'est un choix qui regarde les habitants de Flamanville, c'est sur leur commune qu'on envisage de bâtir une centrale nucléaire.

À observer ce qui se passe ce samedi, Rouxel se trompe dans les grandes largeurs. La « foire antinucléaire », annoncée de longue date par le Comité de base, a attiré un monde fou, et bien au-delà du village, peut-être deux mille personnes. Jacques rayonne au milieu de la multitude, causant et bienveillant, et sur le podium principal, il présente les intervenants qui se succèdent pour dire tout le mal qu'ils pensent de ce projet monstrueux. Ce matin, il a nagé à Diélette, son premier bain de l'année, une toquade, la mer est à douze degrés. Il y est resté quelques minutes, le temps de brasser un peu, pour le symbole, le défi, le plaisir de s'immerger dans une eau pure. À la tribune, il raconte l'épisode, la sensation du froid mordant qui tétanise, la satisfaction de réussir à le supporter, et il s'emporte face à la foule, est-ce que demain cela sera impossible à cause de la radioactivité, voire interdit ?

Clémence passe la journée au stand du Comité de base, assise sur une chaise pliante, moelleuse et confortable, une main sur son ventre qui s'est arrondi. Elle distribue des tracts et des informations à ceux qui passent devant elle. C'est tout le Cotentin qui s'est déplacé, des couples, des familles, des célibataires, des gens de Cherbourg, Bricquebec, Valognes, Coutances et de plus loin, Carentan, Saint-Vaast, Sainte-Mère, Saint-Lô, voire de très loin, Larzac, Paris, Alsace, des écologistes de la France entière. La bataille de Flamanville a vite été élevée par les cercles militants nationaux en référendum général sur le programme nucléaire français – ceux qui gagneront ce scrutin pionnier pourront se targuer d'une victoire majeure. Les petites annonces passées par Clémence, pour promouvoir l'événement, dans *La Gueule ouverte*, *Libé*,

Actuel, *Le Sauvage* et d'autres journaux, ont eu l'effet escompté de faire venir des curieux, ravis de se payer un tour en bord de mer pour la cause. D'innombrables camionnettes, fourgons et vans de voyage ont débarqué dans les alentours depuis deux jours. Il y en a tant que Clémence s'est prise à regretter de ne pas avoir vu plus grand. Elle aurait dû planifier un week-end entier de mobilisation et de fête, une bonne leçon pour l'avenir, ils ne sont pas seuls, c'est un mouvement immense de refus qui monte.

Dans le grand parc où se déroule la foire, aux côtés des gens du coin, qu'on reconnaît sans trop de peine à leur manque d'extravagances, déambulent des énergumènes aux styles indépassables, hommes et femmes, souvent jeunes, grands chapeaux de paille et cheveux longs, vêtements amples et fleuris, barbes et tresses, couleurs vives et gaies, bagues aux doigts, colliers aux cous, instruments de musique sous les bras et joints fumants aux mains. Des créatures inhabituelles dans les parages, qui donnent au rassemblement des airs de festival joyeux, kermesse géante et spectacle militant, animations garanties. Un clown se promène pour faire rire les gamins et alerter les adultes sur les ravages d'un nouvel Hiroshima ; ailleurs, des guitaristes étalés dans l'herbe fredonnent des chansons de paix ; partout, des types et des nanas rabattent les passants pour leur combat personnel, droits des femmes, guerres lointaines, famines en Afrique – chacun de ceux-là semble avoir monté son propre journal, toujours quelques pages agrafées qui tiennent plus du tract bricolé que de la publication professionnelle. La section CFDT de l'usine de La Hague diffuse des images d'un film qu'elle tourne sur les conditions de travail dans le centre de retraitement et qui doit s'appeler *Condamnés à réussir*. Les agriculteurs du Comité de base ont garé leurs tracteurs sur les pelouses, certains ayant été transformés en chars décorés et fleuris. Ils expliquent à qui veut l'entendre leur projet de monter sur les collines de Flamanville un GAEC comme au Larzac, tandis que des pêcheurs font déguster des bouts de homard avec un petit coup de cidre. Le gai foutoir est une constellation de stands, de buvettes et de pancartes. L'une d'entre elles, tendue au-dessus d'une remorque contenant des boissons fraîches, dit MERDE en gros caractères.

Sur la grande estrade de la foire, l'orateur principal continue de développer ses idées, avec aisance et brio. Son discours de dix-huit heures a été programmé en point d'orgue du rassemblement, le moment le plus attendu de la journée. René Dumont domine la foule, au milieu de laquelle quelques mains brandissent *L'Utopie ou la Mort*, l'essai que l'intellectuel a publié deux ans plus tôt, prodigieux succès de librairie. Le livre a fait de l'auteur un personnage médiatique, invité sur les plateaux de télévision, et une valeur politique, le chantre de l'écologie socialiste s'étant même présenté à l'élection présidentielle emportée par Giscard. Il a obtenu un résultat mesuré dans les urnes mais a marqué les esprits avec son message alarmiste, son pull rouge et quelques formules bien senties envoyées à travers tous les écrans de France. On se souviendra surtout d'une phrase : Je bois devant vous un verre d'eau précieuse.

Dumont apparaît à Flamanville fidèle à lui-même. Dans sa bouche caracolent les chiffres qui impressionnent, les auteurs qui lui ont ouvert les yeux et les souvenirs qui transportent d'un endroit à l'autre de la planète. Il cite Alfred Sauvy, évoque la sécheresse au Sahel qui détruit la culture des céréales d'exportation, le déboisement des pentes de l'Himalaya qui provoque des inondations, et s'élance dans des démonstrations limpides.

– Les États-Unis représentent 6 % de la population mondiale mais consomment 24 % des principales matières premières. Imaginez un peu, 210 millions d'Américains gaspillent autant que 6 milliards d'Indiens ! La France n'est pas mieux, qui ne sait plus étancher sa soif de pétrole : 5 millions de tonnes en 1939, 120 millions désormais. Une telle croissance est intenable. Notre économie est devenue dépendante d'une forme d'énergie importée qui va devenir de plus en plus onéreuse. Savez-vous que certains experts, parmi les plus qualifiés au monde, prédisent que le baril de pétrole atteindra le prix considérable de 50 à 60 dollars dans vingt ans seulement ? Et comment fera-t-on si un jour le Tiers Monde qui nous fournit cette matière première se révolte, fatigué de supporter le pillage qu'on lui impose ? Oui, notre niveau de vie est le résultat du pillage du Tiers Monde, et les classes ouvrières occidentales sont les premières à en profiter. Telle est la vérité, si dure soit-elle à entendre.

Posté en bas à gauche du podium, Jacques Legendre, debout et les bras croisés, grimace à l'évocation de la classe ouvrière volant les damnés de la terre, ce n'est sûrement pas ce que les anciens mineurs de Flamanville ont envie d'entendre. Jacques s'inquiète soudain de voir Pitran, de l'autre côté de l'estrade, noter furieusement les mots de l'agronome sur son carnet.

Dans l'après-midi, avant que l'ingénieur ne monte sur scène, Jacques a trouvé Pitran et Dumont en grande conversation dans un coin du parc, deux êtres que tout oppose, la rigueur militaire d'un côté, le souci internationaliste de l'autre. Jacques a cru que le reporter interviewait l'écologiste pour *L'Éclair*, mais en s'approchant, il a constaté que seul Pitran, ou presque, parlait, plein d'assurance, tandis que Dumont se contentait d'écouter, embarrassé. Le journaliste déroulait à l'ancien candidat à la présidentielle l'histoire de son grand-père, capitaine lâché par l'armée française, cherchant à toucher la fibre antimilitariste de Dumont, qui essayait de se dépêtrer en soufflant des noms d'associations pacifistes pouvant l'aider. Jacques a mis fin à l'échange, invoquant le besoin de s'entretenir avec l'agronome, mais n'a pas pu empêcher Pitran d'arracher à l'illustre scientifique son adresse postale avant de le quitter. Je vous écrirai, a-t-il promis.

Sur scène, Dumont est infatigable, récitant des mots qu'il a l'habitude de prononcer, le combat d'une vie désormais. Le professeur revient toujours à une série de concepts dont le public a commencé à entendre parler il y a peu, atmosphère, ressources naturelles, climat, couche d'ozone.

– La révolution s'accélère depuis les années 1950 et les dégâts sont considérables. Les pêcheurs à la ligne ont été les premiers à nous prévenir, eux qui ont vu apparaître tout d'un coup des poissons le ventre en l'air dans les rivières polluées. Nous sommes en train de jouer avec la planète comme des enfants lâchés avec une boîte d'allumettes dans une maison de papier. Le feu prendra un jour. Peut-être dans cinquante ans, peut-être dans un siècle, mais il prendra si l'on refuse de regarder en face la menace. Cela ne peut pas continuer ainsi. Nous devons faire advenir une autre civilisation que celle de l'automobile individuelle et des supermarchés. Pensez donc qu'ils réfléchissent à implanter une grande surface dans le bois de Vincennes ! Où s'arrêtera leur folie ? L'austérité doit d'abord être imposée aux riches. Ce sont eux, les privilégiés, qui gaspillent et polluent, et qui vont finir par instaurer, si rien n'est fait et quand les ressources viendront à manquer, un régime de rationnement par l'argent. Eux auront tout et les autres n'auront plus rien. Vous n'aurez plus rien.

Dumont, qui a recueilli six voix à Flamanville lors de l'élection présidentielle, ne prête aucune attention aux encouragements qui lui parviennent de la foule l'acclamant. Indifférent aux honneurs, il continue, le visage penché vers le bas, longue tige immobile tendue vers son devoir.

– La politique à mettre en place est le contraire exact de cette stratégie de croissance et de productivisme qui s'incarne aujourd'hui dans le programme nucléaire. Il faut une réduction de nos consommations, une réduction de nos productions, et même une réduction de nos populations. Savez-vous que mille habitants supplémentaires en Californie se traduisent par l'artificialisation d'un kilomètre carré de terres, parce qu'il faut des autoroutes et des parkings pour leurs bagnoles ? Au siècle prochain, nous ne pourrons plus continuer avec tant d'automobiles. Mes amis, il s'agit d'orienter nos vies différemment, de transformer les structures de la société, d'espérer des relations humaines conviviales plutôt que des accumulations insensées de richesses, et chacun de nous doit participer à ce mouvement. Dans les villages et les villes, dans les entreprises, les écoles et les hôpitaux. Je ne dis pas que cette voie sera facile, et je ne peux pas vous ordonner comment faire précisément. Nous n'avons pas réponse à tout, nous ne sommes pas Moïse descendant du Sinaï avec les Tables de la Loi sous le bras. Nous disons seulement que les menaces sont graves et que nous devons nous concerter pour changer de voie. Comme vous le faites ces temps-ci dans votre magnifique commune, dont la véritable richesse se mesure à la beauté de ses côtes et de ses plages, à la solidité de ses falaises et à la force de son vent.

À l'origine, la foire antinucléaire devait avoir lieu dans le champ d'un cultivateur de légumes, repéré de longue date par le Comité de base, dont l'agriculteur hôte est un sympathisant. Un grand espace plat et bien entretenu, libre de toutes semences, un pré qu'il est possible de fouler aux pieds une journée entière sans le saccager. Et puis, à dix jours du rassemblement, une fin d'après-midi en milieu de semaine, Jacques et Clémence ont reçu la visite impromptue d'Élisabeth Toulorge. C'était la deuxième fois qu'elle se manifestait auprès d'eux par surprise : quelques semaines plus tôt, elle leur avait téléphoné pour leur dire tout le bien qu'elle pensait de leur combat, et qu'elle aurait aimé s'y mêler si elle avait pu mais que c'était impossible, compte tenu de son statut dans le village. Elle avait eu une drôle de phrase à propos de la centrale, ce n'est pas dans l'ordre des choses, avait-elle affirmé, c'est un projet de vanité. À l'autre bout du fil, Clémence n'était pas sûre d'avoir compris.

Cette fois, la châtelaine de Flamanville avait décidé de se déplacer en personne. Elle a garé son cyclomoteur le long de la maison avant de frapper à la porte. Avec son air timide et refusant d'entrer pour s'asseoir ou boire un café, l'apéritif ou même un verre d'eau, Élisabeth a proposé, devant les Legendre stupéfaits, d'accueillir la parade antiatomique dans le parc de son château. Elle a lancé cette idée comme si celle-ci était anecdotique ou insignifiante alors que cela revenait à mettre le lieu le plus prestigieux du village au service de la lutte.

– Il y a tellement de place et il n'a guère l'occasion de servir, voyez-vous, a expliqué la châtelaine d'une voix mal assurée, osant à peine regarder ses interlocuteurs, Clémence un peu plus facilement que Jacques. Vous pourriez occuper la pelouse à l'arrière du parc, à gauche après l'entrée, et les véhicules se gareraient à droite. C'est orienté plein ouest. C'est plus beau du côté de la façade, mais cette partie-là ne serait pas très pratique pour vous, avec les allées de graviers, les étangs. La forêt vous serait ouverte néanmoins, je n'ai aucun problème à ce que les visiteurs s'y promènent et que les enfants s'y amusent. Au contraire, cela fera vivre le domaine, comme à ses plus belles heures. J'en serais heureuse.

Jacques et Clémence ont eu une réaction embarrassée, prudente, ne sachant quoi penser de cette suggestion. La famille Toulorge avait toujours représenté à leurs yeux une histoire vichyste honteuse dont ils se tenaient le plus éloignés possible. Que penserait-on de leur combat s'il se trouvait associé à l'extrême droite ?

– Il n'y a aucune urgence, a avancé Élisabeth Toulorge, percevant leur hésitation. Vous pouvez vous décider au dernier moment. Je ne me mêlerai de rien, je ne fais que mettre ce vaste terrain à votre disposition. C'est un petit geste, mais j'y tiens. Vous savez que je trouve ce projet de centrale nucléaire terrible pour notre village. C'est contre-nature.

Et sur ces paroles, elle est repartie comme elle est venue, en cyclomoteur.

Jacques a évoqué la proposition d'Élisabeth à la réunion suivante du Comité de base, l'a présentée comme une drôle d'idée, presque loufoque, inattendue en tout cas. Mais, à sa grande surprise, les adhérents du collectif antinucléaire ont réagi avec enthousiasme, et une certaine fierté : on leur offrait le château de Flamanville ! Il n'a pas été besoin de voter pour fixer une position, une écrasante majorité se dégageant pour saisir l'opportunité. Certains s'imaginaient déjà, en blaguant à moitié, déjeuner dans une des vastes salles de réception du château, des pièces qu'ils n'avaient jamais vues car le bâtiment était privé et interdit d'accès, des pièces qu'ils se représentaient beaucoup moins délabrées qu'elles ne l'étaient en réalité. Les gueux de Flamanville se voyaient à Versailles, sans se douter qu'ils étaient loin du compte.

Pendant la mise en place des installations, deux jours avant la foire, Élisabeth s'était à peine montrée, fidèle à sa promesse de ne pas intervenir, et avait accueilli le Comité de base avec une phrase bienveillante, faites comme chez vous. Et ce samedi, elle a manifesté de prime abord la même attitude de retrait pudique, ne voulant pas se mêler à la foule, elle qui vit presque en recluse dans sa bâtisse trop spacieuse. Il a fallu que Clémence aille la chercher chez elle, qu'elle frappe à la porte d'entrée du château et lui propose de boire un café au stand du Comité de base pour qu'Élisabeth se décide à sortir en fin de matinée. Les deux femmes se sont assises côte à côte et elles ont commencé à bavarder, difficilement d'abord, ayant peu de choses à se dire, la différence d'âge n'aide pas. Elles ont démarré par le sujet le plus commun qui soit, la clarté du ciel, une belle journée, oh oui, quelle chance, et puis elles ont discuté de la faune saugrenue qui les environnait, des gens singuliers qui la composaient, Clémence expliquant à Élisabeth qui étaient tels activistes et tels autres, quelles causes ils défendaient. La châtelaine a ri de son ignorance et l'échange est devenu moins laborieux.

Clémence a posé des questions sur l'entretien du domaine, et elle n'a pas insisté quand elle a vu qu'Élisabeth ne s'appesantissait pas sur les difficultés d'une tâche trop onéreuse pour sa fortune disparue. Elle n'a pas soufflé son idée, évidente pour une militante comme elle, d'organiser à l'avenir d'autres fêtes du genre dans le domaine et de préparer ces fois-là un stand détaillant tous les chantiers à mener sur la bâtisse et demandant une contribution du public, un appel à sa générosité, une sorte d'impôt volontaire, qu'Élisabeth aurait considéré comme une humiliante proposition de charité.

Il y a eu un long silence après cela, et Élisabeth l'a rompu en questionnant sa voisine sur sa grossesse tandis que des gosses s'agitaient par dizaines autour d'elles. Clémence a dit son soulagement de passer les échographies avec succès, l'angoisse incapacitante avant chaque contrôle médical et la crainte qu'on lui dise que c'était fini, qu'un nouveau deuil la saisisse, car il s'agit bien de cela, à chaque fois. Clémence a raconté l'impression qu'elle allait peut-être y arriver, enfin, cette fois semblant la bonne, et le soulagement intense, mais aussi le sentiment contradictoire de ne pas se rendre compte de ce qui s'annonçait, comme si elle refusait encore d'y croire, le signe selon elle de la dureté innommable de ce qu'elle avait vécu auparavant. Mais, alors qu'elle livrait ce qu'il y avait de plus intime en elle, elle a modéré son récit, voyant que la propriétaire du château était ailleurs. L'esprit d'Élisabeth devait tourner à toute vitesse car ses membres, eux, ne bougeaient plus d'un centimètre. Soudain, Élisabeth a fait une remarque qui s'adressait autant à elle-même qu'à Clémence : je n'ai pas eu d'enfant. Un voile a traversé son visage immobile, laissant toute la place à des yeux blanchis.

René Dumont a une formule favorite, qui se répète entre ses arguments rationnels lorsqu'il cherche à illustrer son propos : je reviens de. Il poursuit alors avec l'évocation de contrées lointaines que certains spectateurs seraient incapables de placer sur une carte, Tchad, Inde, Haute-Volta, Bangladesh, Canton.

– Je reviens du nord du Cameroun, où j'ai rendu visite à un peuple que vous ne connaissez peut-être pas, les Kirdi. Des hommes et des femmes que l'on considère ici comme des sous-êtres. Des païens, disent certains, Des sauvages, disent d'autres. J'étais dans un village et je discutais avec le chef, qui m'a demandé à qui, d'après moi, appartenait la terre que je foulais au même moment avec mes pieds. Bien sûr, je n'ai pas su quoi répondre et j'ai prononcé des mots stupides, des mots irréfléchis. J'ai exprimé une affligeante banalité : cette terre vous appartient à vous, les Kirdi. Alors le chef du village a eu un large sourire et a fait non en balançant son index de droite à gauche et de gauche à droite : vous vous trompez, m'a-t-il rétorqué, sûr de sa sagesse, cette terre appartient à nos ancêtres et encore plus à nos descendants.

L'agronome marque une pause.

– Je vous pose une question, mes amis : qui sont les sauvages dans l'histoire ? Êtes-vous certains que nous sommes les civilisés ? J'en viens à douter, alors que nous nous comportons comme s'il n'y avait pas de générations futures. Vous le savez bien ici, vous à qui l'on a imposé non loin de Flamanville l'entreposage de déchets nucléaires qui répandront leur nocivité pendant des dizaines de milliers d'années. C'est tout ce système de pensée qu'il nous faut renverser, et d'urgence. Car cette société du gaspillage et de la production mène l'humanité à sa perte. Elle aggrave les injustices. Une infime partie de la population se nourrit plus qu'elle n'en a besoin et alimente en masse des élevages d'animaux, pendant que la majorité de la planète crie famine. Cette infime partie de la population roule dans des voitures de plus en plus puissantes et gâche à tour de bras. Savez-vous qu'une seule édition dominicale du *New York Times* utilise autant de papier que l'ensemble de l'édition scolaire au Cameroun pendant un an ? Dans cette situation intenable, nous n'aurons pas d'autre choix que de réagir avec une certaine brutalité, car je ne vois pas la possibilité de survie si nous ne changeons pas de modèle social et d'organisation. J'ai avancé une idée, l'instauration d'un organisme mondial chargé d'allouer les ressources rares pour tous les pays du monde. Je sais parfaitement ce que l'on nous répond lorsque nous faisons de telles suggestions, j'en ai l'habitude. On prétend que nous sommes des doux rêveurs et des plaisantins. Qui dit cela ? Tous ces gens raisonnables qui nous mènent à la catastrophe ! Je revendique l'utopie comme direction, la joie, le bonheur et la fête, auxquels la seule alternative est ce que ces gens raisonnables appellent la croissance et que j'appelle la mort.

Lorsqu'il a appris la nouvelle, que la foire antinucléaire des écolos se déroulerait au château, André Rouxel est entré dans une rage furieuse, vitupérant contre Élisabeth, elle ne va pas me faire ça, abriter les opposants, les fouteurs de merde, ceux qui veulent tuer le village, et à une semaine du vote, est-ce qu'elle est devenue folle ? Devant Lebreuilly qui lui a rapporté l'information, Rouxel s'est emporté comme jamais son secrétaire n'avait eu l'occasion de le voir, accusant Élisabeth de chercher à le punir, elle veut m'emmerder, elle m'adresse un message. Rouxel n'a rien pu masquer, empourpré d'indignation et de colère, de passion aussi, il faut le dire – c'était comme si on lui arrachait un bout du cœur.

Il a crié un très long moment, d'une voix plaintive et révoltée, piaffant autour de son bureau et devisant à l'extérieur de lui-même comme s'il était seul, alors que Lebreuilly se faisait le plus petit possible dans le bureau, estomaqué d'assister à cette explosion de caractère. Rouxel a passé des minutes entières dans les injures, ah la coquine, ah la vicieuse et des mots plus grossiers encore, les mains dans le dos, à tourner en toupie, crachant la frustration accumulée depuis le début de l'histoire, alors c'est la guerre qu'elle veut ? L'ampleur de la contestation a blessé son orgueil, il prend contre lui le fait qu'une partie de la population refuse de le suivre, et les mauvais sentiments lui mangent le ventre et le cerveau. Si c'est la guerre qu'elle veut, elle va l'avoir, a-t-il rugi, je vais m'occuper de son cas, et elle ne pourra s'en prendre qu'à elle-même, il ne fallait pas se lier avec les chevelus. Non mais voyez le tableau, leur cirque au château de Flamanville, c'est peut-être sa bâtisse à elle, ou plutôt l'héritage de sa famille, mais c'est aussi notre histoire à nous tous, dans la commune.

Rouxel s'est alors tourné d'un bond vers Lebreuilly, avec un sourire envieux et une joie méchante, je sais, j'ai trouvé, il a sautillé de joie, je vais lui prendre son château, avec l'argent de la centrale, et il est parti d'un rire effrayant avant d'exposer son plan à Lebreuilly, qui ne reconnaissait plus son maire. Son idée, surgie dans un accès de malveillance, était d'accabler Élisabeth avec des injonctions municipales répétées, de la noyer sous des courriers officiels la mettant en garde et en demeure, d'exiger d'elle des travaux de remise en état de son château, *aux fins de préserver* la beauté esthétique du village et du symbole éclatant de son riche passé. On commencerait dès aujourd'hui, avec un premier signalement sur le mauvais état de la toiture, et Rouxel a tendu à ce moment-là une feuille vierge à son secrétaire. Si Élisabeth persistait dans son erreur, André multiplierait les lettres, et tout y passerait, tout va y passer, se disait-il en lui-même, les volets, les fenêtres, la façade, les arbres, les étangs, je vais l'emmerder jusqu'au bout puisqu'elle a décidé de me faire chier elle aussi, et à la fin, quand elle croulera sous les devis pour des travaux qu'elle n'a pas les moyens de financer, elle viendra m'implorer, elle se mettra à genoux, et si elle ne le fait pas, et comme elle ne paiera pas les chantiers, parce qu'elle ne peut pas le faire, je le sais bien, elle ne peut pas, je lui foutrai au cul un arrêté de péril et je préempterai son château, avec l'argent de la patente qui m'arrivera de la centrale, parce qu'elle peut organiser toutes les kermesses qu'elle veut dans son parc, je vais le gagner, ce référendum, avec le soutien de mes ouvriers qui, eux, ne me trahiront pas.

– Je vais gagner ce référendum, a hurlé Rouxel au milieu de son bureau, toujours sous le regard de Lebreuilly, continuant ensuite sur un ton plus apaisé, tranquillisé par son plan. Avec tout l'argent qui va nous tomber dessus, je vais reprendre son château, le restaurer de fond en comble et l'ouvrir au public. Je vais en faire un bâtiment municipal, un gîte, un musée, une salle de réception et un haras. Je vais redonner à ma commune son beau château, et dans cinquante ans on dira d'André Rouxel qu'il a changé la face de son village, voilà ce qu'on dira de moi.

20

Au cœur de la commune, l'agitation déjà : des journalistes et des photographes, avec leurs voitures balisées aux logos de leurs médias, TF1, RTL, Europe 1, bourdonnent autour de la salle des fêtes, où l'unique bureau de vote a été installé, une urne et deux isoloirs, ouverture à neuf heures, fermeture à dix-huit heures. Georges Pitran, pour *L'Éclair du Cotentin*, est ravi d'avoir de la compagnie. Il discute avec les confrères, et c'est naturellement lui qui parle le plus, un bla-bla permanent, il explique aux collègues toutes les subtilités de la situation, sociologie, histoire, finances, géographie, et il passe encore plus de temps à disserter sur la révolution de l'atome, sur les prodiges de la fission, cette source surhumaine de puissance. Quelques journalistes de la presse parisienne rigolent entre eux en l'observant du coin de l'œil. Certains acceptent de lui confier leur adresse.

Flamanville s'est éveillé dans l'impatience et l'excitation. Quel que soit le résultat du vote, on aura gagné le retour de ces sentiments, et c'est une fierté. L'aube a découvert un ciel serein, des nuages blancs ouvrant des travées à un soleil pâle, rompant avec l'inattendue froideur des derniers jours, pendant lesquels quelques flocons sont même tombés.

Encore une fois, André Rouxel n'a pas su dormir cette nuit, il s'est levé aux aurores, les nerfs en tenaille. Le village allait-il le suivre ? Il a vérifié dix fois, au petit matin, que tout était en place au bureau de vote, il a recompté les bulletins *oui* et *non*, s'est assuré que le planning des assesseurs ne comportait aucun trou, et maintenant il fait les cent pas dans son bureau, pressé d'en finir – on en est encore loin, les jours de vote sont interminables. De sa fenêtre, il a une vue directe sur la salle des fêtes, là où se décidera le sort du village.

Le maire fume et s'occupe comme il peut. Il fait du rangement, trie les brochures et les codes publics qui traînent, déplace les chaises, jette des objets et il lui vient même à l'idée de dépoussiérer les étagères avec un chiffon, il ne fait pourtant jamais ça lui-même. Il s'arrête, zigzague dans la pièce, cherche une autre tâche à accomplir et s'assoit à sa table de bureau. Dans la bannette en plastique noir, des liasses de papiers et documents se sont accumulées, déposées là par son secrétaire, le fidèle Lebreuilly, toutes les affaires en cours à traiter, plus nombreuses que jamais, la faute aux préparatifs de la consultation qui ont pris tant de temps.

Sur le haut de la pile, un courrier rédigé attire son attention, Rouxel le saisit et le relit, avec concentration. L'avertissement est adressé à Élisabeth Toulorge, injonction à engager dans les six mois des travaux sur le château, changement de la toiture du corps de logis, réfection de deux pignons, renforcement des charpentes dans les dépendances, et d'autres encore, sans quoi le maire se réserve le droit de prendre un arrêté de péril avec interdiction d'habiter les lieux. André Rouxel savoure sa perfidie, dont il s'étonne lui-même, il ne se croyait pas capable d'une telle scélératesse, mais elle l'a bien cherché, songe-t-il pour se rassurer, et puis ce n'est qu'une menace, rien ne m'oblige à aller au bout. Le maire de Flamanville, qui connaît l'état de délabrement du château, il en a si souvent causé avec Élisabeth, sait où se trouvent les faiblesses de l'édifice : lorsqu'il a demandé à un expert d'établir un diagnostic, il a renseigné ce dernier avant, lui indiquant où regarder précisément, une fourberie de plus.

Le bureau de vote va bientôt ouvrir, et c'est évidemment lui, André Rouxel, qui le préside, un symbole, le maire qui tient son village et le guide. Il se lève de son fauteuil, fait quelques pas sur le parquet grinçant et enfile sa veste, grise comme d'habitude, sur un pull sombre, une dégaine d'enterrement, c'est son style, sérieux comme un pape. Il glisse l'enveloppe contenant la lettre à Élisabeth dans la poche intérieure.

Des habitants font déjà la queue à l'épicerie, la boucherie, la boulangerie. Les envoyés spéciaux des chaînes de télévision ont planté leurs caméras dans le bourg, ils filment les scènes de village, en quête de pittoresque, même s'il y a peu à montrer : la démocratie en action, ce n'est pas du grand spectacle. On joue quand même la comédie en allant faire ses courses, attention particulière portée à la démarche, l'attitude, on ne sait jamais, des fois qu'on passe à la télé.

Dehors, le maire salue les journalistes, bonjour messieurs, et répond poliment aux questions, un grand jour pour le village, oui, quel que soit le résultat ce soir, avec cette consultation nucléaire, la première de France, nous entrons dans l'histoire, relève-t-il, s'efforçant de ne pas paraître sinistre, à défaut d'être souriant. Rouxel soigne ses petits gestes, tandis que les flashes crépitent autour de lui, une vedette, et il serre à nouveau la main des assesseurs dans le bureau de vote, Lebreuilly parmi eux, le secrétaire rondouillard se tenant droit sur sa chaise, empli de gravité. Rouxel replace les bulletins *oui* et *non* sur la table, vérifie le mécanisme d'ouverture de l'urne, parcourt les listes d'émargement, ne rien laisser au hasard, et à neuf heures tapantes il ouvre le scrutin. Des électeurs franchissent aussitôt la porte de la salle des fêtes, un agriculteur venu en famille, un couple de retraités, un ouvrier de Sainte-Barbe, mitraillés par les photographes et sollicités par les journalistes : c'est un grand jour pour vous et pour Flamanville ? Oui, ils répondent tous la même chose, c'est l'avenir du village qui se joue.

Les premiers votants expédiés, Rouxel passe de l'autre côté de l'urne, allez à mon tour, et une nuée de reporters l'entoure, Flamanville centre du monde. Le maire prend les deux bulletins et se dirige vers l'isoloir, mais les photographes crient pour l'arrêter, moins vite, moins vite ! Ils lui demandent de refaire le geste, lentement, pour les images, puis le font poser à demi caché par le voile en tissu mauve de l'isoloir. Au moment de déposer la petite enveloppe bleue dans la grande boîte transparente, il lui est demandé de mimer ce mouvement simple, tellement banal, une fois, deux fois, trois fois, avant de lâcher son vote dans l'urne. Un journaliste l'interpelle : une déclaration, monsieur le maire ? Et Rouxel, quel imbécile, songe-t-il aussitôt, n'a rien préparé, il réfléchit quelques secondes, et la phrase lui vient comme ça, d'où exactement, bonne question, mais elle lui vient : Je suis persuadé que les Flamanvillais sauront faire la part des choses, articule-t-il lentement comme s'il était en train de prononcer une déclaration pour l'Histoire.

Deux groupes opposés se sont agglutinés à l'extérieur, qui distribuent des tracts et des consignes et s'observent d'un air hostile. On trouve d'un côté une bande de la cité Sainte-Barbe, dont Pierrot, l'ouvrier élu au conseil municipal, le fort en gueule qui a perturbé plusieurs réunions publiques. Il a pris la tête du mouvement des pour, qui s'est formé au fil des semaines au sein du café de la mère Launay, remuante enceinte défendant les intérêts du coron et de la patronne. De l'autre bord, il y a des adhérents du Comité de base, nombreux, Jacques Legendre parmi eux, qui ne ménage pas ses efforts, avec son contre-journal militant dans les mains, pour convaincre les électeurs qui s'approchent. La plupart écoutent à peine ses arguments, qu'ils connaissent par cœur, on est au courant, depuis le temps que dure cette histoire. Clémence est restée à la maison, ayant décidé de voter au moment plus calme du déjeuner. Elle craint d'être bousculée, n'a pas envie d'être prise dans une bagarre. La tension n'est pas retombée avec l'imminence du vote, c'est même le contraire, une vraie Cocotte-Minute, comme en témoignent les derniers jours.

Les affiches des antinucléaires ont été systématiquement décollées, chaque nuit, avec méthode. La bande de Pierrot s'est organisée en conséquence, mécanique bien huilée, s'appuyant sur la communauté ouvrière de Sainte-Barbe, qui compte assez de types désœuvrés pour constituer une rotation permanente, il y avait toujours un gars devant les panneaux d'affichage de la commune pour empêcher le Comité de base d'étaler ses messages. Les membres du collectif antiatomique ont tenté plusieurs fois de s'approcher, expliquant aux gros bras qui montaient la garde qu'une telle publicité était libre, un droit constitutionnel. Cela faisait rire les types qui disaient, allez-y pas de problème, collez, si c'est la Constitution qui le dit, et ils rigolaient – enfin, quand ils se voulaient bien disposés, quand ils ne montraient pas les dents et les muscles pour intimider. Dès que les militants du Comité étaient repartis, ils arrachaient les affiches et les remplaçaient par les leurs. Il aurait fallu aux antinucléaires rester là toute la journée, défendre le territoire, mais cela aurait voulu dire risquer l'affrontement avec les ouvriers, et Jacques avait dit pas question, même si certains pêcheurs et agriculteurs étaient prêts à aller à la baston. On revendique la non-violence, avait rappelé l'enseignant, on n'a cessé de le répéter, alors on ne répond pas, on ne provoque pas, c'est comme ça, tant pis si on est battus dans la rue, les gens ont bien assez entendu nos arguments, l'important maintenant est de gagner dans les urnes.

Les militants du Comité ont dû ruser. La solution qu'ils ont trouvée a été de coller des affiches sur leurs voitures, de les garer dans le village et de les déplacer pour montrer les messages en évitant les descentes de la bande des *décolleurs* de Pierrot. Cela a occasionné quelques courses-poursuites dans Flamanville, un grand jeu du chat et de la souris, dont on ne savait trop s'il fallait en rire ou en avoir peur.

Un incident s'est produit en soirée dans la semaine, après que la section locale du Parti communiste a tenu une réunion publique, lors de laquelle les camarades ont, dans la dernière ligne droite, appelé à voter non à la centrale – une surprise en fin de compte, surtout avec le nombre d'ouvriers dans la commune. Jacques Legendre n'a pas participé à cette réunion, ni aucun membre du Comité de base, ils ne voulaient pas être associés au parti, qui inquiète plus qu'il ne rassure dans le village. Cette ultime prise de position est une bonne nouvelle pour le Comité, à même de contre-balancer le poids de Sainte-Barbe dans le résultat du vote, sauf qu'elle est très embrouillée, il faut le reconnaître : les communistes ont passé la soirée à expliquer qu'ils n'étaient pas contre l'énergie nucléaire en soi, et même qu'ils étaient plutôt pour, une fort belle industrie, mais que c'était le programme nucléaire de

Giscard qui leur déplaisait, que ce n'était pas une façon de faire, que ce n'était pas assez ambitieux, que les technologies n'étaient pas les bonnes, bref que le parti aurait fait mieux à la place du président, et qu'il ne fallait donc pas lui offrir une victoire à Flamanville – les apparatchiks locaux avaient manifestement reçu des consignes de la direction du parti et du mal à les défendre.

Toujours est-il qu'après cette drôle de réunion, alors que la nuit était tombée, les mêmes camarades ont voulu distribuer leur bulletin d'informations dans les boîtes aux lettres de Flamanville, qui comportait un texte appelant à voter non à la centrale, et c'est vite remonté à la bande de Pierrot. Ni une ni deux, l'ouvrier du conseil municipal a envoyé une équipe de trois gars en voiture *faire la chasse* aux communistes, avec au volant Jacky Coquebel, ex-mineur, des bras comme des rondins, la tête dure et carrée, une vraie masse. Le dénommé Jacky a pris sa mission au mot, et quand il a croisé les deux types du parti au bord d'une route de campagne, il n'a rien trouvé de mieux à faire que de leur foncer dessus avec l'auto. Les deux communistes ont été obligés de sauter dans le fossé pour éviter les roues et se sont carapatés en vitesse. Jacky est revenu fier de lui au café des Launay, il a reçu les félicitations des copains, vaguement inquiets néanmoins de son accès de violence, et il s'est fait payer des verres une bonne partie de la soirée par la mère Launay, qui n'arrêtait de pester contre ces traîtres de communistes. Dans l'affaire, Jacky Coquebel a hérité d'un surnom, on l'appelle désormais « l'Écraseur » dans tout le village. C'est à cause de lui que Clémence a refusé de tracter devant le bureau de vote.

Avec toutes ces histoires, la commune est surtout recouverte par la propagande des partisans du nucléaire. Une affiche domine l'espace public, qui proclame sur fond orange et en gros caractères : « La masse ouvrière de Flamanville dit oui à la centrale nucléaire ». La rumeur dit que son impression a été payée par la mère Launay, la cafetière bien consciente de ses intérêts.

Un autre texte a été placardé sur tous les panneaux, fond vert et petits caractères cette fois, à l'initiative d'un adjoint d'André Rouxel :

> Flamanvillais,
>
> Nous sommes d'accord pour l'implantation d'une centrale nucléaire sur le sol de notre commune.
> Ceci n'est pas une opinion prise à la légère. Notre opinion s'est forgée et confirmée à la suite de nombreux contacts, renseignements, correspondances et du voyage à Saint-Laurent-des-Eaux.
> Ce n'est pas une poignée de contestataires, secondés d'écoliers plus ou moins politisés que l'on verrait mieux poursuivant leurs études chez eux pour la plupart, car ils ne sont ni de Flamanville ni même de la région ; jouant les voyageurs de commerce pour le compte de l'opposition, opposition à tout ce qui ne vient pas d'eux, promenant dans leurs bagages des

slogans tout faits, soulevant des fausses questions, le mythe de la bombe atomique, qui n'ont aucun point commun avec notre problème, arguments facilement réfutés par les ingénieurs FRANÇAIS, professionnels de la question nucléaire, dont l'efficacité n'a d'égal que le souci de la sécurité, en sauvegardant le plus possible l'environnement.
Pour du travail,
Pour une amélioration de la vie,
Venez nombreux aux urnes le 6 avril 1975, pour affirmer votre confiance à ceux de vos élus qui, fidèles à leurs promesses de tout faire pour le bien de la commune, se battent afin que revive Flamanville.

Signé : un groupe de Flamanvillais résolument tournés vers le Progrès afin que se réveille leur village.

À dix heures, quand sonnent les cloches de l'église Saint-Germain, déjà plus de cent habitants ont voté, sur les 848 électeurs inscrits dans la commune. André Rouxel fait remarquer aux journalistes que c'est plus que d'habitude, et il attribue aussi cette réussite à la météo agréable, on voit que les gens ont envie de profiter du beau temps, ajoute-t-il d'un air entendu. Claude Grand-Vernon choisit cet instant pour apparaître dans sa Jaguar, avec Odile sur le siège passager et les gamins à l'arrière. Sur la place du village, les têtes se tournent vers le véhicule, à cet instant l'objet le plus précieux du décor, et les caméras des chaînes de télévision braquent dans sa direction. Aux confrères, Georges

Pitran, émoustillé, révèle l'identité de l'homme plein d'assurance qui vient de se garer devant le bureau de vote, c'est le producteur de *Sylviane*, chuchote-t-il en poussant les collègues du coude, oui, le film porno.

Claude Grand-Vernon distribue les poignées de main, l'ensemble des présents y a droit, les antinucléaires du Comité de base comme la bande de Pierrot, un homme politique en campagne, sourire éclatant et censément ravageur. Les reporters l'abordent évidemment : quel bulletin allez-vous déposer dans l'urne ?

– Je croyais, messieurs, que le vote était secret.

Pirouette, éclat de rire, dents blanches.

Derrière lui, Odile, tenant ses enfants par les mains, observe la scène, quant à moi, glisse-t-elle à Pitran qui se trouve tout près, j'ai décidé de voter non, si tant est que cela vous intéresse. Le gratte-papier de *L'Éclair* hoche la tête, fort bien, madame, sans rien noter sur son carnet.

À l'intérieur, Claude Grand-Vernon se dirige immédiatement vers André Rouxel, qu'il salue avec une chaleur inédite, si bien que le maire est tout étonné. Les deux hommes se font la conversation comme de vieux amis, et Rouxel ne songe pas un instant, pour une fois, à pester dans sa tête contre *l'autre grand con*.

– Viendrez-vous nous aider pour le dépouillement, monsieur Grand-Vernon ?

– Certainement, monsieur le maire, et avec grand plaisir, je ne vais quand même pas rater le basculement de Flamanville dans la modernité. Je crois bien que le oui va l'emporter. Cher André, vous serez ce soir le héros du village.

Sur ces louanges, il se rend dans l'isoloir pour faire son devoir, laissant André Rouxel s'interroger au fond de lui, est-ce que ce connard est encore en train de se foutre de ma gueule ?

Les Grand-Vernon repartent comme ils sont venus, dans la vitesse pétaradante de leur voiture de luxe, et sur la place du village, les électeurs continuent d'affluer. L'heure de la messe approche. Les paroissiens ont organisé leur matinée, le référendum, les courses, le sermon du curé – à disposer dans l'ordre qui convient à chacun. Une longue file d'attente se forme à l'entrée du bureau de vote, qui dépasse à l'extérieur, configuration idéale pour les journalistes, ils en profitent pour questionner les Flamanvillais. Et de nouveau, les hésitations du village transparaissent, beaucoup préfèrent ne pas dévoiler le fond de leurs pensées mais exposent les meilleurs arguments des deux bords, comme si le moment de trancher n'était pas encore venu, tandis que les convaincus, chez les opposants ou chez les partisans, affichent frontalement leur choix.

Parmi les pronucléaires, des ouvriers font les fiers devant les micros qu'on leur tend, des salariés du centre de retraitement de La Hague qui relatent leurs exploits. L'un d'eux raconte qu'il a un jour déplacé un fût de déchets radioactifs à bras-le-corps, c'était il y a plusieurs années, et il n'en est pas mort, même chose pour un collègue tombé dans une piscine de décontamination, c'est bien la preuve que le risque est exagéré.

Et derrière lui, un membre du Comité de base qui patiente dans la queue reprend illico le fanfaron, ça va bien ou quoi, de raconter des conneries grosses comme ta tronche ? Les deux types s'échauffent et s'insultent, et il faut la foule autour d'eux pour les calmer.

À dix heures quarante-cinq, l'église Saint-Germain est pleine, cent cinquante personnes au moins, mais l'abbé Thomas est en retard, il aurait déjà dû commencer l'office. La nef accueille une bonne vingtaine de journalistes, qui ont afflué pour voir l'ecclésiastique en chair et en os : l'homme s'est construit une petite célébrité, on l'appelle désormais le « curé nucléaire ». Le surnom lui a été attribué après le reportage du *Monde*, dans lequel l'abbé Thomas n'a pas fait mystère de son avis sur le sujet du moment : l'atome fait partie de la création, a-t-il confié au reporter du journal parisien, comme il le disait déjà depuis quelques semaines pendant la messe. Il lui a aussi raconté une anecdote, « sourire en coin » selon l'auteur de l'article : une paroissienne m'a demandé l'autre jour très sérieusement si je ne pensais pas que le diable pouvait être caché dans l'énergie nucléaire, eh bien j'ai répondu, allons madame, dites-vous que le Saint-Esprit a eu assez d'astuce pour féconder la Sainte Vierge, alors soyez certaine qu'il saura donner un supplément d'âme aux ingénieurs de l'EDF. Il se murmure aussi dans le village, qui rit à gorge déployée de l'histoire, que le curé aurait répondu, à un membre du Comité de base qui lui demandait un jour s'il ne craignait pas les effets à long terme de la radioactivité : Je ne crois que ce que je vois.

Dans ses prêches dominicaux, l'abbé Thomas n'a cessé de glisser des allusions au référendum, invitant les fidèles à faire le choix du développement industriel. Un jour, il a expliqué que seul le *oui* de Marie à l'archange Gabriel avait permis l'Incarnation, et tout le monde dans l'église a compris le message. Le curé de Flamanville réfléchit en commerçant lui aussi, comme la mère Launay, comme le boucher Savary, comme le coiffeur accusé d'avoir dénoncé : plus d'activité économique à Flamanville, c'est plus d'habitants dans le village et sans doute plus de participants à la messe. Bien qu'on raille son défaut de subtilité, l'abbé Thomas est un personnage écouté et respecté dans le village, où il officie depuis vingt ans, autorité morale en terre catholique. Pépère – son vieux surnom qui dit tout – a la cote auprès des habitants, y compris dans le coron de Sainte-Barbe. Il s'occupe des gamins, toujours disponible quand les parents sont débordés. Il les aide pour les devoirs, leur organise des jeux, les emmène l'été à la plage, et en retour, les gosses, qui l'adorent, lui préparent des gâteaux.

Pépère arrive enfin à l'autel, aube blanche et étole colorée, ses cheveux lissés en travers sur le crâne, et délivre d'entrée des bons mots.

– Personne n'a tenté de me kidnapper. J'étais en grande discussion avec un journaliste de la radio publique et je n'ai pas vu l'heure passer, pardonnez-moi. Ce journaliste a essayé, pendant de longues minutes, de me confesser. Mais il a échoué. C'est un métier... Il voulait me faire dévoiler mon vote. Je préfère le garder pour moi.

La paroisse se gondole, autant pour le trait d'esprit que pour l'hypocrisie du curé. L'abbé Thomas s'abstient désormais d'afficher ses préférences, on assure dans le village que l'évêché l'a rappelé à l'ordre. Mais il a du mal à se contenir, c'est plus fort que lui, il adore épater la galerie.

À l'heure de la sortie de la messe, plus de la moitié des électeurs de Flamanville ont voté. Lebreuilly, le secrétaire de mairie, n'arrête pas de se féliciter de cet engouement, c'est du jamais-vu, répète-t-il en remplissant une feuille avec des bâtons, et Rouxel serre discrètement le poing le long de sa cuisse, ça fonctionne, se dit-il, je vais tous les baiser, toujours la même rage.

Une personne ne s'est pas montrée, et André se demande ce qu'elle mijote. Élisabeth Toulorge réside pourtant à trois pas, nul besoin d'enfourcher son cyclomoteur pour aller de son château à la salle des fêtes. Les jours d'élection, elle a l'habitude de voter à la première heure. Se pourrait-il qu'elle hésite ? Elle a peut-être compris le message, songe André, et le maire de Flamanville se réjouit, se prenant à rêver d'une réconciliation prochaine. De l'hôtel de ville, qu'il a regagné le temps de déjeuner dans son bureau, s'étant préparé une gamelle, il réfléchit à la situation et observe l'entrée de la salle des fêtes. Il a les yeux rivés sur la porte, sur la place du village. André attend Élisabeth, qui n'apparaît pas, et il se convainc peu à peu qu'elle ne va pas le trahir.

Il respire un grand coup.

L'après-midi est plus calme. Les Flamanvillais vaquent à leurs occupations, tandis que les journalistes venus de loin ont posé les stylos et les caméras pour s'offrir du bon temps, en goguette sur les falaises ou garnissant les quelques restaurants du village en attendant qu'on dépouille.

Dans son café, la mère Launay ne chôme pas, alignant les verres de vin et de gnôle, les sandwiches, jambon, rillettes, rosette ou fromage, une activité si débordante qu'elle a décidé de rester ouverte, ce n'est pas tous les jours qu'on voit ça. À ses clients habituels, elle répète des phrases courtes et toutes faites, vous voyez, je vous avais bien dit, j'avais raison, et elle beugle sa satisfaction, préfiguration selon elle de ce qui se passera quotidiennement lorsque le chantier de la centrale sera lancé, ah vivement, vivement, serine la mère Launay en se frottant les mains comme jamais.

Jacques a rejoint Clémence à la maison, et ensemble, les Legendre sont partis en voiture sur les hauteurs de La Hague, laissant des collègues du Comité de base s'assurer pour quelques heures de la sincérité du scrutin. Jacques a pris son sac de peinture, une toile vierge et son chevalet, il veut peindre pour s'attendrir les nerfs. À une trentaine de minutes de route au nord de Flamanville, le belvédère du Thot, promontoire d'où l'on toise par beau temps les îles anglo-normandes, offre l'un des plus fabuleux paysages de la région, une vue sur l'anse de Vauville, douze kilomètres d'étendue à balayer du regard en tournant la tête à cent quatre-vingts degrés, de gauche à droite.

Sur ce panorama immense, bordé par la mer bruyante et la plage parfaite, il y a tant de détails à repérer et observer, tant de couleurs à trouver et de formes à dessiner qu'un seul tableau ne saurait suffire : Jacques a dans l'idée de faire une série de trois, qu'il faudra accrocher les uns à côté des autres, tel un retable, pour obtenir une représentation complète de cette merveille. Tout à gauche, les dunes de Biville, massif sablonneux protégé par son haut calvaire, un amas de monticules herbeux et de cratères mous, six cents hectares dans lesquels les enfants du coin aiment jouer à la guerre, au loup et à la balle, il n'y a pas de terrain sauvage plus heureux pour les gosses, on entend toujours des rires candides surgir des mielles quand on s'y promène. De l'autre côté, qui débute au centre de l'anse et se déroule vers la droite, c'est le territoire de Vauville à proprement parler, une belle colline dévalant doucement vers la mer, recouverte de champs gras séparés entre eux par des haies sombres, occupée par des vaches, des moutons, des chevaux, et par des fermes anciennes aux tuiles de couleur tangerine. Au-delà de ces zones agricoles s'étend le domaine des oiseaux et des ornithologues, la longue mare de Vauville, soixante hectares d'étangs bleus qui miroitent au soleil, miraculeuse oasis. Derrière le plan d'eau, un fin cordon dunaire s'étire jusqu'au bout de l'anse, où les maisons sont plus nombreuses, voici le bas du village de Vauville, et c'est le franchissement de cet obstacle qui permet enfin de gagner la plage.

Le panorama du Thot est délimité à ses deux extrémités par deux caps qui montent en falaises, celui de Flamanville à gauche, juste après la plage de Siouville, et celui de Jobourg à droite, deux caps qui s'avancent en mangeant la mer de la Manche, comme une grande mâchoire qui se referme. La sauvagerie du décor est contestée à droite par une verrue industrielle, l'usine atomique de La Hague, qui triomphe sur le nez de Jobourg, très vaste complexe, cheminées hautes et bâtiments tristes. Jacques veut peindre cette anomalie, et le faire avant que l'autre cap, celui de Flamanville à gauche, soit défiguré à son tour par l'ajout d'une centrale nucléaire, si le référendum en décide ainsi. Après quoi, le belvédère du Thot ne serait plus jamais le même.

Le peintre amateur déplie ses affaires sur l'herbe, et Clémence l'observe depuis la voiture, côté passager, le siège baissé vers l'arrière. Elle tient un roman à la main, l'autre étant posée sur son ventre.

Claude Grand-Vernon a choisi de naviguer. Il a gréé son voilier seul, comme d'habitude, et il a quitté le port de Diélette sans sa famille à bord, Odile lui ayant expliqué qu'elle n'avait pas envie de venir, pas aujourd'hui, cette histoire la déprime. Le producteur de films a mis le cap vers l'ouest, vers les anglo-normandes, vers le large, le plus loin possible du village. Il barre debout, le regard fixé vers l'horizon, la côte dans son dos, et laisse son esprit dériver, des pensées qui se succèdent sans ordre et sans logique, des rêves éveillés et des désirs d'ego. Il songe à des avant-premières dans des cinémas de Paris, des tapis rouges et des ovations de la salle, il pense aux marches du festival de Cannes et il voit la Méditerranée briller au soleil depuis la promenade de la Croisette, la mer chaude et le sable brûlant, les actrices sublimes et le champagne que l'on boit à la bouteille. Claude laisse apparaître ses mirages, des moulures dorées et des tapisseries vives, des meubles Louis XVI et des fauteuils Empire, les palais et les chambres de la République, l'Assemblée, les ministères, l'Élysée, et il y a aussi de la place dans ces chimères pour des paysages provençaux, un mas et un vignoble, du soleil partout et toujours, une terrasse et des repas qui n'en finissent plus, des amis et des relations, des rires et des intrigues, et lorsque Claude interrompt ce flot de rêveries et s'observe divaguer, il prend conscience que Flamanville ne figure pas, ne figure plus dans ces images – comme une disparition. C'est un fait, constate-t-il en virant de bord, il est passé à autre chose et, se retrouvant à longer la côte de la Manche, il tourne la tête vers les hautes falaises du village et admire leur noirceur grave, leur majesté, solidité du granit dont elles sont faites. Et bientôt, se lamente-t-il en secouant la tête de dépit, sincèrement abattu et désolé, ces belles parois seront percées à leur base, trouées, creusées sur la longueur, pour faire jaillir à leur place des réacteurs ronds et gris, inélégants champignons industriels, d'immenses tours de refroidissement incurvées, crachant des colères de vapeur, et toutes sortes de tuyaux menaçants. Claude imagine ce paysage enlaidi et le compare à ses aspirations, cela ne colle plus, Flamanville, c'est fini, se dit-il en se dirigeant vers le port.

Georges Pitran fait un aller-retour à Cherbourg. Son patron, à *L'Éclair*, lui a demandé de revenir au journal pour regarder la maquette de l'édition du lendemain, un prétexte pour qu'il lui rende compte de l'ambiance à Flamanville. Lombardini déteste le téléphone, il préfère avoir des discussions en personne avec ses journalistes. Pitran raconte tout ce qu'il a vu, n'omettant rien, comme d'habitude, il fait état du stress du maire, des bêtises du curé, de la persévérance du Comité de base, de la surveillance de la bande de Pierrot, de l'intérêt des médias nationaux. Le directeur de *L'Éclair* écoute en hochant la tête, bien, très bien, et explique, quand le récit de son reporter prend fin, qu'il a déjà écrit le prochain éditorial. Il tend une feuille de papier à Pitran.

> Était-ce un signe ? Fallait-il voir dans la lumière de cette belle journée à Flamanville une mise en garde de la nature aux promoteurs d'une entreprise qui la menace ? La relative clémence du temps aurait dû constituer un élément de détente dans un climat détérioré par une campagne passionnée.

Au lendemain d'un vote que l'on aimerait considérer comme l'expression d'un véritable esprit démocratique, on doit bien reconnaître qu'il ne pouvait, en fait, rien régler. Partisans et adversaires des centrales nucléaires continueront à défendre leurs positions. Leurs convictions, la valeur de leurs arguments demeurent intactes et la leçon de cette consultation « exemplaire », si elle doit avoir des conséquences locales, ne changera sans doute rien au choix inéluctable que les problèmes de l'énergie posent à toutes les nations du monde.

Personne ne peut rejeter délibérément la puissance de l'énergie nucléaire qui garantira peut-être demain une bonne part de nos besoins industriels et domestiques. La sécurité de l'emploi, souci majeur de tous, est commandée par la capacité des ressources énergétiques. Celles qui ont été envisagées comme appoint au pétrole ne sauraient compenser la puissance nucléaire et tout permet de penser qu'elle sera un jour exploitée à l'abri des tempêtes soulevées aujourd'hui.

Faut-il rappeler les hécatombes, les pollutions et les menaces mortelles de l'automobile, de l'avion, du chemin de fer, du fuel et des salles enfumées où l'on met en accusation des maux que l'on crée et dont on ne peut se passer ? Si satisfaisant qu'il soit pour l'esprit, si utile qu'il puisse être pour la défense d'un site précieux, le référendum nucléaire risque de ne constituer qu'une péripétie dans la marche d'un progrès qui comporte inévitablement ses servitudes.

Pitran relève la tête vers Lombardini, le visage admiratif.

– C'est drôlement bien écrit, monsieur.

À une demi-heure de la clôture du vote, la place centrale s'emplit, des têtes d'habitants qui apparaissent, une rumeur montante de bavardages, Flamanville se presse aux résultats. Les journalistes s'agitent autour de la salle des fêtes, dernières interviews et ultimes plans, capter l'ambiance, l'atmosphère fiévreuse. Dans le bureau de vote, Rouxel fait les comptes avec Lebreuilly, plus de six cent cinquante personnes ont voté, 81 % de participation. Le maire se félicite auprès des reporters de cette première victoire – sa consultation est en soi un succès – lorsqu'il voit Élisabeth Toulorge passer la porte d'entrée. La châtelaine s'est décidée à voter, au dernier moment, comme si elle avait dû lutter toute la journée contre cette envie. Elle se dirige vers la table à gauche, sans prêter un regard à ce qui l'entoure, prend les deux bulletins et pénètre dans l'isoloir, où elle reste plus de temps qu'il n'en faut pour remplir une enveloppe. C'est en tout cas le sentiment d'André, qui observe la scène, bouche bée.

Élisabeth sort enfin et avance vers l'urne, elle n'a toujours pas prononcé un mot, ni jeté un coup d'œil autour d'elle, une présence si discrète – personne ne l'a remarquée, il n'y a pas un journaliste pour l'assaillir, pas même Georges Pitran, revenu de la rédaction de *L'Éclair*. Les assesseurs vérifient son identité, prononcent son nom, et elle s'apprête à déposer son enveloppe dans la boîte transparente derrière laquelle André Rouxel s'est positionné. Le maire, prostré, a l'impression d'assister à l'apparition d'Élisabeth comme un personnage extérieur à la scène, spectateur d'une pièce de théâtre, attendant qu'il se passe enfin quelque chose.

– Je suis désolée, murmure Élisabeth en levant le visage vers André au moment où elle lâche son bulletin dans l'urne, dans un souffle édifiant, le regard triste. Je n'y crois pas.

Une minute plus tard, un chahut se fait entendre sur la place du village, les cris d'un homme qui réveillent André, le sortent de sa léthargie et l'attirent vers l'extérieur. Victor Kaminski se tient seul au milieu de la foule curieuse et embarrassée, qui a encore grossi à l'approche de l'heure fatidique. L'ermite a le menton tendu vers le ciel et la tête secouée de spasmes lents, des haillons recouvrant tout son corps, des vêtements épais et troués. Le fou des falaises, les mains sales, les ongles noirs, et ses longs cheveux blonds toujours collés les uns aux autres, comme des cordes de bateau effilochées, lève de temps à autre les bras en l'air en hurlant des mots à peine compréhensibles, bam bam, terminé, s'exclame-t-il dans un charabia d'enfant, boum boum, fini, des mots simples de débile – c'est ainsi, du moins, que les entendent les habitants, qui adressent selon les cas des regards de pitié, d'affliction ou de moquerie. Jacques Legendre observe la danse furieuse de Victor dans un coin, les bras ballants. Élisabeth Toulorge est plus loin, sur le chemin de son château, la tête tournée vers l'arrière, tandis que Claude Grand-Vernon, revenu pour le dépouillement, se tient à l'écart, désinvolte, les bras appuyés sur la portière de sa voiture, et que Georges Pitran explique à des confrères circonspects à quel curieux personnage ils ont affaire. Dans un élan de responsabilité et de compassion, André Rouxel décide d'intervenir, il se dirige tranquillement vers le fou des falaises et, avec des mots pleins de douceur, met fin à sa curieuse invocation.

– Il ne faut pas rester là, Victor.

Le scrutin est clos. Trois tables de quatre personnes dépouillent. La foule afflue à la porte de la salle des fêtes, bruyante, intenable, elle demande des nouvelles, alors combien ? Rouxel n'a autorisé aucun badaud à entrer, il craint les débordements, et il a ordonné aux équipes qui calculent de garder le silence, tant que les additions ne sont pas faites, mieux vaut être prudent, on ne peut pas se rater, sinon c'est l'accusation de triche garantie.

La table de Claude Grand-Vernon est la première à donner son résultat, un tiers de bulletins qui offrent une situation serrée, très légèrement en faveur du non. Jacques Legendre, qui s'est glissé dans la salle en tant qu'observateur pour le Comité, réagit à la nouvelle par un sourire incrédule, ça va peut-être passer pour nous, se dit-il, la centrale va être abandonnée. Le deuxième tiers tombe et rétablit l'équilibre dans l'autre sens, le oui vire en tête. Le dernier tiers en termine, sous la surveillance étroite d'André

Rouxel, mine impassible, y compris lorsqu'il prend connaissance du chiffre figeant le résultat. De longues secondes de silence, et le maire choisit de tourner les yeux vers Jacques.

André Rouxel hoche la tête.

Il demande ensuite à son secrétaire de faire entrer les habitants. Une foule débordante se rue à l'intérieur de la salle des fêtes, le petit peuple de Flamanville, des gens de tous les métiers et de tous les camps, agriculteurs et pêcheurs, ouvriers et commerçants, fonctionnaires et retraités. Jacques et ses amis du Comité de base sont là, Claude Grand-Vernon aussi et même Élisabeth Toulorge, ressortie de son château, qui se tient dans un coin, à l'écart des groupes. Les journalistes allument les caméras, les photographes brandissent leurs appareils et Pitran, pour *L'Éclair du Cotentin*, le si puissant petit journal local, pointe son stylo au-dessus d'un carnet.

Rouxel prend tout son temps. Il lisse ses cheveux blanchis, coiffés vers l'arrière en un mouvement bombé, et sa cravate, époussette le col de sa veste, ne laissant rien paraître. Il sait trop bien qu'il est filmé, les projecteurs qui aveuglent et qui chauffent. On s'agglutine autour de lui dans une drôle d'agitation feutrée, un silence nerveux de cathédrale. Il chausse ses grosses lunettes et tombe les yeux vers la feuille de papier qu'il tient à la main. Sa voix plate se met à résonner avec un ton inattendu, inconnu, de déclamation.

– Nombre d'inscrits : 848. Nombre de votants : 693. Nuls : 10. Suffrages exprimés : 683. Oui : 435. Non : 248.

Il relève la tête en ôtant ses lunettes, sans aucun sourire sur son visage, le triomphe modeste. La salle explose d'un cri de joie, les partisans de la centrale hurlent leur bonheur et se prennent dans les bras. Pitran fait partie de ceux-là. Le maire observe en silence, l'esprit déjà ailleurs, ses pensées s'étant échappées d'elles-mêmes vers le souvenir de Paulette, si elle avait pu voir cela, songe-t-il, elle aurait été fière. Il détourne le regard, revenant au moment présent, et croise celui d'Élisabeth, adossée à un mur de la salle et les bras croisés sur la poitrine, qui l'observe d'un air parfaitement neutre. André pense à la lettre qu'il conserve dans la poche, glisse la main à l'intérieur de sa veste, le courrier est bien là, cacheté, prêt à être distribué. Il n'a pas le temps de s'avancer vers elle, Lebreuilly lui serre déjà le bras, c'est un score inespéré, monsieur le maire ! Des journalistes s'approchent et demandent une réaction officielle.

– Les Flamanvillais ont voté pour l'emploi, lâche Rouxel en hachant les syllabes, d'un air engoncé.

Le maire doit répondre aux mêmes questions, plusieurs fois, il y a tant de reporters, il rode ses formules, sans jamais dévier de son équanimité, surtout ne pas parader, ne pas se mettre en avant. Dans la victoire rejaillissent ses meilleurs traits de caractère, la modestie et le sens du collectif.

Autour, c'est la cohue. La bande de Pierrot, qui s'est agrandie comme jamais, acclame la victoire, dans la salle des fêtes et sur la place du village, des sourires, des tapes dans le dos, des bruits de bouchon. C'est comme si la vie avait changé.

Les membres du Comité de base ont la mine grise, ils sont muets et sonnés. Jacques tente de réconforter ses troupes, avec des mots qui n'ont pas de sens à cet instant, des mots que personne n'écoute, l'histoire n'est pas terminée, dit-il aux uns et aux autres, rien n'est joué, c'était un vote consultatif, sans valeur légale, le préfet n'a cessé de le rappeler. Il attrape Pitran par le bras, l'histoire ne s'arrête pas là, martèle-t-il, nous organiserons bientôt une grande manifestation, écrivez-le dans *L'Éclair*. Le journaliste le regarde longuement, et ne dit rien, l'air consterné.

À l'intérieur du bureau de vote, Claude Grand-Vernon s'approche d'André Rouxel avec un sourire que le producteur de films n'a jamais adressé à son adversaire. Il tend la main.

– Toutes mes félicitations, cher André, vous avez gagné. Ce résultat est une heureuse nouvelle pour les habitants de Flamanville, à défaut peut-être de l'être pour la commune. Vous avez su organiser le consentement du village. Je vous laisse la place. Flamanville vous ressemble davantage que Flamanville ne me ressemble.

21

La nuit était tombée depuis longtemps, et l'horizon effacé dans une obscurité épaisse, quand Victor Kaminski décida de se lever. Il avait passé plusieurs heures assis là, au bord de la falaise, les pieds dans le vide malgré le vent qui soufflait de plus en plus fort, fixant le ciel voilé de nuages rapides, le très fin croissant de lune et la mer noire. Il marcha quelques mètres pour gagner son blockhaus, sans empressement. Il n'avait plus émis de son depuis son étrange parade sur la place du village en début de soirée.

Il était concentré.

Victor remplit une brouette avec de la paille et du bois qui traînaient autour de son habitat de béton. Puis il sortit du blockhaus deux ogives qu'il chargea sur le dessus de la machine à bras. Deux obus de soixante-quinze millimètres de large, brossés et nettoyés.

Victor les avait trouvés des mois plus tôt dans les dunes de Biville, partiellement enfouis par le sable et la végétation, alors qu'il y errait sans but précis. Il n'était pas rare de tomber sur des munitions d'artillerie dans la région : ces vestiges constituaient l'un des héritages de la Seconde Guerre, sûrement le plus disséminé. Victor avait déniché trois obus, dont l'un était moins lourd que les deux autres. Il en avait conclu qu'il était vide, dépourvu de ses substances explosives, sans doute de la mélinite, et l'avait laissé sur place. Il était reparti avec les deux têtes pleines sous les bras, au mépris du risque.

Il jeta un coup d'œil à l'intérieur du blockhaus, qu'il avait débarrassé de toutes ses affaires. C'était comme si cette cellule ronde et basse, creusée dans le sol, n'avait pas été occupée toutes ces années par l'ermite de Flamanville. Victor s'assura de n'avoir rien oublié.

Il se dirigea vers l'enclos. À cette heure, ses quelques chèvres dormaient dans la baraque de tôle qui faisait office de bergerie. Il les observa en silence un long moment puis s'approcha pour les caresser avec douceur. Il s'allongea quelques minutes au milieu d'elles, en prenant soin de ne pas les réveiller. Il se blottit contre le dos d'une de ses bêtes, écoutant la régularité apaisante de son souffle.

Victor passa un cadenas sur la porte de l'enclos en le quittant, un geste qu'il ne prenait jamais la peine d'exécuter d'habitude. Il souleva sa brouette et l'engagea sur le chemin pierreux qui descendait au village. Sa force immense lui fut utile. Les roues butaient sans cesse contre des cailloux. Il lui fallait appuyer très fort vers l'avant, faisant cahoter son chargement. Les deux obus claquaient contre les bords en métal.

Il évita les rues les plus passantes du village, suivant des détours pour emprunter des voies sombres et peu fréquentées. Prévention inutile. Après l'effervescence de la journée, la commune était revenue au calme. Les habitants avaient regagné leur domicile, avec le sentiment qu'un épisode décisif de l'histoire de Flamanville venait de se jouer.

Victor s'arrêta devant une pauvre bicoque dont les feux étaient éteints. Madeleine devait dormir depuis longtemps. Dissimulé derrière un feuillage, Victor contempla la maison dans laquelle il avait vécu quelques mois seulement aux côtés de son épouse. Il n'avait jamais pris le temps, ni la peine, de l'aimer. Il resta prostré, la tête aux souvenirs et aux regrets, plus conscient de son destin que son allure débraillée et sa vie chaotique ne le laissaient croire au reste du monde.

Enfin, il bougea. Sur le paillasson jeté au sol devant la porte d'entrée, il plaça la clé du cadenas.

Il repartit, sa brouette devant lui.

Victor ne croisa personne. La nuit était trop avancée. Il était seul. Il était calme.

Une lente déambulation lui permit d'atteindre le port de Diélette. Sa barque, accrochée au brise-lames, était secouée par les vagues. Il déchargea le bois, la paille et les obus dans la coquille flottante et attrapa les rames. Il détacha les cordes et mobilisa son énergie pour lutter contre le courant, le vent et les flots, en direction du sud, le long de la côte. L'eau relevait le bateau et le faisait tanguer. Victor contracta ses muscles, usa ses épaules et ses bras. Il réussit à avancer, sans lumière. La nuit presque entièrement noire aurait interdit à n'importe quel marin de s'engager ainsi à l'aveugle.

Ce n'était pas un problème pour Victor Kaminski, qui connaissait le chemin et ne doutait pas du bien-fondé de son projet.

Au bout de trois quarts d'heure d'un effort intense, il accosta entre des roches inhospitalières, s'accrochant à un piton plus haut que les autres, une stalagmite de granit. Il tira sur la corde tournée en lasso autour de cet éperon pour se rapprocher du rivage, à la recherche d'un caillou long et plat qui lui était familier. C'était là qu'il avait l'habitude de débarquer avant de s'engouffrer dans la falaise. Pour la rejoindre, il fallait escalader une série de gros blocs émaillés de roches tranchantes. Un peu plus loin, deux rangées de granit s'élevant à la verticale donnaient l'impression d'une tonnelle minérale, vestibule conduisant à une faille dans le mur haut de plusieurs dizaines de mètres.

Victor était convaincu d'avoir redécouvert à cet endroit le trou Baligan.

De nouveau, il déchargea son matériel. Il essaya de progresser dans ce décor hostile. Il fallait bouger les éléments les uns après les autres, la paille et les bûches dans un sac de toile, les deux obus. La tâche était épuisante, surtout de nuit. Mais ce n'était pas la première fois que Victor entreprenait de franchir ces obstacles.

La béance dans la falaise était assez large pour que trois hommes puissent y passer en même temps. Elle était surélevée par rapport au niveau de la mer, si bien que l'eau n'y pénétrait pas, hormis des gouttes éparses pouvant gicler jusque-là. Victor monta et laissa les affaires qu'il transportait avec lui à l'entrée du trou.

Il pénétra dans l'anfractuosité.

Au bout de quelques pas, l'accès devenait plus étroit, se réduisant à un couloir bas. Il fallait s'accroupir pour continuer d'avancer dans le granit dur et froid. Victor se cognait les épaules, la tête et les jambes contre les parois qu'il discernait difficilement. Cela faisait mal. Il ne s'en souciait pas, n'avait pas l'idée de s'en plaindre. Il arriva au bout du tunnel, le sentit à l'écho nouveau que produisaient ses gestes sonores et se mit debout, ayant retrouvé de l'espace autour de lui. Derrière un morceau de roche sur sa droite, il saisit un briquet et des bougies. Il en alluma une, qui éclaira faiblement la cavité dans laquelle il se trouvait.

Une grande voûte de pierre, haute et lisse, se dressait au-dessus de sa tête, formant un plafond qu'on aurait cru poli par le temps, ou par un travail acharné. La grotte s'étendait sur une vingtaine de mètres d'un côté, une quinzaine de l'autre. À l'inverse du toit, le sol était irrégulier, escarpé, couvert de pointes dangereuses par endroits. Dans l'un des coins, une cuvette plate semblait avoir été creusée. Victor y avait entreposé des dizaines de coussins pour la transformer en un lit confortable. C'était là qu'il dormait lorsqu'il se réfugiait dans la caverne. Au-dessus de cette couche, le granit avait pris la forme d'une sorte d'escalier dont l'occupant se servait comme étagères. Il y avait entassé des quantités d'objets divers, des couverts et des outils, des conserves de nourriture, des bouteilles remplies d'eau, des livres aussi, des cahiers et des stylos. Ailleurs, c'était un fatras sans ordre. Victor avait déménagé tout ce qu'il avait pu transporter depuis son blockhaus : des vêtements, des couvertures, des chaises, des tabourets, une table et même une arme, un pistolet qu'il avait récupéré un jour dans un grenier du village, avec ses munitions.

Il s'était préparé à vivre ici, aussi longtemps qu'il le pourrait. Le lieu était sec et la température était supportable, à condition d'être chaudement habillé.

Un courant d'air léger passait dans la grotte.

Derrière la cuvette transformée en paillasse, à deux mètres environ, il y avait un autre trou, qui donnait accès à une galerie aussi étroite que le tunnel menant à la mer. Ce deuxième boyau partait dans le sens de la hauteur et dans la direction du village, comme un chemin montant, au bout duquel il était possible de regagner le haut des falaises. Victor passa la tête et les épaules par l'entrée du conduit et tenta d'apercevoir quelque chose tout là-haut, au fond. Il ne vit qu'une très faible lueur. Le croissant de lune éclairait à peine le ciel de Flamanville.

Victor se retourna.

Sa bougie à la main, il s'engagea dans le premier tunnel, celui par lequel il était entré, venant du rivage. Il alla jusqu'au bout, sans se cogner cette fois, et ressortit à l'air libre. Il détacha sa barque du piton rocheux et la poussa dans les flots. Il la regarda s'éloigner de la côte. Elle heurta des rochers et s'abîma. Elle finirait par sombrer ou s'échouer.

La nuit était toujours aussi noire.

Avec la corde qu'il avait gardée à la main, Victor attacha les deux obus l'un à l'autre, de façon à pouvoir les tirer à distance, depuis la grotte. Il poussa délicatement les engins à l'intérieur du tunnel, jusqu'à son centre, où il prit soin de les disposer sur une surface sans obstacle. Il tira sur la corde pour vérifier qu'ils se déplaçaient sans heurts. À côté, à distance suffisante des obus pour ne pas risquer de les toucher, il prépara un foyer à enflammer en superposant la paille, les brindilles, le bois fin et les bûches. Quand son montage ressembla à une pyramide prête à se consumer, Victor déroula la corde jusqu'à la cavité où il avait choisi d'élire domicile pour se détacher définitivement du monde. De là, il pourrait faire se mouvoir les obus vers le foyer en tirant dessus.

Sans attendre, il alluma les brindilles avec son briquet. Les flammes progressèrent très vite. Lorsqu'il les vit commencer à lécher les bûches, il battit en retraite vers la grotte, se contorsionnant une dernière fois à l'intérieur du tunnel.

Arrivé dans son nouvel antre, il prit la corde dans une main, prêt à tirer et déplacer les obus dans les flammes. Et il attendit quelques minutes, le temps de voir le feu rougir.

RÉALISATION : NORD COMPO À VILLENEUVE-D'ASCQ
ACHEVÉ D'IMPRIMER SUR ROTO-PAGE
PAR L'IMPRIMERIE FLOCH À MAYENNE
DÉPÔT LÉGAL : MAI 2023. N° 150152 (102380)
IMPRIMÉ EN FRANCE